社団法人 書芸文化院
春敬記念書道文庫［蔵］

Iijima-bon
Genji Monogatari

飯島本
源氏物語

三

池田和臣［編・解説］

笠間書院
kasamashoin

目次

凡例
須磨……1
明石……147
澪標……287
蓬生……397
関屋……473
絵合……493
松風……559
春敬記念書道文庫蔵 源氏物語 解題……池田和臣……633
須磨 633 明石 639 澪標 646 蓬生 654 関屋 659 絵合 664 松風 670
「春敬記念書道文庫」について……676

凡　例

一、本書は、社団法人書芸文化院春敬記念書道文庫蔵・飯島本『源氏物語』の写真版複製である。
一、写真版の大きさは、すべて原本の83パーセントに縮小した。
一、写真版は、末摘花巻の表紙・見返し・遊紙・本文一丁の表裏をカラーで収め、その他はモノクロとした。
一、複製に際しては、見返し・扉・遊紙をも省略することなく収めたが、本文の記されている丁からを第一丁と数えた。
一、巻名、丁数、および表裏の別を「須磨（1オ）」の形式で、柱の部分に示した。
一、巻末には、解題を収録した。

1　須磨（表紙）

（見返し）須磨

世中いとわつらはしくはしたなきこと
のみまされはせめてしらすかほにあり
へてもこれよりまさることもやとおほしなり
ぬかのすまはむかしこそ人のすみかな
ともありけれいまはいとさとはなれ心
すこくてあまの家たにまれになと
きゝ給へと人しけくひたゝけたらん
すまひはいとほいなかるへし

3　須磨（1オ）

ちかきところもしあらさとはなれつゝ
なまくきさと人わろくうちはすへきを
よろつのこときし方ゆくすゑ思つゝけ給
よろつかなしきことゝいとさまさまなりと
思すてつる世も今はとすみはなれなむ
むことをおほすにはいとすてかたきこ
とおほかるなかにひめきみのあけくれ
にそへて思なけきたまへるさまの

うしうあはれなるをゆきめくりても又
あひ見む事をかならすとおほさむに
てたに猶一二日のほとよそ／＼にあかし
くらすおり／＼たにおほつかなき物に
おほえ女君も心ほそうのみ思ひ給へるを
いくとせそのほとゝかきりある道にもあらす
あふをかきりにへたゝりゆかむもさた
めなき世にやかてわかるへきかとてにもやと

いたうしかねし侍へてこの御てあそひ
よりやとほかしけり聞しめしとさらん
ほそかりし海づらの浪風もはふた
ちかうつく人しすゝむよかくらしきまゐ
それゐきく絹つゝむと月すくやうな
しもく地見のつまゝつきとみとほし
人そさ女君へくしのむいさかしさしき
こしまよあはとかりしむくそうかし

けはいはらかの花ちるさとふし見え
たまふことくすれしきちく給いふれくあれ
れけうれあはさすまに乃れかをよふたさい
のし給へハ松ほしかけさらさましいと
こゝろもなき給はされしはのふ尺
しれさらさもかよも給しおくくしをへん
をそれ給人さなはらし家入道宮
らむし物のまことやみいかさやうかはもを

わか御ためつゝましけれとしのひつゝ御とふら
ひつねにありむかしかやうにあひおほし
あはれをもみせ給はましかはとうち思
いて給ふにもさもさまさまに心をのみつく
すへかりける人の御ちきりかなとつらく思
きこえ給三月はつかあまりのほとになむ都
をはなれ給ひける人にいつとしもしらせ
給はすたゝいとちかうつかうまつりなれ

すまゐのさまは七八人許御ともにていと
かすかにいてたち給ふさるへき所〳〵に御文許
うちしのひ給ひしにもあはれとしの
はるはかりつくい給へるは見所もあり
ぬへかりしかとその折の心ちのまきれ
にはかはかしうもきゝとゝめすなりにけり
二三日かねて夜にかくれておほいとのに
わたり給へりあしろくるまのうちや

9　須磨（4オ）

にやつれて女くるまのやうにてかくろ
へいり給ふもいとあはれに夢とのみ
見ゆ御かたいとさひしけにうちあれたる心ちして
わかきみの御めのとゝもむかしさふらひし
人のなかにまかてちらぬかきりかくわた
り給へるをめつらしかりきこえてまうのほ
りつとひて見たてまつるにつけてもことにも
のふかゝらぬわかき人〻さへ世のつねなさ

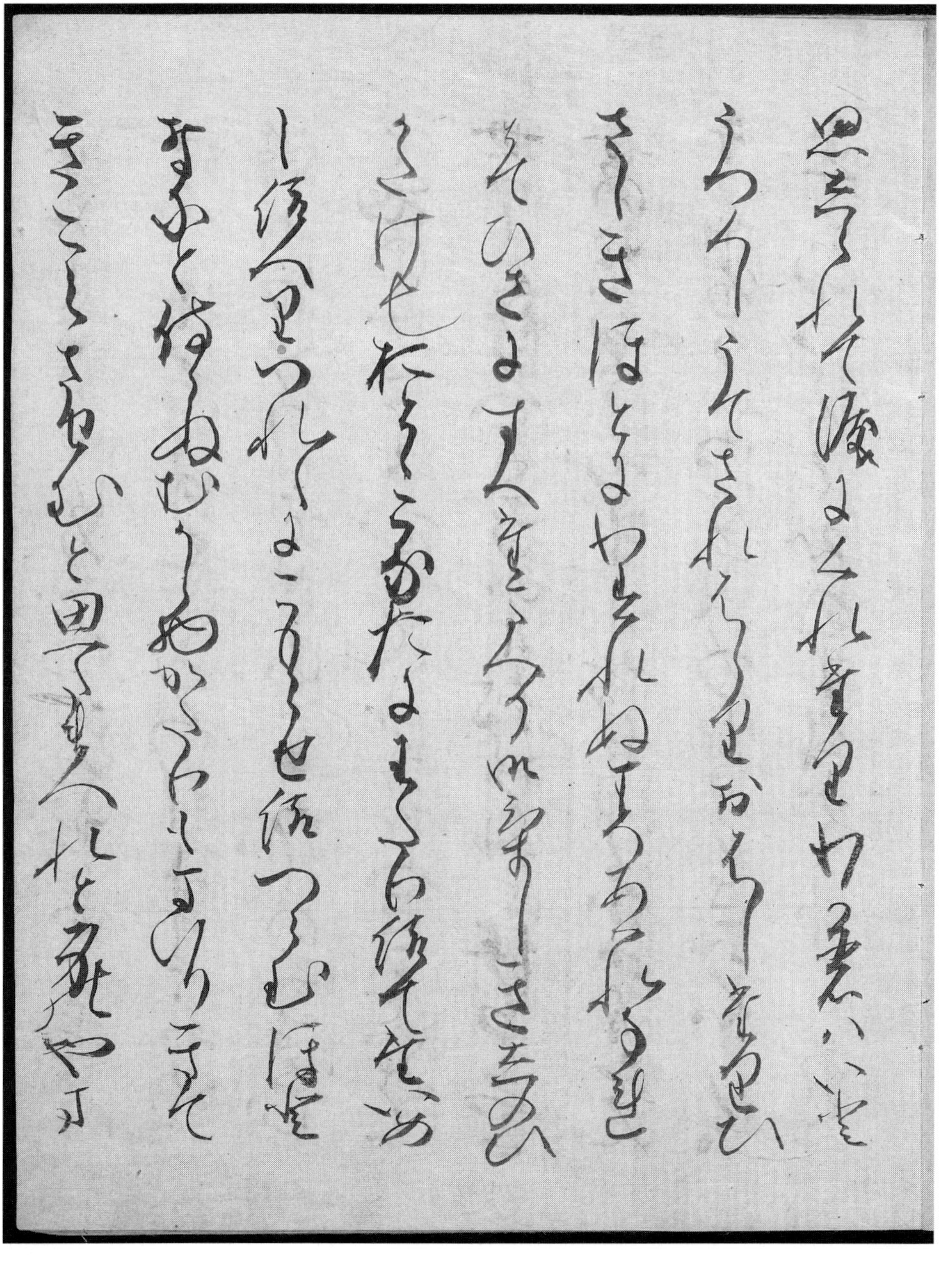

11　須磨（5オ）

身のかしこまりなれはやまとふしつゝ
まろをとゝめられしかるへうそさうて
侍れはさらにさまことなるつみにあたる
にこそ侍なれともかくしるへきとゆるし
世中ゆるさるへきさまにもし侍らはや
あのうをおそろしう侍もかくはかなきとて
ことによりつらくそはいみしうさかうく
思給へていとはつかしう侍れは

わしとかきゝふてすてし思てまへ人
くろうしぬあるほとに給へんとまつゆゑ
よろつをあらきなくすくむとき/こゝを
ふひて給へるかゝりしるとあることもかゝる
こともさきの世のむくひにこそ侍なれ
はいひもてゆけはたゝみつからのおこた
りになむ侍さしてかく官爵をとられす
あさはかなることにかゝつらひてたに

やまのかしこまりなる人のしのひさま
れ世中はあさましうつらく御ありさまは
人のかまへまつり給ふとおほしくらる
はつるをつきはてぬるとし給ふえさ
まことそゝのかさるゝあさつきなし給ふ
にこまさんなる物そなりなすく
し給ふむしいとくらみなく土ちは
おはさなすへきちよのさゝぬなさは

世のゆるしなくと思ふ給へてあるをこ
とやるさこれ給はせうしのかりのさわ
院の御方思はしのをはしせしめ給へし
なをきこえしいそ給へれかはしのうてを
急ぎきんるらをうえぬよ君しらん
つくりそる給んてせ内つきこのなまん
るくらましあるをきてこれれはるさ
これさしつくきはしとおはいかすさ

15　須磨（7オ）

ゆふしつを世よ思ふ給へやすらふこと
はをまめうしむ侍はこの世のみならん
わし御世すゑしいひやうよ思ひきを
こきゆましらくちなくてかへらむ
み給へをさしわきて思給へすくさる侍
あさすくものし給へかくしもひすさめる
なまめかしきひてなつかしひきこえ
月はやつきき給へるを思給へつるを侍

ところはのこともろこしにもかゝる侍はなし
への人を世とよともあられしかる
才よあらましかはおもはせられけれ人の
みをもかうさへひたほうゆるされを
事あらてこうさう事し侍りしれとさより
ごゆうさは思給へられし事すくなからんをと
世はくのれおそれきこえし浅三位中納言
まいりもあひたてまつりてありけるさまをまいる

なをよに源氏のおほいとのはこまられ給てくて
の前にまいりて給て地はこゝろさき
様さまに人々あはれにてまかせ給ふのひかりを
中納言の君へしのひのみつからつかさ
給人へしのひあはれとおほし人々きこえ
つねのおほしめしやすくもひとつよ
これよりむらさきの上へつかはし給ふ
又は源氏のよにいて給ふまてあけの月

いとおかしう花の木ともやうやうさかりすきて
わつかなるこかけのいとしろきにはにうす
くきりわたりそこはかとなくかすみ
あひて秋の夜のあはれにおほくたちまさ
れりすみのかうらんにおしかゝりてとはかり
なかめ給ふ中納言の君見たてまつりおくら
らむとにやつまとをしあけてゐたり
又たいめんあらむことこそ思へはいとかたけ

19　須磨（9オ）

かゝるけふ世はしてんやくしあはれく
わし月ころつとめしをいそうそてにし
よそとのつゝ人し地しきこしとよくや
つきとのゆきのとの章桐の君しそゑあ
なへらわれせうこうこきこえしとんあさし
ひゝしきこれはまことにかきくらしもあんさ
つと花をとめしひ行かとよいと趣ふつゝそ
さも傍らしきまかりわしらん花のをし

ゆかれんくうしきんのいさゝかこさなとん
きけしやうさもなきとみなれてときこ
ことさくれはうらすき侍て
こゝろをとも山とし旅しけりやて
あまのしほやくうらんまよひく思ひとを
なくうらすゝ侍てあか月のほのしはらく
のちやんれんしまるをしは侍りつゝ
あるひとのさまへとつゞきやれしと

21　須磨（10オ）

よもしらうとも侍らすかしけき
んれさひあるましき事をへらるれ
と思ひとらるこらてけよあはれと見
つみさこてなきもあわしきことを御
ふかき御すゝくよむしといはれ侍かと
そしてこゝろ世の人いときなき御へけんゐ
つむよ侍にもそれし世くうき世のわれら道
すこしかへりみれいなつもうち思ふ侍るの御

てろきこゝれ給とこゝし給てまよ
かゝ給くてのうきことゝもにかうらち
この月いとあつきはいとなまめかし
こきよめのうそれ地とおほいふさ給こそ
鬼神ナト
おなつをとまるまきめくし御てつか
くおらもしほとられんていへをはなれて
くす塗ハなとさつるさきにありつ身給を
しと思ふまことやく給りハ

23　須磨（11オ）

なき人のもをわやいとへきらむを
すゑとをくしるゐすてえらうへて
あはれのをつきせぬをいそ流れぬるみすー足ゆ
しきまてすきあへるをみなはかりける
わつらはしの人をはゝかりてまゐりよるなけ
しきそ恥くよもおそあきとの
世となりつゝみしーきもさつひよえさ
しうなりつゝまつかきりはいはれともまた人

さんまけしてやくしわつらはしも
かとやくおもしろきゆかねくへそひ
まいらしとすきとあるハしきこと
まきれハ而せくれよひくはよらまあ万
しるくひしきまて世ハつきぬるへと
おほし三うちたえんなきしかへちら
えうそてきこそとくひさくしら
たかいかるよかつきもしてハよあはれん

と君をそよけしのせいはやかる侍へきハみ
ことしもそなたまあしきもひとしハ
すのこるともまつきやへところくは
あまそへさきおきさらくと乃めすさとを
おりすてゝ家えん流ましんかれとし年
月へたかるくとしわたるや
ゆきちらんるをもしをあつましき妹さ
へれやのみとさりかる事へんしつくして

夢さへしえすもれぬなしはすみかさ
ころやおほしましつゝかくて後かきくまれめ
うれとと思すつゐかく世はらすつゝきな
んむらしこきすせとのつゝみはらゝは
もゝやこそられそやもつゐすさま入ふ
しみさまをあきれとんとれられんとそ
聞しそてみしとこきこし給へはかつるをとこ
おらわほとなしはすみ方はなまふ方

みかと許のさまていみしとおほしなけき
なさまへらにことおほしとくちをしとかし
らうさこえいとめつらしとらにおほしつき
よろしきさし世のきこえとわろく
ひそとつきこえさせんそれよりの
よきやうにぬさへのかすしもあり
えんしくせしきうけれとそうてやなん
ましとてへのかの方あまのめのすかつ

なまめかしさいふひのあてやかにしさあるゆ
うきやかなる人々くまつるそのへ給
人のゝとのをそひ給ふとさゑとる
あはそしてきて給ひしみしくひて
くこれらしきしてとまききもしを
まさるをみなのしき人もなくふるあ
それみなれあはさまる柳世よゆきさしき
して年月をへし侍かの(住イ)なすかしき人

なそもうしめつらしき人こそ乃いと月
なすらへきこゆれはけやきをよしこすのさ
こゆへくあきらのけう月日のかけを
たなこゝすやせうらよれはゆうまこ事
さゝとれこもしうけるあやにちすけ
とうへきまこくかうらてともあらゆんて
思ふにゆふてゆりふくへきすいれいなすき
ことすうれはひさしへをおもひさきよ物らわき

世をまつりことゝもあるうしろみるとき
ことさら白をまうふ日をまうてそはらの
こもりゐ帥の家三位中将わかれとし
をたゝめしをまねひとてれなりを
るをもそこらくはすさましくて
むかしのみかとゝいとをしうしきこと
侍そうらやほさこころつてとさそくし
れひんつき侍られきをいらかそま

へおもやせ給へるかけの我なからいと
あてにきよらなれはこよなうこそおと
ろへにけれこのかけのやうにやせて侍
るあはれなるわさかなとのたまへは女きみ
なみたをひとめうけて見おこせ給へる
いとしのひかたし
身はかくてさすらへぬとも君かあた
りさらぬかゝみのかけははなれしときこ

こゝもとへ

まかてし給よをまつわるゝ

ゆかしうおほししるきをそへらる

をなのこわてかくさにとまきつ

侍らさ給物おほしたるかすおほくて

なりかはとおほしつゝくれなき

いるもみこはあまりすゝめすさきこ

こ侍て御かへりはとよくいさきひね

花ちるさとの心ほそけにおほしてつねに
きこえ給ふもことわりにてかの人もいま
ひとたひ見すはつらしとやおもはむと
おほせはその夜はまたいてたまふものから
いとものうくていたうふけておはしたれは
女御かくかすまへ給てたちよらせ給へる
ことゝよろこひきこえ給さまかきつ
ゝけむもうるさしいといみしう心ほそき

れあまたゐてみれはかをよられてすゝ
御つゝ月いとあかれしまそへかな
しやすらむそのうらいとゝする月か
ほろまめしそこ絶ひろくひこふ給
わらんかれゝまみんゆうかしすみそれし
なましいとほのかゝをはしやうふりしい
かそんかしをわかきをみすやせ
うらくそをはしくるよあましえ

多は月の宮のなをめつらしや
かなうようらやうまひ給へうほひよ
ふとはなれてゐとゐのやるにまし給へ
ひすてのさゐててやそ月はんを
かんすまさこつる花ゝゝのはとまあ
もとゝちゝゝみすりよゝゝみしの松乃
ほとやかもゝゝ乃さいゑんし丈えうとや
と田ツてこうとてしえすうしわさ宮年

こゝろをゑやしきし方ゆくさきのを
めしよなけゝるをみれはまふをかくるめ
をもう世をくこゝ有れとすきめし方
のこゝしのをこかりてゐるしたしくれけ
世まつくそてそうきうてさこゑれいの月の
なれろほとよもつれてあくをもせきこ
のこきれうてまうろくけよめうてうれい
月影乃やとるそてはせはくとも

37　須磨（18オ）

このきみはやあねひらといふとかは
いふらうむらしくれはかりはすくさめきこ
れなきよ
ひとつよすしろき月はめ
ちはしくらむらゝあろゝあかすはえつ
すやうしらぬすそのこころを
らすすりの道すとのきちてあそふ
のかとよいてまねまねようつれの舞とを

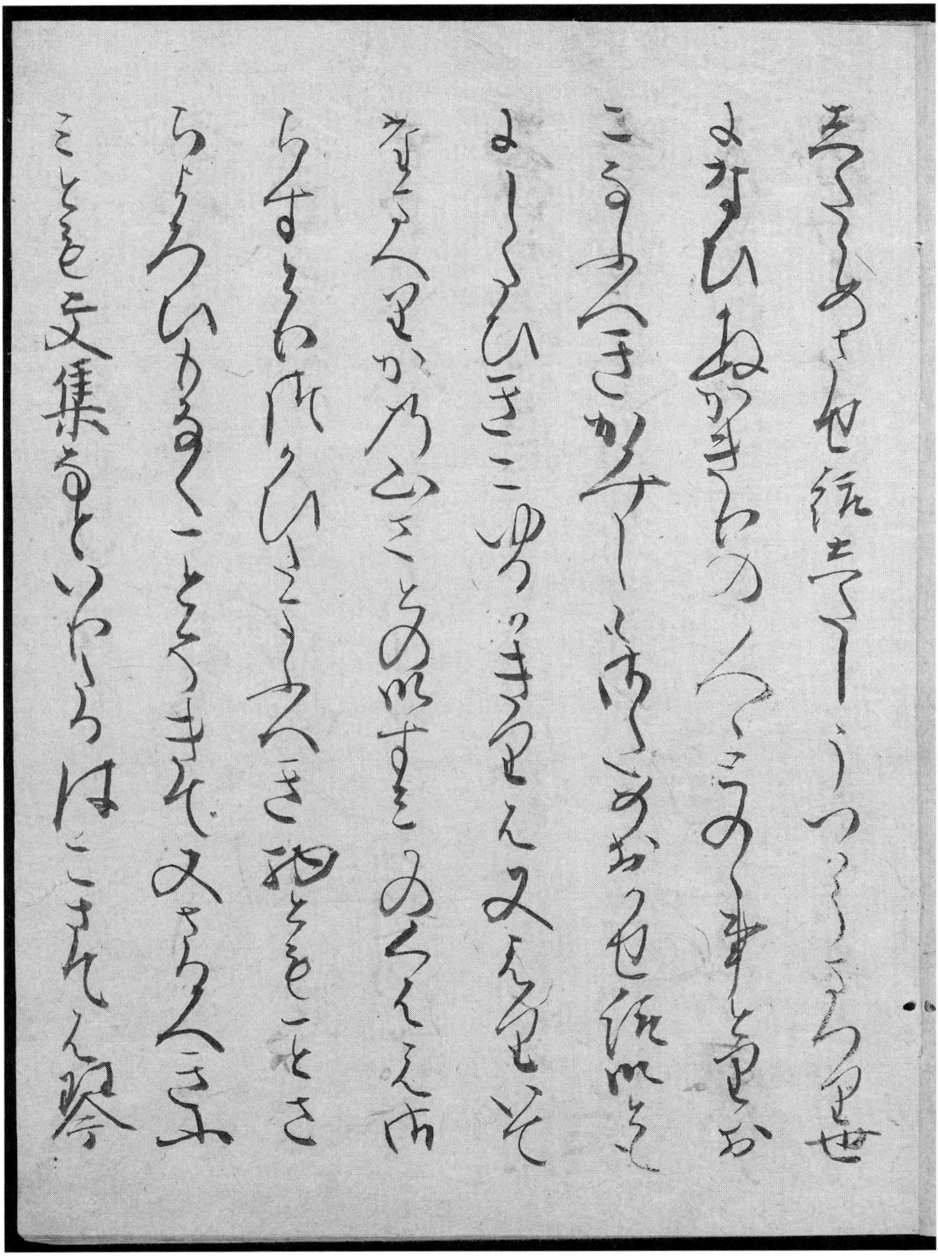

39　須磨（19オ）

ひとひそりともにこゝろせきれてゐしとえ
かやうすつれらうひなともまよくさ
てつもあやしかひつれめきてかてその給
さそ人くらねえしめらるのとの
めてたいまきこゝろやし給あし給みさし
みなおもしめそてうきとゝろく給
なとこれそうきさゝふられわい
わかみくらさされたてなつそのなをいて

少納言をはか〳〵しきものにみをき給へれは
したしきけいしともくしてしろしめすへ
きさまとものたまひあつくわか御方の
中将なとやうの人々つれなきれりては
なま〳〵そてもつかうまつるほとこそなくさめつ
れ何ことにつけてと思へといのちあり
てこの世にまたかへるやうもあらんをまちつけ
むとおもはん人はこなたにさふらへとのた

まりてみしし人なまへのゆかりも給や
こさもこれめのとゝも花ちるさとなとゝふ
しれりしきさきみのへさなねんまゐく
しきすらなほしらぬすり日
侍る身のなきをとるからくしてきこ
ゆるさるまじきことをなしことら思
給へらるゝまんと世を思ひつゝはと
のうさしはゝさこしいつるならきことゝ

こゝろゆかれ
あま雨すき御のにほまつへんや
なまうらみたのもしけなりむと思給
ゝうのまうひ伝んのはしさうゐける
道のほとをあやうかれしれんこそかへん
まこれ佐んすせいとい斗しうれ月とま
してきみのさんとれうてらあさめしこ
こゝろせゝうし

43　須磨（21オ）

後にハこよなかやをきこえぬつしかハ
ねそつらの世をとしまさすくしくさ
きつき徒へるけていとおかし名もいさひを
うらためくてやとおほすんおくられ
しかれと花ましてうしと思か
すゆわおかしたほるをますのひ
給へハいとあからさまにこれ給ハすなるね
あすをそのくれにハ院のれしてみかと

思ひきて小山へまかりて侍るあひだの[illegible]
いまこそわすれはべれ入道まかりて侍
ちかきみすめの人はたれしもよりてたれみつ
らきこれは[illegible]事まめの御身とすこし
しろきさまやまことにしき[illegible]かきやんは
心ありきよらの[illegible]さまにくらべつくりてあへ
[illegible]なれぬれはしみつしてそこまされ
きこえるのむしのかくらぬは[illegible]し

御ことゝもかすめきこえさせまほしけれ
どいまさらにうたてとおほさるへしわ
が御心にもなかなかいまひときはみたれ
まさりぬへけれはねむしかへしてたゝかく思
かけぬつみにあたり侍もおもふたまへあはす
ることのひとふしになむそらもおそろし（カハ家説）
う侍をしけなきみはなきになしても宮の御世た
にことなくおはしまさはとのみきこえ

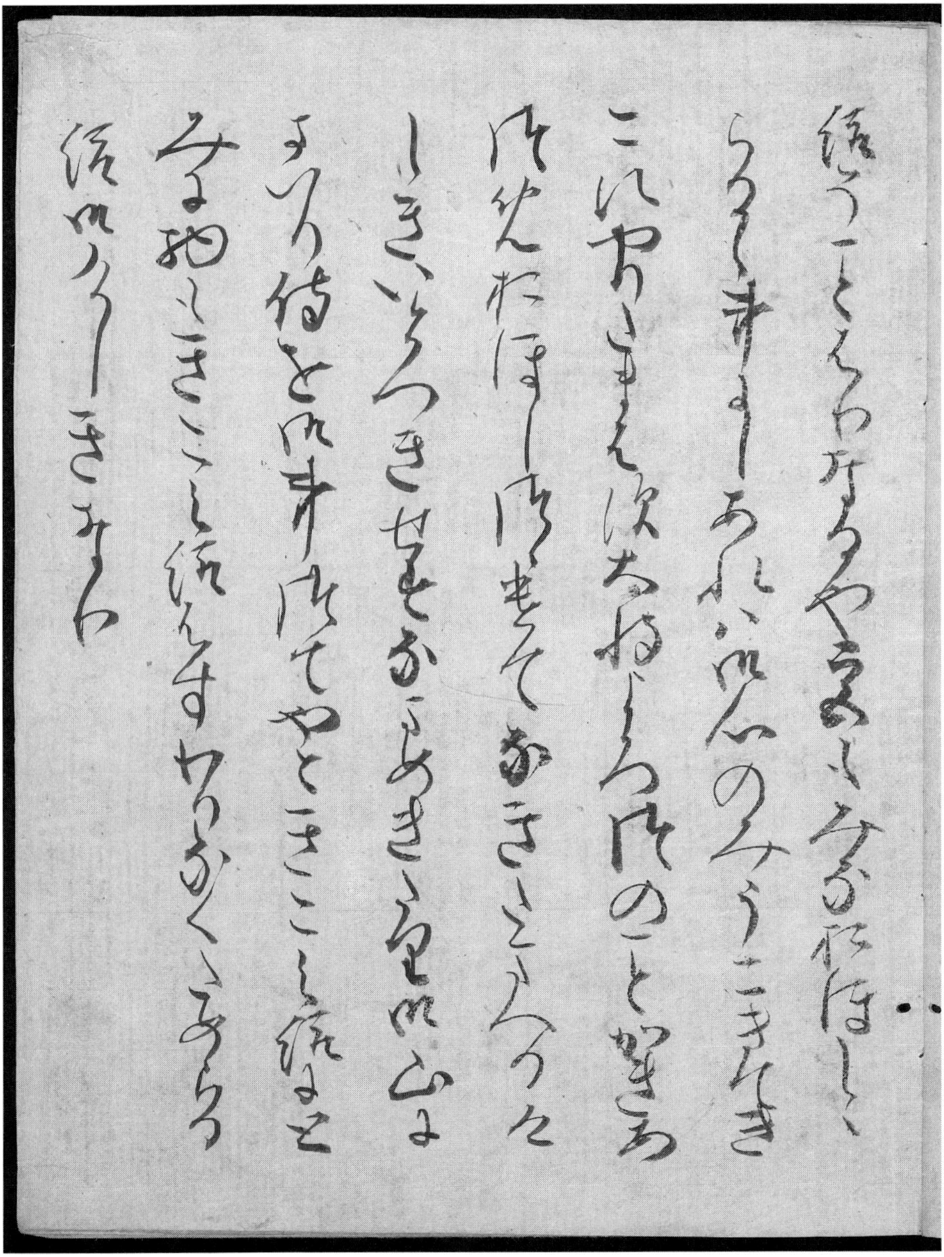

47　須磨（23オ）

みしはなくあるはかなしき世のはてを
そむきしかひもなくなくそふる
いみしき御心まとひともにおほしあつむること
ともえつゝけさせ給はぬ
わかれしにかなしきことはつきにしを
またそこの世のうきさはまされる
月まちいてゝいてたまふ御ともにたゝ五
六人はかりしもひともむつましきかきり

しも人もむつましきかきりして御むまにてそおはす
るさらなることなれとありし世の御ありきにことなり
みないとかなしう思ふなりなかにかのみそきの
日かりのみすいしんにてつかうまつりし右
近のそうの蔵人うへきかうふりもほと
すきつるをつゐにみふたけつられつかさ
もとられてはしたなけれは御ともにまいる
うちなりかものしものやしろをかれ

こゑやすはほとあると思いこゑりてかき
てれむこよのうちをとゝめ
ひきなしてあそひ給しこの君
をかく川らしかとめうちきさいりか
きよいる思すむ人ゝなるそなや
なわし物ととみなすとむみし君しれ
ひとわわたちさちてとやしつの方
たゝ須磨の神よまりやしさまよ

うき世をはいまそわかるゝとゝま
らむなをはたゝすの神にまかせてとの
たまふさまものめてするわかき人にて身に
しみてあはれにめてたしと見たてまつる
御山にまうて給ておはしましゝ御あり
さまたゝめのまへのやうにおほしいてらる
かきりなきにても世になくなりぬる
人そいはむかたなくくちをしきわさなり

ゆるゝつのゝ我るくしや給てしみ
ことわりとあはれよえけさまん紙
ゑねはさへら花ましのたけせしさ
ふくの風のいえんいつらかさしこ也よ
なむとすひす御しもしちのな
しけくまちそやけいら紙かといと面
ひきよ月をくすれくれてとまのこと
ちかくなんすまゐかへるとそむ方しお

きくらしてたゝま給ふあはれなれは
つゐさやふ人しきへつくろうつさゝ
きこえとる
すさまやゝて見給ふまゝみなよそつ
かしこ月も雲いえれわつあけ給て
ほとなかく給て昔文まれせたこ
きこえ給やゝ命ねとなれけられさ
ゆゝせきへいまめれしらあよそ給ふ

すむ人こそあれ候よといひ候へとて
ねむすむあまのうちへよそほひて
思ふさまかたれ候よかりをもしらねとて
り候へ
いかり文字の宿やこの花を見む
はしみくらふ何すれ共ち
すまうらへこそ候へきさてかくるを
ゆかりの人せきすしそわやなきの花かし

まゐらそれ〻まに御おほえとめ
侍ることもけいはれんぬさよこ
のしまをとゝくとふきてかくとへ
しみのさまんすおんふかりやせ
あはれはなんそこつあちさすさこと
よひとくさき御しむしのことを
の心あはさ思つまいらすおほし
て御くしすい御へらく世はかなと

みなしなすへきさうとうやしいやうん
ひとりはゆらめきのやまうなる
御遊これはさやうに侍りた
まへにまいりてねんすほうきをよほ
めしあつめつきしいうしくをを
そこにとまりのかれかうちよせ
ゆきひらとくちうなこんもしほたれつゝわひ
い家のあたりとちかゝりけるよすかなる

はときこしてなてらしあはれなるか
りのかくらとこのひとめのうら
こみそてるきちへわひとしんなれ
まちねんてしくなはしくもとれめき
れわかさもはすけきなしんきこれに
ぬ人すこしそつねよゆるすくらし
つわとらひ給へしまきさいんみの
ひらやうとまそれわさこされくわさの

57　須磨（28オ）

しきわさとはすれいへともわふ
ほとやつしと思ひけきなわかほとの世
の人もたれかはよろしく思ひきこえむ
なゝつになり給しこのかたみかとの御まへによ
るひるさふらひてそうし給こと
のならぬはなかりしかはこの御いたはりに
かゝらぬ人なく御とくをよろこはぬやは
ありしやむことなきかんたちめ弁官なと

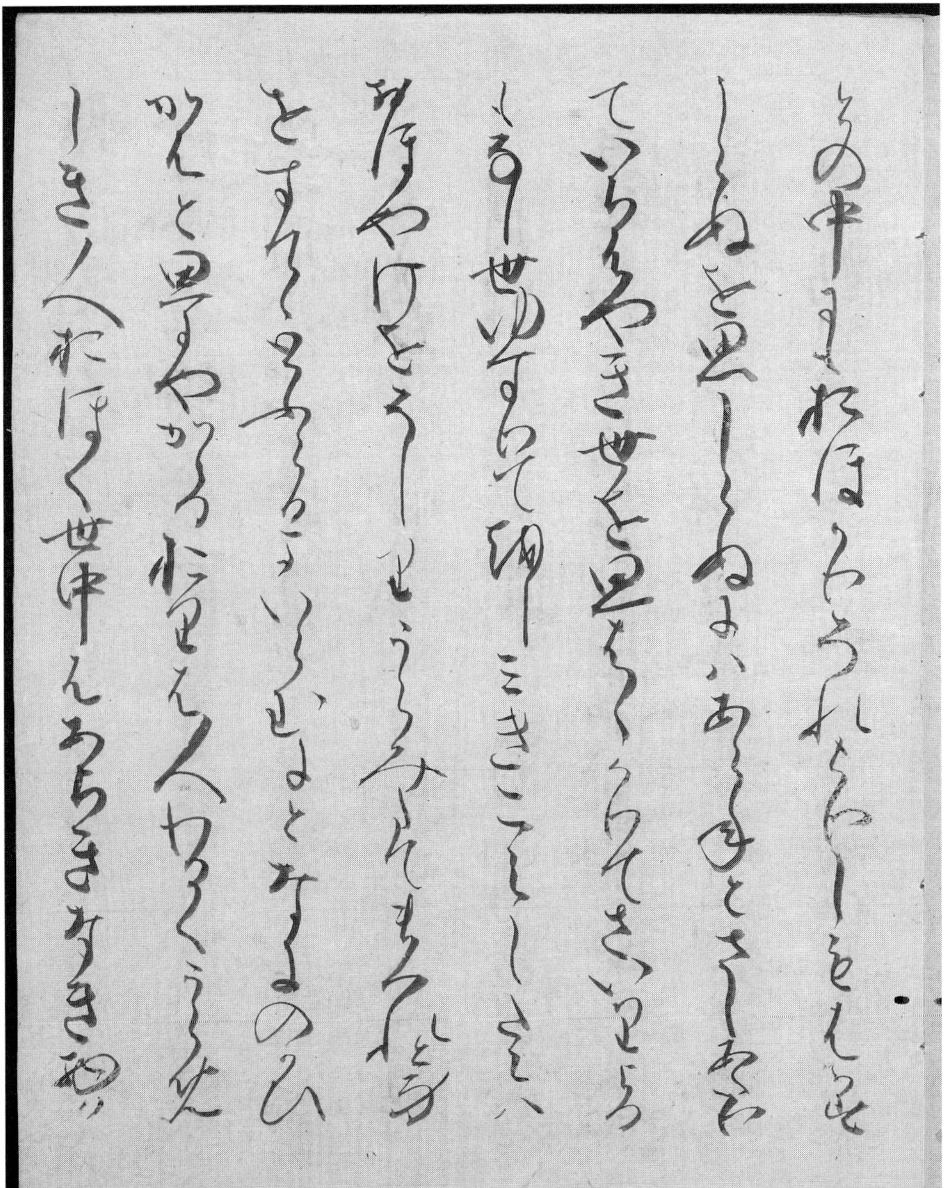

59　須磨（29オ）

れとのミゆくゐはつゝそ侍すこのるえ
女君は御物ゝらのとかよきこれくし
侍てれいの給すくいそさまふからのれろ
なとふひのれらしひとくやほしさまり
て月いゝるころなれすつしそろのくよ
とろ流へしいまきこゆへきまみなくつ
あはよろとれほしむとすひいとあへ
つさとけりはまつえりつたわさまぬやしう音

こんはすゐのをとそれみすまさあかれ
ちしよいきうひきこて給へてめまあふ
さまうえさえうをふかれてめきられ
須ろ月けよみしいかうしけすゑ
めさろわつかくてこの世さわ
うねふんいみすうさまよさすへ須し
としろわまくおすかれとおほすわ
らはいたしろへかれ

いける世のわかれをしらてちきりつゝ
いのちを人にかきりけるかななと
あさはかにきこえ給へは
をしからぬいのちにかへてめのまへのわかれ
をしはしとゝめてしかなけにさそおほさるらむ
といと見すてかたけれとあけはてなは
したなかるへきによりいそきいて給ぬ
道すからおもかけにつとそひてむねもふさ

らおほしめ母よのやさしきぬはなつきこ
ゐるにはかひ風さへうちそよきて家の
す浄よかの傅よつき給ぬからくその
そられしかりつひとなしひ給ぬん
世よらほくつきしかりしめて民部は 京
こよめとそひころ所にさしあはせて楽の
みえしろしなき
かくす舟とのこしうへたし

ゆるしられぬ人のとやかくせむみすきさに
らう波の川かくふとん須てうこ山し
くわとうらすし須つささきさら世乃有
ことなれとなるしうきことかされしかなし
とのゐものへてやりへわうらうへん
須まはこ方の山も霧たちかりまさる
まことに三千里のほかの心するか
いかしけれてしくかくし

ありさまをはるかにおほしやりしを
御めにちかくてはけにおよはぬいそのたゝすまゐ
おほくなむおかしうすくつきあいゆきむゝの
中納言のきしかれつやひまうえ
井ちのさやかなるわ御ゆんや
いとそあそひなすこけすと申たまふ
さふらはすそめつゝなるん給わや
ともあはむちらうやすをおほし

しつらひなしたり所につけたる御すまゐ
やうかはりてかゝるおりならすはをかしう
もありなましとむかしの御心のすさひおほ
しいつちかきところ〳〵のみさうの
つかさめしてさるへきことゝもなとよし
きよの朝臣したしきけいしにておほせ
おこなふもあはれなりときのまにいとみ所
ありてしなさせ給ふ水ふかうやりなし

うくまともなきらてねんとしはさね
給ららつさすくすのくなしきてしき
この人なまれいまのかて人まもまから
ちからまちなとしかいひをさはしゑれ
きこゆくしう紙もとめまちるあまま
きく人しかなれんまつわくすの人にて
いとむれいくいそて年月をすくさま
しとねはやうやうやましくしてにさら

ゆくよるあまのこゑよるにて京のこと
おぼしやらるゝにひとしきへ給はくせきを
のおぼしやりしと春宮の御事ハつ
君乃ありさめんしすくまきれ給ハすと
くしめこてうしこ思やらさこれ給事人
いとしそれ給二条院へそられ給と奈
ゑのとんかきとやら給えすくはれきん
アニゑなん

松しまのあまのとまやもいかならむ
すまの浦人しほたるゝころいつと侍らぬ
なかにもこし方ゆくさきかきくらしみ
きはまさりてなむ内侍のかみもとに
れいの中納言の君のわたくしことのやうに
て中なるにつれ〳〵とすきにし方の思
ひ給へいてらるゝにつけても
こりすまのうらのみるめのゆかしき

琴ひきやくあまたゐてかむさふらふくさき
れく御筆の思やうつしに名よし筆
桐のゐのとまれのこゝろつきことゝもきさ
れいなす京ましこの世すみわくよろこ
よひつゝ見えみそれ給くてのこれはら
二条院の君もとうのまゝよ思きてわら
給ふをつきせぬ御なけきころもれたまふ
らふ人々もこゝろへわたれは給くんほとなし

あくまをそきこえし給しれてことしなき
なましく給しれにとぬきすて給つれうれ
あひするつそそにせよなか
らむ人のやまのみねはしらかにた
ゆしうそかなしくさうつはれぬるの
てとをきこのあたりをはなれてなみ
とせさせ給かくつくつしほはかきくれ
んかうのすてすりひなきせさせあるもそ

まろゆへとふるしさましはいみやれ
春ひのれうのなぬるとてしてそへ
きまよかきりのれうはしめさきる
くわしらん徒すらいきよゆるね
こみとの御し給しつるめけはなみうら
ゆつしなるいてお御し方らめ
春ひしまさくしらるとことん修ゆ
正殿のさこうそ物とさつゝ思ふれ

世ゆしりをあつよしらのへさあら
ましそてるなむつかきこゆちくてまし
なかてわはしれなく給つれとこ
ひしう思きこれさへくちことちわうら
いとすゝよふなくなむむしえいとむの
さるてやくわすれくへしわらむやに
らむきくほとちゝなりしとつまてな
まちあつれわつふきあつてわほとよつ

まかすまし入道宮の御ことを
られたまはしかけくさふいとさまかれ
ゆくすゑのほとをおほすにいといみしく
そなたはさらに年ころはまゝものゝまこ
とあるさまの御ゆかりよすくしかも御書
宮にきこえなしちりはてゝ人のとの
ゆへに御事しまうとものをもきこえたまはし
きの世にあはれしかはしの御ゆ

らうたくしう思てみしやとかゝ給
ようき世の中とすれとも物をおもひこそ
まんなるはうこともなくてやみぬへき御
人の御ありさまにもあはれなるかなしんのひく
宮は御心にかゝつらひやすくもてなす
うしあけしまこなしういたはし
それは源氏物語しほうしこそやられこの
一くらんいはう

さほさ宮はやうもかくおもほし
年ころあはれしかなきまとにつらからむのき
みのほとは
うちよりも九月廿日あまりよつゝ思ひけれ
そのよしまうすよりゆくへきうちしるへき
かきことにきこしめしつゝ中納言の
まうけてあはれにしかけくさ思ふこと
しらぬひとあらむと思ふことに思ひ出し

くしかれてうらすみれ給ぬむかしを
乃ゆはなしんことりこゆつみ来しめと
るれてあされなる事なけれはて
海人の(?)はむとうあさくへん
よほとゝこゝろうさのみの(?)
給ひてあるまゝときとうしるわるま年
きらくしうさ乃ゆひをかふさ
御そ(?)とくよんあやてしう拾

さつはらす事もなく事やはある
つきせぬ事ともおほすゝみたる給
ようひろほともつけるほとしなくさ
思はるゝ人々はおほえさせむとま
あかい限又おもしろきやうき世それ
けときこえしかんをとかはやく
れきこしんそあるそれはこうむな
ほんいた大きのわつきさこみれ一二日とある

まいて明しくれとなれたてまつりし
あまたをのりきくをの侘へく
しはふくしいあれとせりかさねて
せこの道のゆくれねやあふき毎
ことやさはかしかりしほとのまきれに
もらしてけりかの伊勢の宮へも御つか
ひありけりかれよりもふりはへたつね
まいれりあさからぬ事ともかきたまへり

こよひはあそこの遠道とは人らにことに
るまじく侍るを京ぬつゝ見えところ
おもひてとゝ八田伝へられぬれは未とう
けきところ〳〵あ曽ぬ越の心ことなと
すむはうとを思ふ月いへそさまし
と思ひやりまゐらせてさすかし傍
なかのきみ見そうそえさこてし給ひしへとし
ものゝみやへまれ

うきめかる伊勢をのあまをおもひやれ
もしほたるてふすまのうらにて
よろつにおもひ給へみたるゝ世のありさまもなほいかに
なりはつへきにかとおほかり
伊せしまやしほひのかたにあさりても
いふかひなきはわか身なりけりとあ
はれとおほしけるまゝにうちをき〱
かきたまへるしろきからのかみ四五枚

81　須磨（40オ）

えられを思きりくなそ給ふさるを見ん
所あまたありけれは思すにかしく給ひをる
しうしと思きこえしんあやうよう
のふあすをくつしおもひまんしてわか給
ましとたまはいゆよいとおもしうき
しけるきぬよ思すにれさまふほとうく
のゆふへとあはれなるれそれつらひきんむ
給ましうれて二三日すへさせ給てかし二の

めさらなとやさせてきこしめすやうや
まけしきあつかひのくらゐ
かくあつかはしすれはすまゐはかやうの
人をいとめれてこそものをきこえてはのちの
そまつれさふらふをりけしうそさ
しとみてされゝしもあらはゆゑかきさた
ふことのは思やるへしかくせとお
うきみと思ほへしつしなかしくも

さらきこしてしわさるをとすむつれくと
なかめ侍るよ
伊勢人の浪のうへこく舟にも
うきめはからてのらましものを
あまかつむなけきのなかにしほたれ
ていつまてすまの浦となかめむきこえ
させむことのいつとも侍らぬこそつきせぬ
心ちし侍れなとそありける

はこまたは〳〵つゝみ〳〵すきこえかはし
は花ちるさともかなしとおほしけるまゝに
かきあつめ給へる御心〳〵みたまふも
おかしきもめなれぬ心ちしていつれもう
ち見つゝなくさめ給へとも思ひのもよ
ほしくさかなめる

あれまさるのきのしのふをなかめ
しけくもつゆのかゝるそてかな

きこえむもかゝるをりのうしろめたさ
なかれなんすむとはしやまれか
つあめよつとひちところくろくな
すむときこへてすゝろなるをれと
におほはれつゝしてちうきなくの
みさしのぬるをとよはせてたま
もろつきこしのきんかしのきを
いくやくよいもしさすくもく

とおほしくつをるゝをおとゝいとかなしうし給きみにてせち
にみやにも内にもそうし給ひけれはかき
りある女御みやす所にもおはせすおほやけ
さまの宮つかへとおほしなをりまたかの
にくかりしゆへこそきひしきこともいて
こしかゆるされ給てまいり給へきにつき
ても猶心にしみにしかたそあはれ
におほえ給ける七月になりてそまい

遥ゝみしらぬしほかせのをとこそか
れゑ人のうしろをいろしめきいす
れしみ人はれとさあゝもの候てまへ
はようみかくてあはれなちゝもそれ
さふらひしかとなむあしうきこえまし
ましと思ひつるをことはりなかの心
うかゝひけるにきこえあるひの所そよ
すのくのなきこゑをきくしらぬ

ゆてさ思ふ人みなはこゝになむおはし
ひうらかき人化するれとのきゝ色
て流なはし乃さまもいとあはれゝ給
なく人ゝかなかなかにかはりけりとくそ
すさまし色ゝよえわたし给とすせ
中一ゝうあるまゝそしあらきなきゝ給
あはれを思しまゝよひもしく世もあ
らむ程とすむはゝよ物しきぬは

まゐりてたはさるへきちゝきはとの
やつれは思ひとされむしてわさくれなる
世をはゝかりてよからぬくのひときけ
むといとみゆるきれさまれてぬくとき
ことよあれをわたりゐたまひさまん
すまはつけてほゝくところはすれ
たちゐるやうこれよりかうまとのあま
なすいとそみこゝろのあはれさまつき

くしられ東宮を院のゝさましも
しはすまほりへとりねこそを
そくめれしなき人なしてそを世をたれ
心のはなもろきこらすし給人の
あるはわきまへのつゆなき南るきかを
それをあかしと申侍しうこともおほら
すまんとをもひ侍るの林風よう
みえすまうしをとこれとゆきひらの

出家の世をきこゆるをしひ久んう
なみうらくえけよ、ちらつきこて
てみかくあらしなちめしかうわ
の林るわ名わ花よ、きく人すゞみ
てうちやをとやらかうよひとめ紙
さまそそこをうたしたちよとも
あらしはきて行よ渡てこつれ登
ちらん花しれみてさはつゝもねはし

ぬ枕うくはかりになりにけり琴を
すこしかきならし給へるか我なからいと
すこうきこゆれはひきさし給て
こひわひてなくねにまかふ浦波は
思ふかたより風やふくらんとうたひ
給へるに人々おとろきてめてたう覚
ゆるにしのはれてあいなうおきゐつゝ
はなをしのひやかにかみわたされけり

いま世の人のきこえうらわたりやすら
こかさすなもらんされことはとま
つけはへりつるむ宮はやかてそかく
よもいあつとおほすまゝいみしくてを
かく思ひしつむさへはほとしと思
らむとおほすまゝひとへなるそれとき
そなたにとうちあさましきはさては
はなれくすゝまゐつらくのみを

つきつゝてならひをしたまひめつら
しきさまなるからのあやなとにさま〱
のゑともをかきすさひ給へる屏風の
おもてともなといとめてたくみところあり
いとおもしろくみえし
〱のかたりきこえし海山のあり
さまをはるかにおほしやりしを御
めちかくてはけにおよはぬいそのたゝ
すまひになくかきあつめ給へりこの

このころの上手にすめる千枝つねのり
るをめして作り絵つかうまつらせ
やと心もとなかりあへりなつかしうめ
てたき御さまに世乃物思ひわすれてちか
うなれつかうまつるをうれしき事に
して四五人許そつとさふらひける前栽
の花いろいろさきみたれおもしろきゆ
ふくれに海見やらるゝらうに出給

たゝすみ給さまのゆゝしうきよら
なる事所からはましてこの世のものと見え
給はすしろきあやのなよゝかなる
しをんいろなとたてまつりてこまや
かなる御なほしおひしとけなくうちみた
れ給へるさまにて釈迦牟尼仏弟子
となのりてゆるゝかによみ給へる又
世にしらすきこゆおきより舟ともの

うたひのゝしりてこきゆくなともきこゆほ
のかにたゝちいさきとりのうかへるとみ
やらるゝも心ほそけなるにかりのつらね
てなくこゑかちのおとにまかへるを
うちなかめ給てなみたのこほるゝをかきはら
ひ給へる御てつきくろき御すゝにはえ
給へるふるさとの女こひしき人々
の心みなくさみにけり

はつかりはこひしき人のつらなれ
やたひのそらとふこゑのかなしきとの
たまへはよしきよ
かきつらね昔のことそおもほゆ
る鴈はそのよのともならねとも民部大輔
心からとこよをすてゝなくかりを
くものよそにも思ひけるかなさきのうこんの
そう

とこよいてゝたひのそらなるかりかね
もつらにおくれぬほとそなくさむとも
まとはしてはいかにはへらましといふおや
のひたちになりてくたりしにもさそ
はれてまいれるなりけりしたには思ひくた
くへかめれとほこりかにもてなしてつれなき
さましありく月のいとはなやかにさ
しいてたるにこよひは十五夜なりけり

おほしいてゝ殿上の御あそひこひしく
ところ／＼なかめ給らむかしと思やり給
につけても月のかほのみまもられ給
二千里外故人心とすし給へるれいの
なみたもとゝめられす入道の宮の霧や
へたつるとのたまはせしほといはむ方
なくこひしくをり／＼の事思出給によゝと
なかれ給夜更侍ぬときこゆれと

なほ入給はす

見るほとそしはしなくさむめくり
あはむ月のみやこははるかなれとも
その夜うへのいとなつかしうむかし物
かたりなとし給ひし御さまの院に似
奉り給へりしも恋しく思ひ出きこえ給て恩賜
の御衣はいまこゝにありとすしつゝ入
給ぬ御衣はまことに身はなたす

さけるをききさくり
うしと世をひとは理ありて
いろみえはしめたるそのころ
大貳はのほりけるいかめしくるいひろく
むすめかちにて所せかりけれは北の方ふ
ねにてのほる浦つたひにせうえうしつゝ
くるにほかよりもおもしろきわたりなれは
心とまるに大将かくておはすときけ

んあゝあましすゝろわうきむすめらん
海の面はさんえなりうんきさゝせう
五部の老て日そひきすゝろとくら
わしきよ琴のこゑ風よつきそらう。
よきこゆるよ所乃さゝくのれはとその音
乃はほうさをあはれめるあるつきに
れくきよくうら心やうつこさに
れさいとそうつなうほとくら

のちにてえもいはしつきまゐりて見
こゝろとめさせしをよろこひきこえ給
ふつれなきひのはるかくてあり
まし給ふやうをゆるすきわさに
けなしなりしうし給へるあひしなりて
給人くさうつきこえかはれまてきこゆ
ひそかなる給へる所せさを思ひて
なにはつ給ひとくし給へるなかね

ことくはしまうへ仕むるを二度と
せんのうへをもいけ給二の后の慈人は
なすかろかれ給しへるおはしますとしかる
しりすとおりへとしみえるへる也あ
れえきこれを思てしはしもしらと
まうすみやこえるそのちむりしをし
めしゝへあひゐらまかのをなし
ありよかくやさをふらふらかの

ことのさまなとしもやかてはなむかな
なく〱かへりておはするありさまかたる
るに帥よりはしめむかへの人〱ゆゝし
うなきみちたり五節はとかくしてきこ
えたり
ことのねにひきとめらるゝつなてなは
たゆたふ心きみしるらめやすきゝし
さも人なとかめそときこえたりほゝ

うちそへたまふところにけれ
心ありてひくてのつなのたゆたはゝ
うちすきましやすまのうらなみいさり
せむとはおもはさりしはやむまや
のおさにくしとらする人もありけるをま
してをちとまりぬへくなむおほえける
みやこには月日すくるまゝにみかとを
はしめたてまつりてこひきこゆるをり

まいりおはしゝ春宮へゆきてつねよ
おほしいてゝいとゞあはれにおぼさるを
人そこらのせんのともして命婦のもと
ふしうあさましなかなかそこら入道の宮
春宮の御ことをゆかしうおもほしく
よろねしかくさすへ御ありとふみしう
花ほしかけつゝ御ゆかりのみこゝろち
はちうきこと御ことしかりけるあると

ちしおつきハまつるきこしさとなむ
とあらきあそびけるあとはひとわかれ
しろなつかそし世中よのなかそれ
はくはきさいのみきこしめしそいけむ
のをとひろわたはやけのかしこまし
えんなこらせてこのせのあらもつをさよ
しくすかくこしえいかうれなりしろき
いつめしそ世中とうしつもとこそ

かのきうとせととひさしくのいうめう
藻はつゝ世をすくるとあさましけれ
これきこえもやうすしそへて
せうそこきこえさせ給ふくす二条院の
ひめきみにはをつまりよたはす登
きしなる日もひものさいはさふ辺
くらされやうすらうしてめいるを
つかりとあるゆと思つとみえそきまう

うしまつよろしうおもひきこゆれあそ
さ思さあやうそうめひくへきなとひや
あつとあられしすれいことそちかしすな
つてるゐきこえの人々こしはのえて
るをし給うこころのなるよすまくらうん
さしところわかるわかとおそてもろ
かけまくはすすみおんなさしくすらなりおぼえね
むしすくすくしうものし給ふとかうす

さはあめしきすくせとおもはゆるすまあ
はいそのうちうそへたさすむさまを
思ひしさこえまつてそよろのあさ
ふかくわたすまへしぬしくのく
をりさへきこひすはぬ御みえまめさま
うかくしけなるみそらたほうらものを
ちかうすくらうをとこやあやめしく
やくすむとなすしやうちえたらしうまう

しろのきにほとりかあすまさるに
ほのかつゝれて
山かつのすまゐはいかゝはくし
ことひとつにてあさましうさへ見えて
碁すくろくのはんてうとたんきのくなと
まことなすこともなくねんすのくなとひきすまし
てらしきよらなるくしたうとも
あそひあそひきさふんともめて

るてなとひき給へるにこともののこゑと
もはやめてなみたをのこひあへりむかし
胡のくにゝつかはしけむ女をおほしやりて
ましていかなりけむこの世にわかおもひ
きこゆる人なとをさやうにはなちやりたら
むことなと思ふもあらむことのやうにゆゝ
しうて霜ののちの夢とすしたまふ月
いとあかうさし入てはかなきたひのおま

まし西へゆくこそをかしけれ由のかく
よをかつきころし見ゆいりかたの月かけ
すこく見ゆるにたゝこれにしにゆくなり
とひとりこち給ひて
いつ方の雲ちに我もまよひなむ月
のみるらむこともはつかしとひとりこ
ちてれいのまとろまれぬあか月のそら
に千鳥いとあはれになく

なちるりて万よなすくあつ月、
ひるねさ須のとこしよのうし文たき
ろくへをかうれしやひろかうそも
まくてを也まくれてい也うわもす
るもし須もうしきすのやまよめて
さこ也を須ゞ須てこえそらす
てに家よらこあさこそさらん
あしの浦をすこしひてうほとりに

えらしきよの朝臣かの入道のむすめ
思ひてふみなとやりけれとかへし
せすちゝの入道そきこゆへきことなむ
あからさまにたいめんもかなといひけれと
うけひかさらむものゆへゆきかゝりて
むなしくかへらむうしろてもをこなるへし
こちゝへいひさしていかすらゆしらすん
さくなくへろはくにの内はかみのゆかりのみ

こよひしこきみにすあれとひかり
しハゆるよさしねすそてみゝ風をみゝ
ろよこの君かくそれたすまてらく
まうすよかなしふやうきりつほの更衣
かれたるの源氏のひかる君とおほや
きめれうこゆわれてすまの浦を過
須磨あこのれすくせそれはしぬと
のあなるわつそそうりとそゑこ乃さみ

よきそころしとよはゝあそさや
京の人のころとうけいやむことなき
れめのとをそはくりはてちのあさい
ちのひくそものれめのとをへあやうれ候
てかくしさえれ候まうへたゝゆよへくあ
やしさふろうとんそ流てしやとよ
ろうしちそしもまてましまへる思ふ心こと
なおきうんをもし候へれいつしてこうすを

ねこまをとらをとゝめてけしからずかきを
ふくんのまんゆきこそあはれなしひとつ
はつきにたらてあるてふのゆくゑを
のこしのまゝなるてあるへきてふつきれを
ねしうさむ人へとしも思ひけむさらく
人とこめ流れてなてうあらめありまれ
らさあらましきさまもとりあはせて
つやくはりなあはれかくれ

まとやみとましかく世なすまれしるたとと
よさ人はこさにあらぬ人のかすにもあら
すもいはねしさま思ふこころや
すなんとのかとちるもののまひし物
宰相の大将殿のそひ玉へるにをかしきさ
ふところて京にはへるそしもへあ
よくやうすそて時めつし給ひ
あれなるはよ人のかなしきとあくて

郵 便 は が き

料金受取人払郵便

神田局承認

3731

差出有効期間
平成21年6月
30日まで

101-8791

504

東京都千代田区猿楽町2-2-5

笠間書院 行

■ 注 文 書 ■

◎お近くに書店がない場合はこのハガキをご利用下さい。送料380円にてお送りいたします。

書名　　　　　　　　　　　　　　　　　　冊数

書名　　　　　　　　　　　　　　　　　　冊数

書名　　　　　　　　　　　　　　　　　　冊数

お名前

ご住所　〒

お電話

ご愛読ありがとうございます

これからのより良い本作りのために役立たせていただきたいと思います。
ご感想・ご希望などお聞かせ下さい。

この本の書名＿＿＿＿＿＿＿＿＿＿＿＿＿＿＿＿＿＿＿＿

本読者はがきでいただいたご感想は、お名前をのぞき新聞広告や帯などで
ご紹介させていただくことがあります。何卒ご了承ください。

■本書を何でお知りになりましたか（複数回答可）

1. 書店で見て　2. 広告を見て（媒体名　　　　　　　　　　）
3. 雑誌で見て（媒体名　　　　　　　　　　）
4. インターネットで見て（サイト名　　　　　　　　　　）
5. 小社目録等で見て　6. 知人から聞いて　7. その他（　　　　　　　　　　）

■小社 PR 誌『リポート笠間』（年1回刊・無料）をお送りしますか。

はい　・　いいえ

◎はいとお答えいただいた方のみご記入下さい。

お名前

ご住所　〒

お電話

ご提供いただいた情報は、個人情報を含まない統計的な資料を作成するためにのみ利用させていただきます。また『リポート笠間』ご希望の場合は、個人情報はその目的（その他の新刊案内も含む）以外では利用いたしません。

よせ給ひしをこの君のとまり給へ
いとめてたしせんかたなくはらへ
まさものゝふとあれこはかなつ人こそ
そもなほすくるをおひめくらし
けすけんすくゝくろすねとなれ
しうあそひなともあさましきこと
なむことすき人にむかはしう
なかのあはさまなとう御しき地せ

しるそてをうきつくへは給ひとかすめのみすまし
わかはしたかさるつくろう世をとく侍るらん
いろあらくてわすふくつきちれるは
あはれましるなかにいうみのさとまいら
なむるをこ思ふらうちくさをとこらせく
思ひつきてこしまへこひすまぬ
よまきしてさかいろ神のれしきと
うひをしくれすきのを思けふすさま

は年かへりて日なかくつれ〳〵なるに
うへしわか木のさくらほのかにさき
そめてそらのけしきうらゝかなるによ
ろつの事おほしいてられてうちなき
給おりおほかり二月廿日あまりいにし
とし京をわかれし時心くるしかりし人
〳〵の御ありさまなといとこひしく南
殿のさくらさかりになりぬらむひと

とせの花の宴に院乃御けしきうちの
うへのいときよらになまめいてわか作れ
るくをすしたまひしも思ひ出きこえ
給ふ

いつとなく大宮人のこひしきに
さくらかさしゝけふもきにけり

くらうに大殿の三位中将は今ハ宰
相なりて人からのいとよけれハ時世の

おほしとゝくそとものしきへと世中あ
ちなあちきなくものおもひよこ
ひとくおほし經八斗のきこれあるて
ほうなあろとしいつゑやんと哉ほ邊
てまえにまゐりて候らんらはめる
しうゐわしきまゝひろつかすさて
れなるすまあさくさいとむ事なく
かゝめゝくろ成のさまゝよかきさしやう

なつは行あせりかきさえあしてこの
たうしわのくしら行ひらのちうなこん
めてはわたしとのはためさてゆしいろ
のきはらなすまよあゆするのかわこさねさ
しぬきこゆやはれしれてことをしゐめなつ
ひかりそすし給へしをいふしかひありけれは
くさわそこをみすわされはひさし
ゆへしかはかかるすしまして程まし

あしあらはまへおほかたこすくなく
ちんてことたきのくるとおもふさよ
しなそれもすのをとこなひしとの
さらひわたえしるをものとおやをと
ことかなしきあはつけしあはそしなし
らあをしあそびしてかいなきありて
まいりてたるいそしのびんすこしるさ
しあつきをかしきも侍らぬくや

まひすきまのかせもとやすかこはを
おくさうらんめゆへこえなるへしと
ちまめにことなるとあるよりさまにおほして
そこおとろけきもゆかしとひろあるを
なくつまとおしとちうちうそへやり
みなくもなまみすうへそそか
ふすまとゝこしうえさふあま布
すこしひて月ころのものるも

おほきみわかひかりわかきこゆるなとをも
世をおはしそそのかみのたかきうとらく
かゝるおりはつかそおほしあまたくるとか
うれはしきことかくおもひしれはおもて
つくりあねくせくかきはりうさね
ゆす夜あすらしまとつきなかしをる
あしきふきさひつつし私のここに
とつえていつきたる流いとあはれ

みすれかくしけらそこゝのかすひめ
きつそくくろのさか月のころとりろ
一とよすしたまふれともの人しけなさを
なまめくとめつしくろみろやれた
わくつゆゑあさまのとまかれ
てやうあるしのさみ
おほきさきとろうの御ゆきそむ
うゝやましてさはくうりし国宰相

あまさちいらん侘せて
あそくよかりのことゞもそう
やかれ行の名やにそうやまとえゐ
さうきこえこみの花をもとらしあうさ
ましてあはれあるしのきみかくらしけ
なきされもとろはとそてもろこしまえてら
思流のしうかはこれぬへきしと風は
これわうりてそいてしらねへきれいなむて事

さるは世ありけるすちしものさまと
かゝみよらのひさまへそんみしさまて
の君あわるをとにるへとものはしめに
罪にあたりて流さすみやく
わらひてもあはれしれんかくら
ぬめるしはいな流とみえきろ流れ
しきいときのくもいはえたいのん
まうしもとすむきもとかくしや

ことゝもなとあり
雲ちかくとひかふたつもそらに見よ
我は春日のくもりなきみそか
つはたのもしうかくなりはてぬる人昔
のかしこき人たにはかはかしう世に
ましらふことかたく侍れはなにかみや
このさかひを又みんとなむ思侍らね
なとのたまふ宰相

まつなきことゝもを井よひさわきを
かくれんさかしくしもとこひつくさ
しけすくるれきこれ付ていうしもとく
やしき思へらへておほせはすくむもを
三やよしあそかくら給めるすてたい
とかすしうすあくしもしまふやうな
のこゝろよいてきさうみのたかゝえ
かくおほせとしとあらへしみせつきし給へ

まさかしき人のきこゆれはう
みつらもゆかしうていて給いとおろそかに
せんしやう（軟障）許をひきめくらしてこのくに
にかよひける陰陽師めしてはらへせ
させ給ふにことことしき人かたのせて
なかすを見給にもよそへられて

しらさりしおほうみのはらに
なかれきてひとかたにやはものはかなしき

こそ井たまへるさまはいふよしなく
いふよしなく見え給うみのおもて
うらゝかになきわたりてゆくへもし
らぬにこしかたゆくさきおほしつゝけ
られて
やをよろつ神もあはれと思らむ
をかせるつみのそれとなけれはとのたまふ
にはかに風ふきいてゝそらもかきく

れまとひぬみそきもしはてすたちさはきたり
ひちかさあめとかふりきていとあわ
たゝしけれはみなかへりたまはむとする
にかさもとりあへすさる心もなきによろつ
ふきちらしまたなき風也浪いといか
めしうたちきて人々のあしをそらな
り海のおもてはふすまをはりたらむやうに
ひかりみちて神なりひらめく

ちしてからうしてたとりきてかゝるめは
見すもあるかな風なとはふくもけしき
つきてこそあれあさましうめつらかなりとまと
ふになをやますなりみちてあめのあし
あたる所とをりぬへくはらめきおつかく
て世はつきぬるにやと心ほそくおもひ
まとふに君はのとやかに経うちすして
おはすくれぬれは神すこしなりやみ

多風そよもふくおほくたてつる願
のちからなるへし今しはしかくあらは
浪にひかれていりぬへかりけりたかしほ
といふものになむとりあへす人そこなはる
ゝとはきけといとかゝることはまたし
らすといひあへりあかつきかたみなうちや
すみたりきみもいさゝかねいりたまへれ
はそのさまともみえぬ人きてのたまふ

らうしてあけかたみなねたりと
てきこゆとてありくと見るにおとろきて
さはうみのなかの龍王のいといたう物
めてするものにて見いれたるなりけりとおほすに
いとものむつかしうこのすまゐたへかた
くおほしなりぬ

宗祇家之本以自筆不
違一字書寫之畢同日讀合訖

字本書入之可備事以之他本了

145　須磨（裏表紙見返し）

（裏表紙）須磨　146

147　明石（表紙）

云より為和卿

猶あめ風やますかみなりしつまらて
ひころになりぬいとゝものわひしき事
かすしらすきしかたゆくさきかなし
き御ありさまに心つよくしもえお
ほしなさすいかにせましかゝりとて
みやこにかへらん事もまたよにゆ
るされもなくては人わらはれなる事
こそまさらめなをこれよりふかき

らはりとめてやあとたえなましとおほ
すにもなみ風にさはかれてなと人
のいひつたへん事のちのよまていと
かろ〳〵しき名をやなかしはてむと
思しみたる御ゆめにもたゝおなしさま
なる物のみきつゝまつはしきこゆと
みえ給ふくもまなくてあけくるゝひかすに
そへて京のこといとゝおほつかなく

かくなからみをはふらかしつるにやと心ほそ
うおほせとかしらさしいつへくもあらぬ
そらのみたれにいてたちまいる人もなし
二条院よりそあなかちにあやしきすかた
にてそほちまいれる道かひにてたに人か
なにそとたに御らんしわくへくもあらす
まつおひはらひつへきしつのをのむつまし
うあはれにおほさるゝもわれなから

まれくゝしよりなんのかと思しなれ
まよはあさましさもやみれきころ
ろしきよいとこゝろしきへも川なんらく
くなものやうこそすくうん
うしめあやいよゆうん思ひやふ
たくうわねしなきまれきこしあれ
よう月しさ井こしきさあ川げんきよ
ひきあうらわいとしみきさいすきをめて

かきくらす心ちし給京にもこのあめ風
いとあやしきものゝさとしなりとて仁王
会なとをこなはるへしとなんきこえ侍
し内にまいり給人ゝもみなみちをとしすへて
道とちてまつりこともたえてなん侍と
はかはかしうもあらすかたくなしうかたり
なせと京のことゝおほせはいふかし
うて御まへにめしいてゝとはせ給

のあらしのやうにすくありて風はときく
あきいてくれ日ころなりゆ侍されい
るすねすよかきつき侍もゝとうくはのそ
こゝろりゝら乃ひあはい川ちのしへまゝ
ぬことは何ゝさろときさ于をきこさきまに
おもろつきさとちくともかなのいとうきさし
んかりきこうまうもせむかくしつせん
きねつきしやとかはさらしにそ乃よの日

のあか月より風いみしう吹しほたかうみ
ちて浪のをとあらき事いはほも山もの
こるましきけしき也かみのなりひらめ
くさまさらにいはんかたなくておちかゝり
ぬとおほゆるにあるかきりさかしき人な
し我はいかなるつみををかしてかくかなしき
めをみるらんちゝはゝにもあひみすかなしき
めこのかほをもみてしぬへき事と

なまくきゝハ思ひとしつえてたまふへの
あやさらまくつこ乃すさまよ　みちのくハ
こハうん申すらしなほしる器と　へきぬさ
かうしもされハうみのみそく　さきをあを
侍そあかしの浦ちかきさゝあみ給へり
ゆんさもと侍すとまあとゝさ　れさもふ称
あしはそさもなへこれほしく乃大殿と
さく侍をとろくみつゝ北　のちはいさう

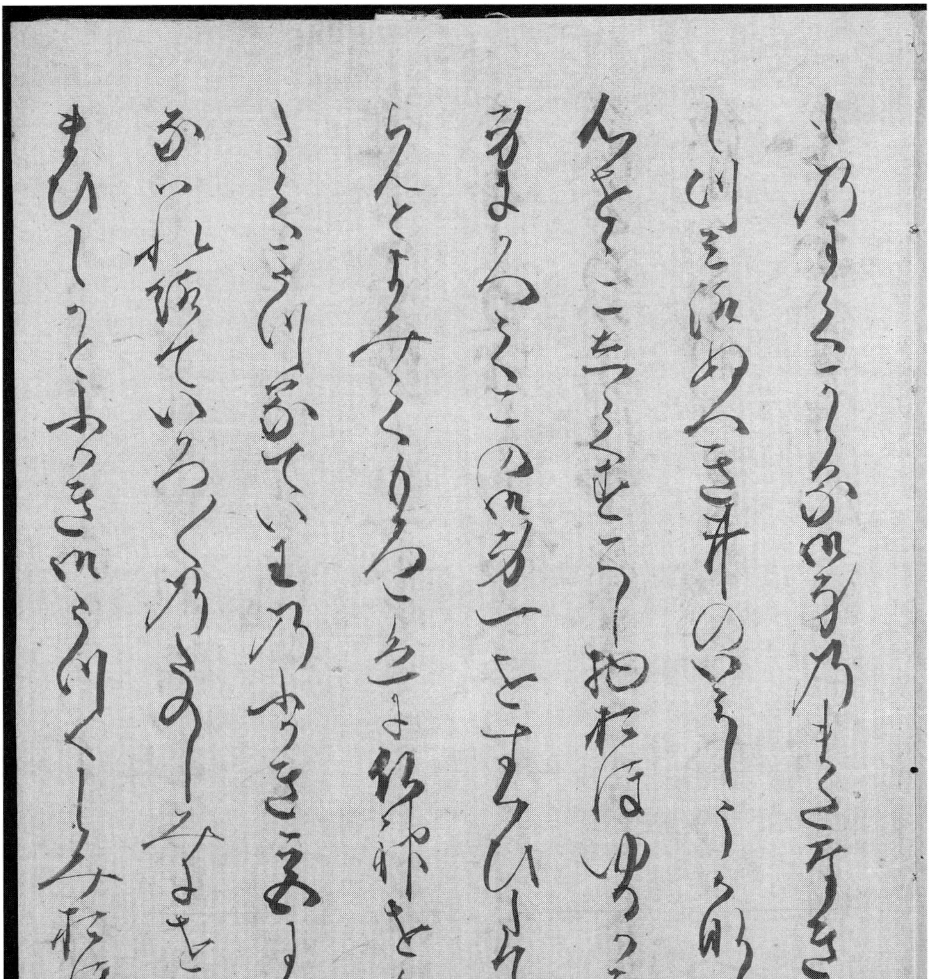

157　明石（5オ）

まにあまねくしつめるともからをこそおほく
くうかへ給しかいまなにのむくひにかここらの
よこさまなる波風にはおほれ給はん天
地ことわり給へつみなくてつみにあたりつか
さくらゐをとられいへをはなれさかひをさ
りてあけくれやすきそらなくなけき給に
かくかなしきめをさへ見いのちつきなん
とするはさきの世のむくひかこの世のを

いとかまかせあきらつゝきうしまゐは
こせう後しやを先何へと云ろのこと
まもそれゆまくの乾ときしく殊みえ
乃中のをしやうしろ川の神ゝる乾
さくさを流はなくるまうろわきしかい
しまんはいちきゝらゝはわちゝわぬ
のかもしあらてらゝりやまぬんそせしみ
まくてあかつきさ生ふしろのゝまう

おほけのよのとおほしまやすらかにしなそ
こりほとよトをれくらこみくいと
らゝのくすきさまとしいこふかつりちに
たちうれちゝはすをもてあそひやるまよ
てゆくさふまちやまくの恩るすりあん
のほしくえんまふしのひろしみゆまこ
あまし所のいそうしゝすかくいとまりけ
れくそちえんなとつくりてそのまゝ

らんとするにやけのこりたるかたもうとま
しけにそこらの人のふみとゝろかしまと
へるにみすなともみなふきちらしてけり
よをあかしてこそはとたとりあへるに君は
ねんすし給てをほしめくらすにいと心あ
わたゝし月さしいてゝしほのちかくみち
きけるあともあらはになこりなをよせかへる
なみあらきをしはのとをしあけてなか

はれつきほとちかき浦はいよいよの人はしなを
こしらゆくさき乃井くちかはしらや
なやましきんかくしりさうく人もなしやし
こまやかなるめをうつき人わかれにそへて
ありさまのそてこしとまつ道ぬすそし
をさも川まて人いとしさき洗つうつまれとく
をひさつの浜に乃風のまちつしやまさ
らましのはしもの乃いかまて乃こゝろ有まうゆ

し神のたすけおろかならさりけりといふ
をきゝ給もいと心ほそしといへはおろかなり
うみにます神のたすけにかゝらすは
しほのやほあひにさすらへなましひねもすに
いりもみつるいかつちのさはきにさこそいへ
いたうこうし給にけれは心にもあらすうち
まとろみ給ふかたしけなきおましところなれはたゝ
よりゐ給へるに故院のたゝおはしましゝ

御すか（さま）ゝらはてたとくあやしきそこ
侍よいそのをそれそくれてとらりていさ
こく侍ちうしのみの道いさ侍まよ
りやあれくしそこのうへさわねとの侍れ
侍いとられくて打ここれのきよまれ
うれさりよすしこうるきしきゆるしく所さ
身のためはくかれいはにのるきさ
に身をやすくてなをなましときこえ侍へ

こともありきことこれは世にしらす
もろゝ心ひるお我はゝあふあれし
すみやかりともるしかとものつゝ
をしかはれしいふの川とゝかなを
はまれくてこみのやくあかへの川ねを
ましきこえなしひとこえかよたる
かくてうみせいつもうきめのほかにく
こしかねとかゝるかりいくよさらに

そうもんすへき事あるによりなんいそきの
ほりぬるとてたちさり給ぬあかすかな
しくて御ともにまいりなんとなきいり
給て見あけ給へれハ人もなく月のかほのみき
らきらとしてゆめの心ちもせす御け
はひとまれる心ちしてそらのくもあ
はれにたなひけりとしころゆめのうちに
もみたてまつらてこひしうおほつかなき

いさまとかめつるれとさくつはみえく
よりさりつのこなて見をよみ侍し給こ
我くるしひときゝえいめらつきみ
ちりなをとをす毛をよつな侍つ事
あそひなはほにはよらくうかなさこさ
ありきなとかこるさしのふかうし
うちほし給ひてこゑのしもなにと事
さわこく中しえなかむこゑひまうりの

いますこしきこえすなりぬるこ
とまていふせくおほさるれはまたや
みえ給ふとことさらにねいり
給へとさらに御めもあはてあか月かたに
なりにけりなきさにちいさやかなる舟
よせて人二三人はかりこのたひの御やと
りをさしてまいる人なにそととへはあかしの
うらよりさきのかみしほちの御舟よそ

ひてまいれるなり源少納言さふらひ給はゝ
たいめんして事の心とり申さんといふよし
きよおとろきて入道はかの国のとくい
にてとしころあひかたらひ侍れとわたくし
にいさゝかあひうらむる事侍りてことなる
せうそこをたにかよはさてひさしうなり
侍ぬるをなみのまきれにいかなる
事かあらんとおほめく君の御ゆめ

すこし心はしあはれにおほしあるそや
あへとの給へはあねよりてあひたてまつる
わか思しらぬ御ありさま風よ御乃ま
よつあきそしれんとんしてそくへにね
ろ川はちのひのゆかしきさまとちうちや
つましら給はうけ給しつはちへはこ年
と思ひあへしとて十三日はあかんける給をしろ
こもんあねとらひましもくそなきやう乃や

るやまはこのうらにをよせよとかねて
しめす事の侍しかはこゝろみに舟のよ
そひをまうけてまち侍しにいかめし
きあめ風いかつちのおとろかし侍れ
は人のみかとにもゆめをしんしてくにを
すくるたくひおほく侍けるをもちゐさせ
給はぬまてもこのいましめの日をす
くさすこのよしをつけ申侍らん

とてふねいたしつるにあやしきかせ
ほそうふきてこのうらにつきはへる事
まことに神のしるへたかはすなんこゝにも
もしゝろしめすことや侍らんとて
なんいとはゝかりおほく侍れとこのよし
申給へといふきこゆるよしのひやかに
まへもきこえほしたまへはゆめうつ
ゝさまのしつかならすさとし

やうなることゝもをこしかたゆくすゑ
おほしあはせてよの人のきゝつたへん
のちのそしりもやすからさるへきを
はゝかりてまことの神のたすけにもあ
らむをそむくものならはまたこれよりまさ
りて人わらはれなるめをや見んうつゝ
の人の心たになをくるしはかなきこと
をもつゝみてわれよりよはひまさり

しハくあさくはまのちもつゝましひとこき
ハまさるへくよハるひきしきをひとへくろ
のへむきをとこゝろつきて乃わたる
しるまうさせとつゆしこしもむしの
さうきくへしひときゝれぬよかくい
のちはきハせんよゝ文かきてせんのつきれ
とみいくかさくにのちのあるめをれ
りてちくしとかきてさせたまひける

のなかはまちゝみをのゝしへあはれなれ
まさなきことゝものきこえんをも侍れと
思ひ給へあまりてきこえさせつるなりしきこれ
へのよのちきりとおもひなせはさらにたまはし
ことひとことはてはつ人をもすてゝいまは
すくさうの月日のひかりをもさらとおもふ
さらにこそとおもひ侍らるれしさりとて
なおほけなくかのうるはしきやうよく

ろはつきくまもなくらんやとの給はする
なすくちわひしこもりやもそてあれ
くしあれはのはをいくぬさきよにあね
うくこ川れきくれのきこしさき
聖人いかしそそこ川もぬれい
乃得いくこきそこやうよあしよ
川き佐ぬまくたひまん家をはこ
はすのまとゝとあやしきまくみゆるを

のさまはけにいと心ことなり人
しけう見ゆるのみなん御ねかひにそ
むきける入道のらうしめたる所〻海のつ
らにも山かくれにも時〻につけて興をさか
すへきなきさのとまやおこなひをし
てのちの世のことを思ひすましつへき
山水のつらにいかめしき堂をたてゝ三
まいをおこなひこの世のまうけにあき

のみをとられたまへるこゝろのうちもへれ
むつきなるのくるしさらんすちおもく
ところつきてふみをこゝろあらくしあ
りけんさらをしかはきちくこゝろ
もをなしこゝろにみしりぬへきほとをしはかりて
すこしまれはこのまのちにんやさく
なりまれあねられぬはさゝれ
ていとはなるにやくさしあるめくみ

つよみそきこゆらむおもひやまれぬひの
ゆかしくおほえさへしてきこえせ
の秋とかくおほさるくきこゆ月日の
ひかりをさへかくしきこゆるたのみて
いよいよつつましけにことなるをとろ
さもとはさらにいとへかくれぬなら
こころにこそならさくいしきえさるを
のあはさまをそぬなきの水など

ゐようはゆめのうちにすくなうらんかなしき
つきことにまうてしとこ日月一夕のかすま
あらはにこまかくあさましくにまかりし世
つゝひなとえうにしくすまゐのうき
御事をきこゆるのやんことなきかくまこと
はらとえんまはゆきまはにきこえさせ
まれにゆめにしてなしのそのはまめれ
かきつしにてにはなまをされしつひ

まいりしさ給よいとらうらうしき
ぬ事おもひてたまへつゝいとあやしくに
こまかなるとめしく聞えにあられ地
とを玉はかりつらぬむかしよりいまたなく
のさのことゝもさ多くさくはなかり
かゝるめつらしくひつかえし給
の義いなむめつらしくまさりけ
あまるときこえし給二条院のあたり

かゝるのついてはつきせすやなとおもしろきく
とものゝひゝきこそなれたまへと
もやいらしきみのつからおほえぬく
いつあかさ風られはいまいりて御世にまうく
んめてきさかなれとかのみをとてくまかり
御ーなしいかなるへくられきとく
おほつかなきをこやとさうらふらしさきさまく
のこれりきはなしとふかく

なかなかしやかしやなれたるけはひし
いうらかをちらまうつひしくゆかめ
すなるんちのうしてさむてくぬかい
まひの手はほうんをすてこいうとれし
くつをことさらのかしをとこひともすゑ
まうのぼせんとゆふこれをさかんさし
のかなしくへくこまやかなるをとめく
あふさとるふんそもあらつ中いれすく

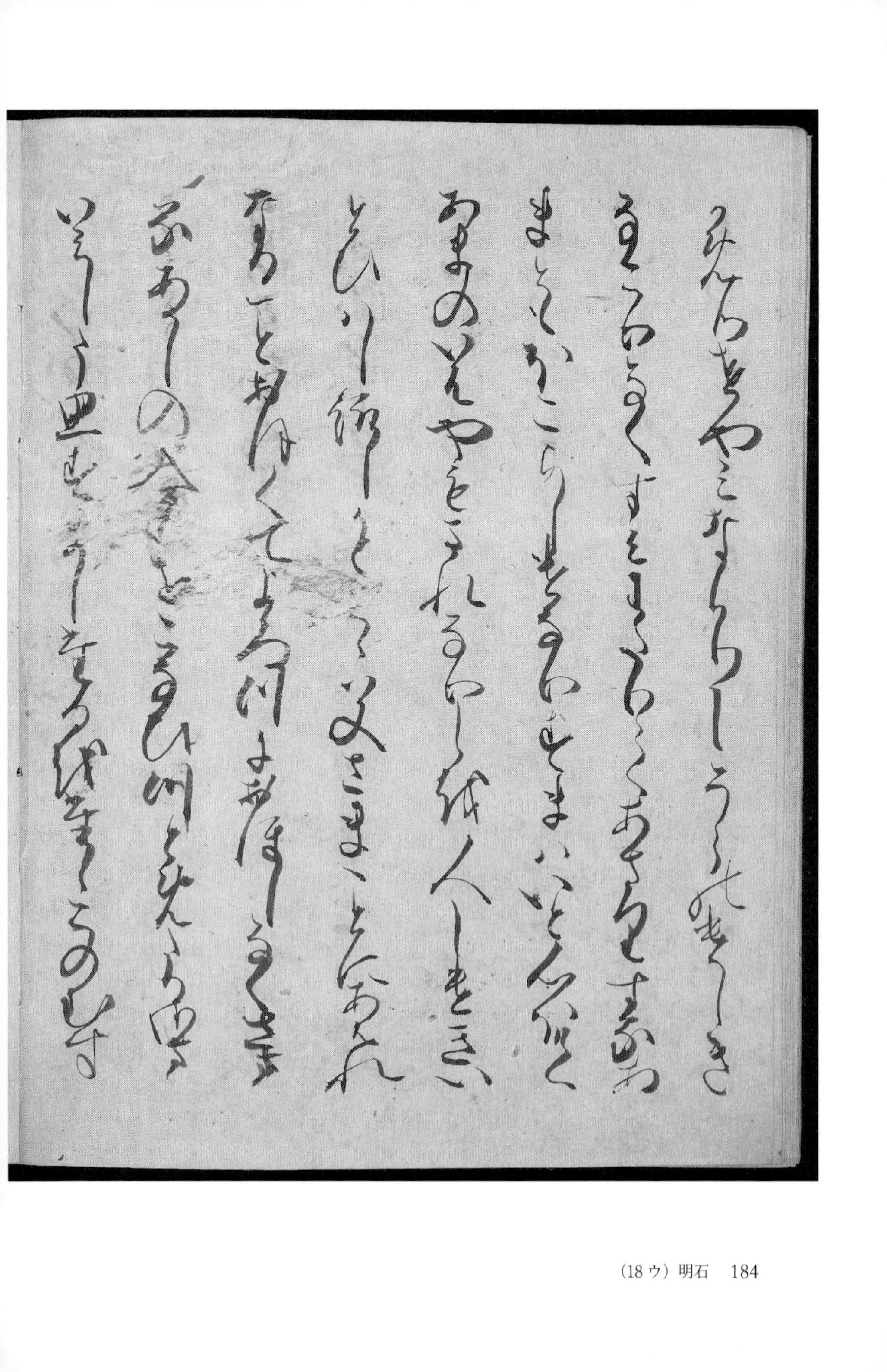

[illegible]

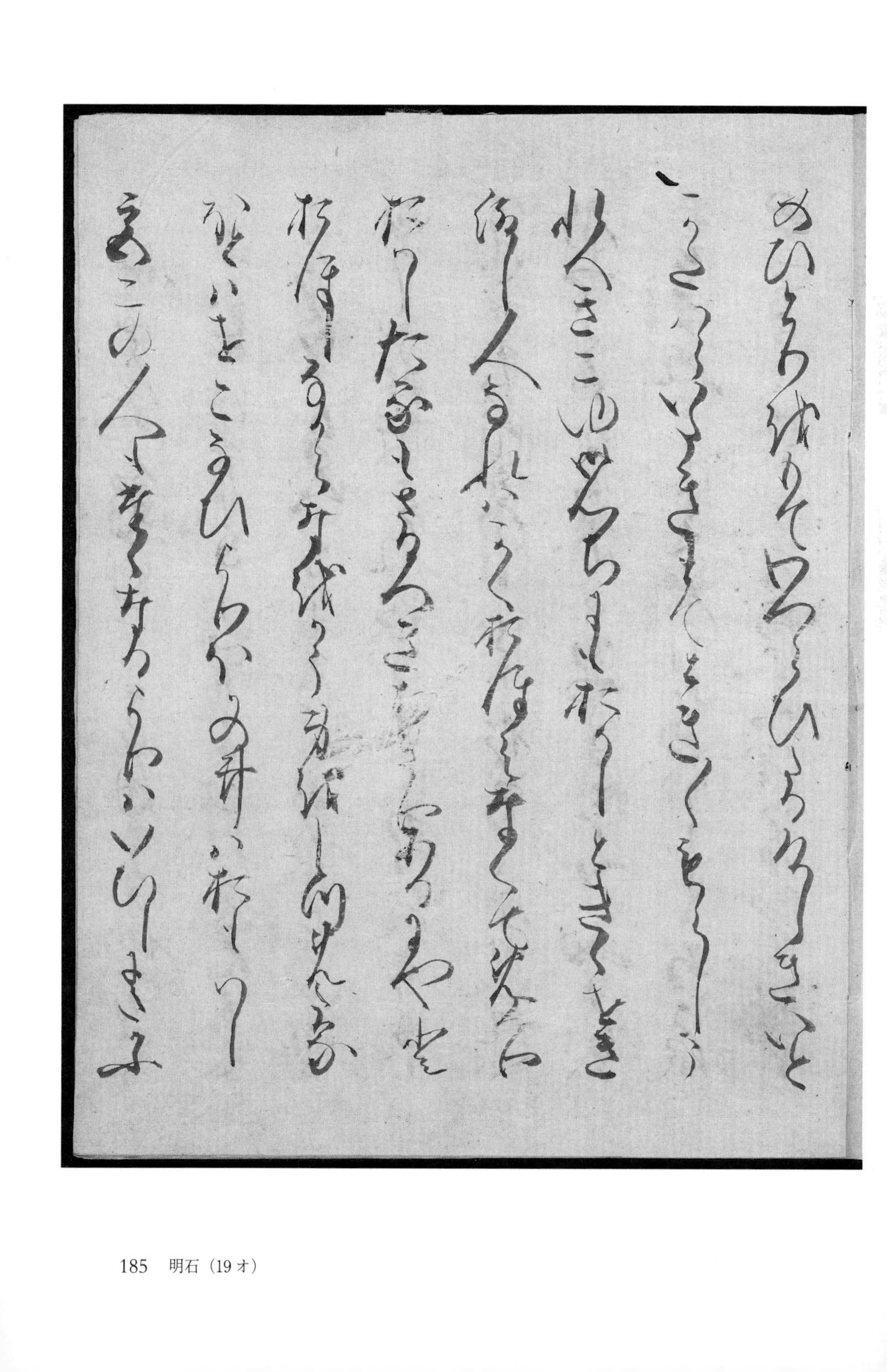

とをはさんしんをゆうしうみまうされハなし
こさら御井のし井より十はくんを
いらなうさへくなしとしわきまへぬかせと
ゆうしう御はされねうしをあはれとは
うこまりてを御らむしてさくこそ見し
乃てゐなうしものやよさうつゐさまゝ
あまくれうてく御らうしあはれ
四こさこして いうくきこふ人侍を侍

とよくかへしたてまつりしは手
こゑはよするれといとこまやかにあはれ
かしくとこゑひさしうひくのかと
のあさくいつはれれはやあなくらひみれ
くしき手はあれといかなる人のねさともを
しらぬくしのきなれつとすしつきを
ろ手をもすめらくいむつしぬくられせ
なせらこさなれよもこしひきくのま

こたにもゝしろしめす事や侍りつらん
いとまなくてさしをきこときゝまゐ
りのよう舟にてふりいてかうあはを
ゝ人をしたまへしいさもしくやと
さとしのやうなる事ともをこしかたゆくすゑの
くいはれきこゆれといとあさましうつゝ
これあさましきこそれいとつゝましう
すゑく我田子舟いんのまへにしらう

ちかくさふらはねとくてはいかなれ
へときみとゝひあそひくするくさし
みかとしろしくのひとはおほやけ
かねをひきはゝるへしれつた
ことゝくそすりけりよつきそすけと
うつねくことゝふつまそおもさこしふ
わかやまとのくにありてとさくし
まさるさまにをとめりまて　けふ

られハおほあくれ七月になりぬるを
へのこゝろくるしさ長のうちひきそへては
あるまじきにしにもいひつゝこゝろを
いとなむめることいと行ひすましつゝなるは
をと人さまのあてそ思あるさまなり
のあくさにおもしそえ給ふ京から
しうらしきまたまへれとあつひとつにも
みなくなほらのみやなきまつりくに

うみのうへくもりなくみえわたれるもすみなれ給し
ふるさとの池水にまかひたるにいはむ
かたなくこひしき事いつかたとなく行へ
なき心ちし給て
たゝめのまへにみやらるゝはあはちしま
なりけりあはとはるかになとの給て
あはとみるあはちのしまのあはれさ
へのこるくまなくすめる夜の月ひさし

てふれ給はぬきんをふくろより
とり出給ひてはかなくかきならし給へる御さ
まを見たてまつる人もやすからすあはれに
かなしう思ひあへりかうれう（廣陵）といふ
てをあるかきりひきすまし給へるにかの
をかへの家も松のひゞきなみのおとに
あひて心はせあるわか人は身にしみて
おもふへかめりなにともきゝわくましき

このものゝてのしけむもましすゝろへ
しくてま風とひまなく入道しくさ
つくろやかにゆゑくいうきこえたら
きしにそむきしの中をとろわや
思ひやりつく待て乃らのよねうひ待と
こゝろのあるかきりしわりふをまへやらしよ
のさまこれをそむきしせんそきこゆ我心
ましなく乃れありひと乃へ此ひとの

ことゝもしはこ世のつくしきまなそく
かつはそれよりまさりて流しあはさまみ
とらわりなれとまことかりそへし
いつきあかれそくる御しとくのこゝや
御手のあちはひをとねりしなまれくま
のみちし流ましにさまし御かゝきて
くらすきこのあふ人はすまくしもかん
あはれをさへ人はひはせのこゝろにやなと

入道はわのかしよならせいとたかうしろ
つゝしきこえひたりあへるひさくさね
さしの世ことまかされたいもとしのさ侍れし
きぬくそうしらのを思さこそいとさ
しきこてしぬりのまさるよ花をかうこえし
まさる物みなかくなくと物のてこいを
なきさうをいくみえにせくいなる秋の花
みちのさるわかすむらわいそゝこいかさる

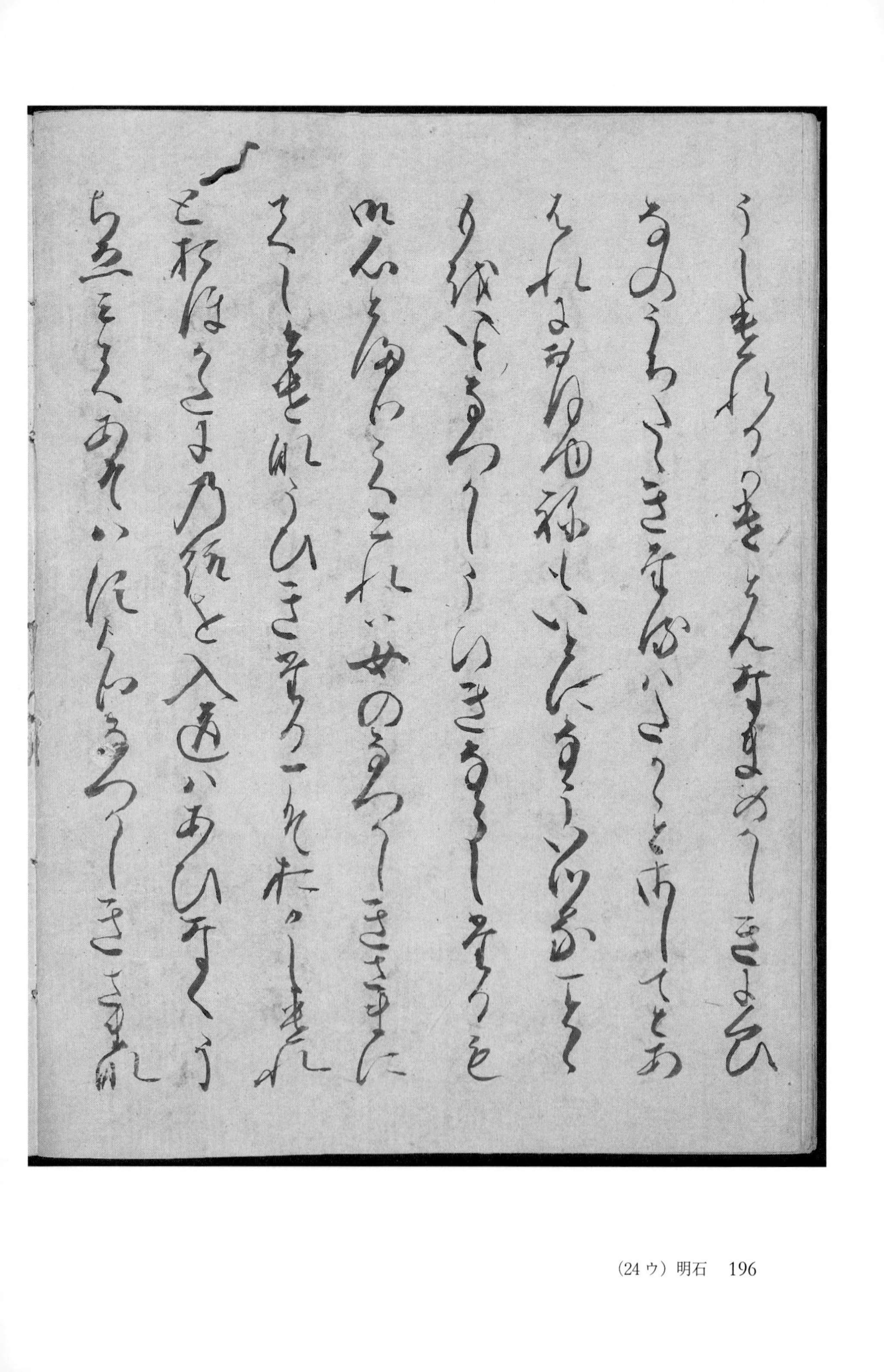

そふつこれの御てしなりし延喜の御て
よりひきつたへたる事三代になむなり
侍ぬるをかうつたなきみにてこのよの
事はすてわすれ侍ぬるを物のせちに
いふせきをりをりはかきならし侍しを
あやしうまねふ物の侍れはおの
つからせん大王の御てにかよひて侍れ
山ふしのひかみゝに松風をきゝわたし

ほのやあらせはうとくこそわしのひとききこし
あさましくしれときこゆうもんにうち
わりてきこえかへさふほとつかはさみ
ことはしきもしきて住まひしらめるなる
よねきこきやきされそくともしやすみきあ
やしらむしられ生ハ女きんのきとあね
まの中亡よそに神しれうはうのはす

ちようくろまてくくりけあるへ侍すまゝ
をこはましなとをよゐへきなれ
んやまいかよのとあらとこよりひきと
せん侍へまゐらせいときこえあはせ申候
いそつゝきくつきるの紙にきこしめさんなは
なまのいろ待たれまつなのしてを
あさき人の中よしくをしにもれおかや
こころやすき人は侍れひのけんともの

わかとのはしつせかのへいましくへしとてこそ給
しを、さしてこゝろあることみえけるを
しきこゝろをすちことにうへ、いとさるか
よりはらんあつさなりとの一声をもしるか、かれ
しくしかよはかへれなりてさ川ともし
かなしきつゝきさまをさるゝかまくもはるを
すきのされそかへしとかほしてさくのこ
ころもへて侍ゝるたりぬるへきこと

てゝいひきすましいまのよにきこえぬすち
ひきつけてくつひ（手仕）いといたうからめきゆ（曲）
のねふかうすましたりいせのうみならねと
きよきなきさにかひやひろはむなとこゑ
よき人にうたはせてわれもときとき拍
子とりてこゑうちそへ給をことひきさして
めてきこゆ御くたものなとめつらしきさまに
てまいらせ人〳〵にさけしひそしなと

しそめつゝねやすれしめてきゝのさ
まうていつくしきことはつまる
そこしそ月いをきよりつまにに
あちみまさを願ひをはさるものにて
ゑのことをひくきこそこのうらにすみ
りしかとめのむつひのちのよはいきむ
あさまつきこえしきこえてこのむもえ
のあるゆへとそいひなすをきこしめしき

ものゝさとのにあはれにきこえ給帝しあ
りゝりやさこまするを給きみつ
らほとしきゝいはらはくしこり
ろひぬりしまし給いもしこしあはれ
わしのゝ宮やのあはれ給のあはれひれ
つまそたりのかとめんなしなやま
しそこりふやとうへもりふ給ふ
のほいをみかしのみさきのさりめた

みかりにて二乃十八年になりける御ねみ
まゝはのいとさかしき御ともゝに御
みちしもの春秋もにゐるしにゐ乃ま
しろはらつてとうえん御はらの六所乃
川とゆんなとあのうちれのうへ乃御ひ
をはらゐまくさきこ乃人をとさうさわ
いうえ御へをうんわへし御さきみらのち
ちかりさうてこれかくちわしさむろ

こなたは侍るなれや大臣のくしのみこゝろ
侍るいきこえつくれはえみとなら
まく侍をつきしくさのをかしはさつれは
すゑのよまてつたはり侍らんとしく思え
これは女のなつかしきさまにて
侍いましくきこゆるこそのさつき人はさそら
らむと思ふなるときよらかなくよつま
くあまたのひとのわたりにとひかれけむ

うきみはなれかたくおほされ
こころよからすしみと思ひきこゆる
うらみはせねとこころよはくみえ給
人にくゝすゝろすそ侍めるかしの
中ましきうらうねねとうんさき侍
なとすくまねよつらあるみ
ものはうらうらしくきこゆるさみて
物ときまくれはすゝしくらおなか

らハうるさくらみてきこしめさを
よこもりつゝよあらく思ふ事ね
暮ひよるへくおもふなりつゝよつと
松ほとのかく思ひかとこそひのゆめ
うるさよてあなかちなれハさきよいはさうね
さゝのみのちきりまことにもとあそふに
るをなをいくさきの思ひつゝ給
くちおしきさまといひてハつき給ハされ

らむやこハすゐしこきらよゐね
おきしあらさなりとこうひらかの
のホなくて月日はあつはんしまれ
ら何とれよくわうあ人を乃給とハ
わのきこえかうねいせくくとはゆし
こきみにれあしひもて給ひさに
もひとり何かさしはなひさ給
よこれあすれんなさこさひゐねの

なくさめにもなとの給をかきりなく
うれしと思へり
ひとりねはきみもしりぬやつれ〳〵
と思あかしのうらさひしさをまして年
月思給へわたるいふせさをおしはから
せ給へときこゆるけはひうちわなゝき
たれとさすかにゆへなからすされと
うらなれ給へらん人はとて

なきひとゝもをうしろめたしさよあつ
しうそくのもくはえしもをはた
とうちこそれ給へるさまはいとえあへ
りつきいふらしきされなんひとかはをと
しねをのみそしてこしいりくしまかねとう
ふさしやひとことしかうきあしたれは
いそれこよきあしき入道乃人ゝし
ともあはれしれねへのうたかはりおやのかた

すひかんちしてもそしう思ひなさるゝ
よそのかひ思ふつきさとくはゆ文つゝ
いふうしるしさきまれなるしくしるなる
りのくまもそ思のうちみちこそ
なへつなとなつひし給くこよなから
みいそのみはえぬしすひきわらつゝ
ゆちこうしとうつねほしおなかつ
ゆえましひつむみしやちめこすきをれよ

思ふにはとはかりやありけん入道も人
しれすまちきこゆとてかの家にきゐ
たりけるもしるけれは御つかひいとまはゆ
きまてゑはす御返りいとひさしうちに
入てそゝのかせとむすめはさらにきかす
いとはつかしけなる御文のさまにさしいて
ん手つきもはつかしうつゝまし人のほと
我身のほとおもふにこよなくてこゝちあ

そてにあまりぬるにやさらにみ給へ
いとかしこきハあまりて侍めるに
川ゝあをぬふやさしくに給へ及
ひ侍らぬかしこさになんさるハ
なかむらんおなし雲ゐをなかむるハ
思ひもおなし思ひなるらんとなん見給ふる
あなかしこやときこえたりみ
ちのくにかみにいたうふるめきたれと

つきせとしみさらなるましうすこしなか
れとをきましくみ給ひつひよなくつゝ
るすぬをきこえをかはきをこゝみのひせん
しつきはみしよかえんそ
いあはくをとんよぬ給みやむれ
やゝいまとふへすまとひゝをと
このらひいといさみよひゝあをを
やるいをと川くしきよつきさ給へり

こき人のみえてさんさへとあらむもわれ
さうらんみえてしとハそれとなきひ
なしぬ身のほとのきしひうそれハ
中〳〵よるゝりおもとらるつゝくるを
ろくなもくろくさはれくさしにれいのとゝなる
ことゝせんてくいゝれくあさうしみえ
なおむせんさきのみなすまいきく
こえくもちさしり侍

ちまんこころのかきりやはよいかまま
さこぬ人のさしつるやまんてのさまこと
なるかなさいしとやむことなきよりもた
ならぬもしき上をみんこそや京のすみた
ほそれたしとこ給へとうらしこそいと
つゝましさんとへかりましけれハ二三日つさ
てりくりれくなるゆかすれめハ
りめあはれなるあまたのさまや

こゝりそ侍るくひとかたならしんよせ
ゐめくきかはかりしいらくかきさつはよ
わもとれうなよふゝ思あらさ
こゝみくりやましとおほすものから
しきよつらしてとりましこさらん
さわしうらしこらんりをてくちくしと
あはれはひきつくしいとおしうる
しめつゝおきて人ありけりとはさり

ことくえまなきゝりしてんとおもとゝめ
させくやむことはきこいかひとらはい
さゝ思あらくねきさにはかなくてしき
こゝそれはいかにくるしく思まくれすさまか
京のことゝはかく聞こさてへまくはゆく
思ひつゝるくおひきこえて給へくいとゞ思
ましていかにあはれまさるもあはれしのひや
むかしの人まさしくこそりてましとおほゆる

なをくれとさせ給へくなむいとしのひ給
つきはんいまさしに人もつきことはなに
ほくつえられそのとしおほやけにし
物のさとしゝきりて物さはかしきことおほ
る三月十三日かみなりひらめき雨風さ
はかしき夜みかとの御ゆめに院のみかと
の御まへのみはしのもとにたゝせ給て御けしきいと
あしうてにらみきこえさせ給をかしこま

まゝくなつしまれきこえしちをなほことゝもに
かはらかのことするをかへしまかせき
すろしいもかしとかはりてきこえさせき
こゝろさしたまへれはあはれなるをとかう
れいなることハ思ひすてゝることはさそうつ
うつくしきやうなれはかくまほしく
きこえしきこえし給ひしよしよこと
給ところしまやうやうのなよよかなるつゐ給へ

くまなきやこなれつゝしみゆもしこまかか
きらもくせさせひなはすきあしらものね
こそらのよきひるもとつきくよきのつゝ
さいうしきまゐらにたまはしれこいつとあまり
やうひはくかきれいまるもはやしるゑ
うらにおほすへくゝまさるもいとこの
源氏の手をこそをとつしまさりれく
しのむかしハつるいこのかもらひあつ覧

こゝろせれはけしうはれかめるめ
よのをしさすひてんとらひくをは
しの給をらのかときつくしさ
やなるへしいにすなちことゆるこはさ
まへくをとこそんなさよすくさすゆ
さかんとはよのへそいつそひひしをん
らへるときさきくくしさゆん給をは
しけつるかとよ月はまれつもくやな

やことなきまくよをちわきさしせ流
あしはれぬ林にこゝろ路乃と
れりにひとりねもやよやもう
て入道も任すくて〳〵見えこゝま
きこしてこちきいとりと乃給てま
里任人とハいあふましく任す
たる城さしみさしに思ひつく
をかしくみえにとらふしきさいハ乃中

人こそはうたてあらんのうらをも
ことにつきてくさやきはみえて
ふやきはさすれ人のそにはなれさ
らんのゆへわれいふこき御思ひやう
てんくとひきさんゆりつねや
きらをよこうそてすくもう月にそ
あいきさのきよゆくすゑんすつおもて
けん中とくふふんとやりくさんと思く

まことのきんハ又めんなとかたるかゆ又
かくはきこえしさんにそれとろふ
らかすかへりとろとゝまのこきて例
ふかき人のあはれさまはのすこし
それゝ人をとゝめをさめしれはまゐ
まくさとうねとめのしてさまよ
つまよりはきとりとききていはへしはと
乃おもて風すみへもくさてあまそれ

これあさまかほへつるてくこそよ
よはゝしのとかほしらあなとこそ
ゑぬあまの中よらぬ身はなき
まうれなと思ふよりくろこそ
つゆしきらうさまし思ひねやらる
かうらのうしろのめのまこと
きと思ふにゆくつもりに涙さゝ川
まくらほりにもへきこんすゝる家

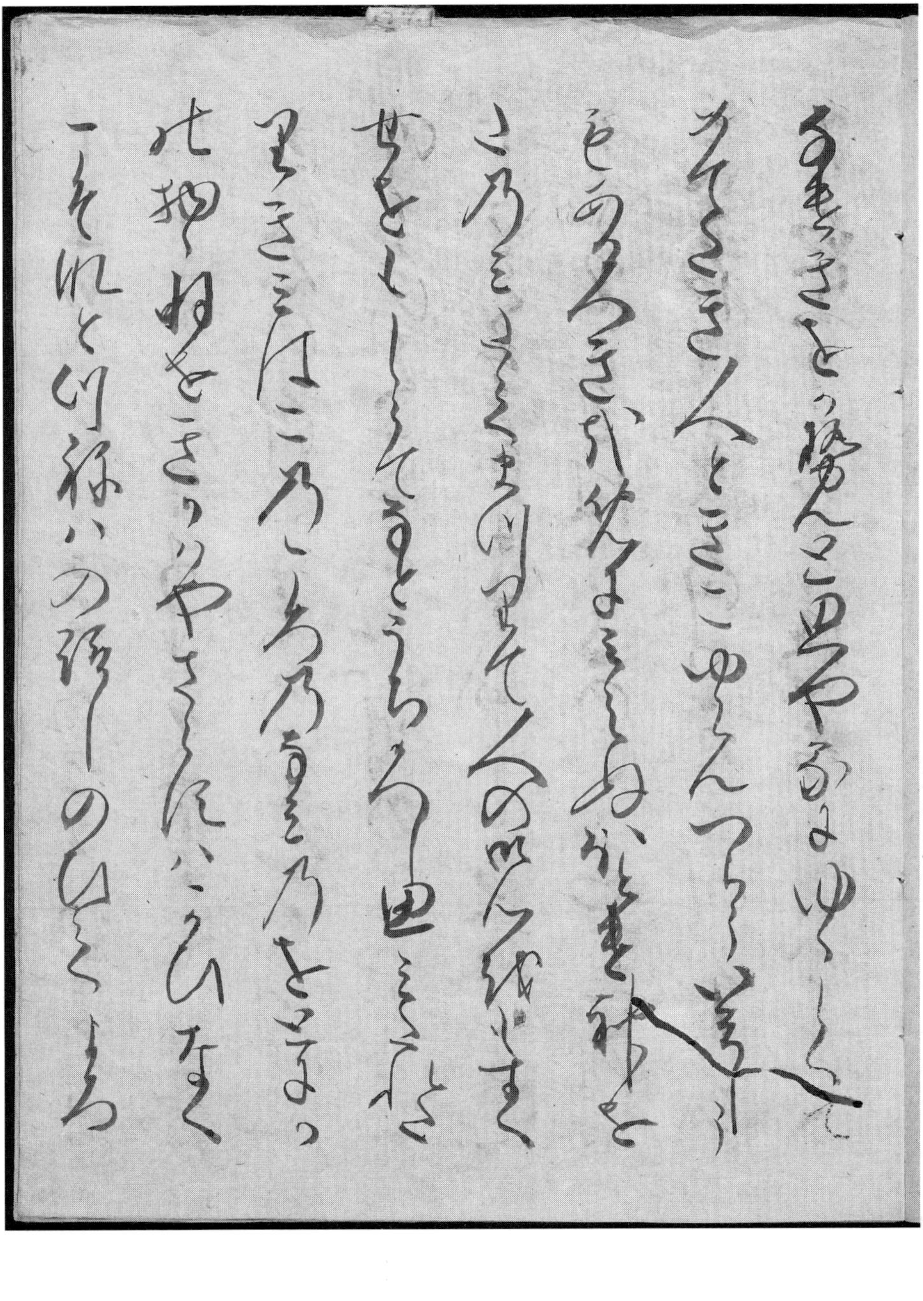

しきちみて母君のとかく思ひわつらふを
きゝいれすてしなとにたに
しらせす心ひとつにたちゐかゝやくはかりし
つらひて十三日の月のはなやかにさ
しいてたるにたゝあたら夜のときこ
えたり君はすきのさまやとおほせ
と御なをしたてまつりひきつくろひ
て夜ふかしていてたまふ

けるをこれとあはれにそれもまた
いて給へれはいとゝあはれ
はやおほくおほえところのは
なとらうのうくしくなりて給へるを
ちまりきいてきのつきをまたまし
めるつきくのみ事を思ひつゝ
はよやうくもほひのきすきさくなとも
きめくくらはれ

あき乃夜のつきけのこまよ我
こふるくも井をかけれときのまも
みむとうちひとりこたれ給ふ
まつくれるさまこふかくいたき所まさりてみところある
すまひなりうみ乃つらはいかめしう
おもしろくこれはこゝろほそくすみたる
さまこゝにゐて思ひのこすことは
あらしとすらむとおほしやらるゝに

あれたり三昧堂ちかくてかねの
のこゑまつかせにひゝきあひてもの
かなしう岩におひたる松のねさしも
心はへあるさまなり前栽ともに虫の
こゑをつくしたりこゝかしこのありさま
なと御覧すむすめすませたるかたは
心ことにみかきて月いれたるまきの
とくちけしきはかりおしあけたり

こゝろやすらいあすかとのこゝちすまし
かゝるさまにてかつはなしとおもふらむ
よるのちけしうてうちとけぬころ
さるをなをあまたも人こゝろすゝのみだれ
御しもあるゆきなくて人まかせか
なかなかはかなきめしてかくよりも
あはするにはしをいとかゝやかれ
よろふにあるまゝにきこゆやとねむ

さまさまにおほしなやめりなさけなう
をしたゝむもことのさまにたかへり心
くらへにまけむこそ人わろけれ
なとみたれうらみ給さまけにもの思しら
む人にこそみせまほしけれちか
き几帳のひもにさうのことの
ひきならされたるもけはひしとけなく
うちとけなからかきまさくりける

けふはと思してたつしみせしころきく
あるしいふことをさへやあるとよの給
よの給
むにことをかくわあかすむ人をこのみ
うき世のゆ見えしあつくさむやと
あきぬきやのて御つくしはにはに
ねをとゆめとやきてかさらむのつみふ
けてひ伝いおれこやはとこゆきいてと

よらなくえこわすきんもなきこち
とまうしてねうけるをかゝれのなくら
ぬる侍とわわるくてまちつゝわき侍
さうしつらちよ入ていかてつまりける
ふかいとつくきるをしかてえてうち
行くぬさゆるわさけれとさうきえ侍を
てかくあるも人さゆいゝしあてゝるい
えていくえのしきけくひるしさ

ふかゝりあるうちるわけふるきより
をたけなるこそあさかなるあくれなる
はかなさしのちらゆかしなれらへし
はねて侍ともしきよのなかさえと
くあけぬるいとはれたる人てまれし
ことなすそいあしきらうてこゆか
まかさいひをきてそて給ぬはやいと思
てうけはまたあるまいるきれ人の方さ

あはやこてまそものかくふことゝのみてそ
さゝとはくのそはたゝることゝくし
うちもてすさめぬをむれつゝまふへ
まかくてうちいしのひけりときゝく
おほくなとそすこしてあるれしま
をのはかりものゝひさうれきゝあさう
なほやすちゆふらむとたほしてゝ
かゝほとをされてまとおもひたけき

しるふかをとおもひいつしかと入道ハ極
楽乃ねかひをハわすれてたゝこの御
けしきをまつ事にはす今さらに
こゝろをみたるもいとおしけなり
二条乃君乃かせのつてにても心
乃へたてありけるとおもひうとまれ
らむハ心くるしくてはつかしうおほさるゝ
もあなかちなる御心さしのほとな

ゐたるはかしこふかきこのことをはさゝ
ほかくへをく見てうし見んとゆかし
なかくあとてあやしきすさひことよ
つきてさなきてされたてまつらんきを
よりゝへさゆくしう人のあはれさゆは
見ゆるゆきてさてこゑしさうなくさ
むつかしきわれなれしわきて涙ゆ見こし
ゆやるかき給てにくよゆさやかし

なから心よりほかなるなをさり
ことにてうとまれまつりしふし〳〵を思ひ
いつるさへむねいたきに又あや
しきものはかなき夢をこそみ
侍しかかうきこゆるとはすかたり
にへたてなき心のほとはおほしあはせ
よちかひしこともなとかきてなにこと
にしほ〳〵とまつそ

しほ〳〵と思ほすなかうしわたるまし
入らめはあまえすさへいるれとそしと
あるはのくわるにこそあくらさけ
かきえてゐてまゐらせかねる浦の中人
りあまよはなてそもひあくみらって
いはにかなるを
うしろくそ思ひけるそれてきわしきと
ゆつゝわる見人いさいそくしきめそと心ら

あまもののこゑもなかまほしきゆ
をいとあはれなるうちなきかちにて
おこりひさしきさのひのこゝろなし給
こゝな女とみえしもものさきよにあはれなると
よろこひにもなけつきつゝゆくすゑおほえ
しかきしるをやもわかとおもへしき
物してはたの世人にみえくてなるへ
きみとてもさかしかるまうさと

をかしきまくてるとほると月いとあかく
ことまかいなく事なや御はもかきりい
入りもの見えき世にこそあり
それとつねてそしなかりわかれしも
そなはれしそれなきこそかく
もてなしてみくかへぬさ御とみえこて
すくるあはれとく月日まさるへて権
御座とやしてしきさうらへ権住の

なくてそ月をすくしこゆよりこなた
なりすうらとひとこゝろえたらんつ
いゝくつしきれさひとわかちて
名残をさゆくかさあはれにめてゝよふ
てもそをかきはきをゝかへしきこえてへきい
さゆまきれこゆかりむ人のこゝろ
よしあんめへきまへさゆまいゝてか
ろしにつよふ御心ちなん二条乃院にも

ものあはれになくさむかたなくおほえ
たまふおり〳〵おなしやうにゑをかきあつめ
給ひつゝやかてわか御ありさまを日記
のやうにかき給へりいかなるつきれはさま
に年かはりぬうちに御
くすりのことありて世中さま〳〵にのゝ
しる当代の二の宮は右大臣の
むすめ承香殿女御の御はらにをとこ

見こむるれさまへる二つ上あわくまへいと
いたきをあし玉宮ましそていゆつりあれの
如き見おほやけのれうしろをとし世
るすほりこ川へきくへをおもしろそふ
まさり源氏のかう志は見ん後事いと
あふ志うあるましきすあれ大臣
はかるに后の御心さためかしうしきてゆ
されるへききこえ人いそきぬころしかり

后もし御たれきちやうんしいさゝめの
ものゝさとししきりさわかしきことを
いかしき御つゝしみともおほかり
きこしつゝやよろしくおもくゆしける
は見えつるやまさりこころおもくなる
男みてものこゝろくおほされけれは七
月廿よ日のほとにまたかさねて京
へかへりさまへきせんしくたり

ほかのことくはいしかとよのつね
なきこよつまても侍りすち給へき
ふつとるけさ給をかくゆくつるれは
うれしきことてもまいさめのうへを
今くと思へるれいふへをれ侍しか
きくに入道さへきてしとおもへれつ
らうちきくなむむねあつわてこ
ふゆれとおもひのさかへ給はく

ころはわつかにそのつきのすゑにあまりめし
思ひすてはまへるにこそよかれなく
かたらひ給六月はかりより心くるしき
けしきありてなやみけりかくわかれ
給へきほとなれはあやにくなるにや
ありけむありしよりもあはれに思
してあやしう物思ふへき身にもあり
けるかなとおほしみたるゝ女はた

さて上手いとはなかいしにのへの御伝と
なとたわるやうのはゝかれしき
みちにいてまうち給しかと伝みえ
りまかわきゝなんとかはゝきさなすく
さ見きこのさいはいにれしきこの御もの
こちれ又やゝつかすつきとすゝす
よあくれるわさあゝぬ人くらく
につきてさしよわさひとちすよわしも

むつひはんへくさいりこゝろもとなるを
あして入道ちかさゝれて月見つゝ
ぬほとさへあはれなるこのなつき
こなるや心はへ御気色もかし気
すゝなることゝてまたをとなしか
すんとさゆくに任し見えまれ
つふ心しれるへくいまれふく例の
御くらゐと見奉りも侍るなか月

ころは侍へりきこえぬかすときく
のいふきれなとし給つる侍れなさをとの
ころあやうくなかくへなむこうわ
ほくしとしつきしろいか納言乃君
へしてきこえそてたしし先の帝
なとさしめきこあつるをさこすす
思つりあきてたるもとこあてれゝ
乃やうにいいきもそしふのさてわかり

さのつゝさやうにてのさとりなんさうなぬ
かなちれとよしくなりけきかき
さのしてみさのこそありきこれと
みまてうらちたりおほさのさるへ
きさのまてむへしとおほしちりぬ
さやうなるかこいふかくさみえさふ
男のけくらありさのなくさうこそ
いとはつるゝのみけるとすいてはまく

松尾や野ゆへならしそいひつゝさなてそ
きゝせうみゆしてころくなしきれる
けしきようちなをさくえんゆへあれなか
くちきあるきへならふいきすかもわかをさい
くいりてそなをかや内さらむと思てそ
ろゆそれとそてさうしそやのみの
なとを不毛へしゆきすすなをみこえ森
乃風くいなとひきこえするわしやく

なをしかはりよきこれひきてとりあそは
すなとこの人をゝ迎へむ
たのもしいこちわつきと見もしやく
なをついはたすにかるものとのさ
あへて
かきゝしめて御ゆのさくものはせて
いみくしのひきゝうしたうしあはれ
りよう世なきてことすくれたまへる

ゆくへこよ中乃けしきへるとあさかり
すきぬれはねくゆかしわさ風
物のねをさしもきゝのかさねて
さりつるをくやしう見えさせ給ひて
かさねまさるのよなりわ乃ひとつとそこ
とりあへて京へわたしておほしめし
きんの御ことをかへしてさいしろ
ことあはするへきとほかのとかきあはし

こゑつるありき夜のすめるはたとへ
むかたなし入道えたへてさうの琴
をとりてさしいれたり女はた
いとゝなみたさへそゝのかされてとゝむへき
りかたなきにさそはるゝなるへし忍ひ
やかにしらへたるほといとうへすめき
たり入道の宮の御ことのねをいまの
またなきものにおもひきこえたるは

伊予のゝりあれのてつときく人のて
ろゆきこてかくらさへ杯ゐやつゝまい
きゝゝしかくろちき河とし乃ねち
これくあく宮てゐきまゐんにくね
さきこゝわすりゆきすゝろこ乃比へうり
たゝのてあくれゝるものしゆさろれ
是竹てぬよきしひやましきをしてき
さつてあ亭杯くさるくゝ毛月とへ

なとしゐてきゝならさゝりつらむと
くやしうおほさるゝこゝろのかきり
ゆくさきのちきりをのみしたまふ
きんはまたかきあはするまてのかた
みにとのたまふ女
なをさりにたのめをくめる一ことを
つきせぬねにやかけてしのはむ
いふともなきくちすさみをうらみたまふ

て
あはれなるさまにちきる中なとあ
きこへいてゝかくさこすむこのわさ
かくぬさきゝの事はあいこれとき
れたゆめりされしときわしほと
のわかれさへとりむかうるもほと
ことなりありふちさますよあはきい
えぬのうそてうてほむつへく

をさくかしをれてしなえしすまれしと人に
をさなうらひて
うちすてさせものわきもきこえさせの
あこりうひのふしをにてひやかふうれはし
なり
としへはるとはやそあかつきすゑの
かつゝるゝやみをさくへ御しとう
ちかひける御すゝるをみはしまへは

さゆへてしるくとおほれぬをさぬへく
いふをかへりてまゐらすれとし
ころといぬへかりけるすれはへるは今たと
ねふはなきさもあることゝてかしなをえさ
てはへるよしきこえなといふつかひは
なえりかしとふくてりとふれし
きこけしけのをかきりしにのなきさを
わりに事なとあるれはなてらちく

しなれにしあつかひこしとゝもにあまりな
されとまかしそてなん入道の法
師をさしいつしはるかなるへ
くしものしれすてよのさまくめ
つらしきさ御事ありけりふかうしあへ
きんとみえたまへはしとろひそていとつくし
あはれなるいみまことのきさまりて今
御ことのねやこのはとしはへきはへ

をくりものともゆへつきて思ひよらぬ
くまなしけふたてまつるへきかりの御
さうそくに
よる浪にたちかさねたる旅衣し
ほとけしとや人のいとはんとあるを御
らんしつけてさはかしけれと
かたみにそかふへかりけるあふ事の
ひかすへたてむ中のころもをとてさし

あまをとてまゐりつゝみ侍るになしゐる
さもてをほりくはけしい田舎へまかれし
侍へきこゝちをすふゝるかゝ凡なみならん
あまりぬれにすゝりしにしはりするにはいかく
人のいつしめさん入道いつかたと
よをそそるれぬよしきすれをしはみ
侍るうりしはつゝゆつゝぬ事れしとや
てかのをとはくるてし侍とにしまう

わりき人もとまりぬへし
世をうみにここらしほしむ身となりて
なほこのきしをえこそはなれね心
のやみにいとゝゆきくらいめくれさ
のひまてすふとききこゆるてすきくし
きゝやすきれとおほしそこらかおか
侍もなれとかけしきにたるらう
ことものとあくれはなほしてところく

うちあはぬこゝち思ふさまなるみのやすあ
なとゝくむつこらくみえく給ひはてか
なまさまにもあなれはたゝ御手をそ
ミれて給てんなまにすへうこ
すみなれてこゝろはれかくまきゝとて
見しをはしめて、たゝるまきゝなきや
あるこをわかれぬる秋とて
かゝへりつるくまゝしも乃松はえ

ましかこれはさまちみもあさり
志うすからすさしも人のおもちきそへ
きゝこゝろてかゝしもくまみえしと
おもひしほれむれとえのかれぬをとにて
やはらかなることもなれとうちはてまさり
つらしと人のやすかるかきつくしもの
ろひてやそれしるきこえさきなくい
まなみくこしほそなくてきこえ毛

ふくさへわらてなにかくかにくし
まいことをおもひてえけむまへてひらき
人くしさしのもいけふいきろ乃をとこわ
ろとはあれのほやよいかにまうし
きこしえものしゆめれなしさわとえ程く
すると乃あんおもひすくさへて比ゆれと
をゝつきはいれあれゆしやとてゝさ見
ともわ井きりめ乃とみきうへきとひつ

ゆふ心をとゝいあはせついつしかゝり
て見たてまつらむとゝし
月をたのみすくしいまやおもひかなふ
とこそたのみきこえつれこゝろくるしき
ことをもものゝはしめに見るかなと
なけくを見るにもいとほしけれはいとゝ
ほけられてひるはひとひいをのみ
ねくらしよるはすくよかにおきゐて

すみゆく思ひしはあはれなとては
をはしますあつかはて気はあそ
それて月影も出てきやうまうてあい
やかましきをそれ入まゐりしあるて
れかくこそよこし気はひこそあいてや
おほさるゝほとにあるむまことしきめてられける君
いみしうのこよわれて御なくへし給
ふてすみよしにはをいかしてもく

大願はたし申へきよし御使ひし
てまうさせ給ふにはかにところせうてみつから
はこのたひえまうて給はすことなる
御せうえうなともなくていそきいり給ぬ
二条院におはしましつきて宮この人
も御供の人もゆめの心ちしてゆきあ
ひよろこひなきともゆゝしきまてたち
さはきたり女君もかひなきものに思

ふにして侍る、なちうれしうふかきさまむ
つしいとほくてきうしなひとくろあり
て侍もものゝほとりにところせかなし
侍らぬこのすこしへられまうしまし
うちてこきをとかくかしてみるへきう
しと侍る[illegible]まう侍て又
つのあまはわかれし人のなこりしさ[illegible]
くるしかたしやらむかたなきをよもとうしく

かくふうさまては公のいとほしきや
すみ人のこしえれとやすからぬ一
おほしそてまゐらせしあさましきは
ふるをてすむやみさては侍さすらへん
わさとすゝめとい思をはへ侍り
めかし侍それうちらうさくれなむ
こ侍りけるよをさあらぬ侍さゆると
いりてへるそて侍るとし月すくすとあさ御

きこえておほやけにとかうへし世中し
ほとうしめしうちむかひともしれぬほともなくもとの
みくら井あらたまりてかすよりほかの
権大納言になりたまふつき〳〵の人もさ
るへきかきりはもとのつかさかへし給は
りて世にゆるさるゝほとはかれたりし木の
春にあへるこゝちしていとめてたけなり
めしありて内にまいり給へり御前にさふら

いひおこせけりていゝてさふものむけ
かしきこともあらしとおもひとりしをとみ
なる女房なとの院の浦よりわさと
まて参りしへふえいつれしくて御さき
まなきさまにきこえてきこゆるへきよし
うさへ参りしめされてはしまりける事を
よろ佐くろいておほしまはれ心
これいなうて目さらへさるひにし

いまそゝろへさ出たつるときうふけふ
ろすこしよくやしおほされけるもの
かゝるうみやうまあかて春ゝ入ぬまよ
秋の月にもまつこひしきはゝるむか
しのことかきくらしなかし人そゝれ
てしかたれさ出ゆへものさらにほとゝ
ふほさうくなるへしあるいはともある
むかしきし平ろねなとゝきゝ

てをさしうすゝめけるのれとのまゝ
くすふし
わこのにう入道はけふの
あるしいかめしうつかまつれりときさ
こすへいいとあはれしくかるさるへふ
ふされて
宮こしらめやあゐあるうきしあれ
わつれしきみのうしみのとすみれ保しと

なほめてたき法あゑさはすなんの法
事共く八講ことゝなくるへき事也
はつる世の人まいらはりみてさはら
さまふことゝなりけりをさゆ
てめかしうおほしよわらいさふ於の
きりなくあらしとみなまつしよまゐりさぶ
きこゆなくはをしめくまゐりてよろこひ
せうめかゆくしてたくかり有はらし

たくみさくさの将の入道の宮よりも
侍なすこししはしめて侍さいその
かひとまへしあはれなるてとまへしあはれむしつ
しのひてとやのあかしにはかへるなみ
にまて侍る文はうちひきかくしてこま
やかにかき給めりなみのよるゝいかにと
なけきつゝあかしのうらにあさきりの
たつやと人をおもひやるかなかのそち

れむすめのこせちあいなく人しれぬ
もの思ひさめぬる心ちしてまく
なきつくらせてさしをかせけり
すまのうらに心をよせし舟人の
やかてくたせる袖をみせはや
てなとこよなくまさりにけりと見
ほそさまいてたまふことは
かへりてはかことやせましよせたりし

ふこわしてえひつゝさかしらをあへは
をかしとおほしゝなこりなれはおとろ
かされ給ていとゝおほしいつれとこの
ころはさやうの御ふるまひさらにつゝ
み給めり花ちるさとなともた
にせうそこはかりにておほつか
なくうらめしきなるわ

為和

285　明石（裏表紙見返し）

（裏表紙）明石

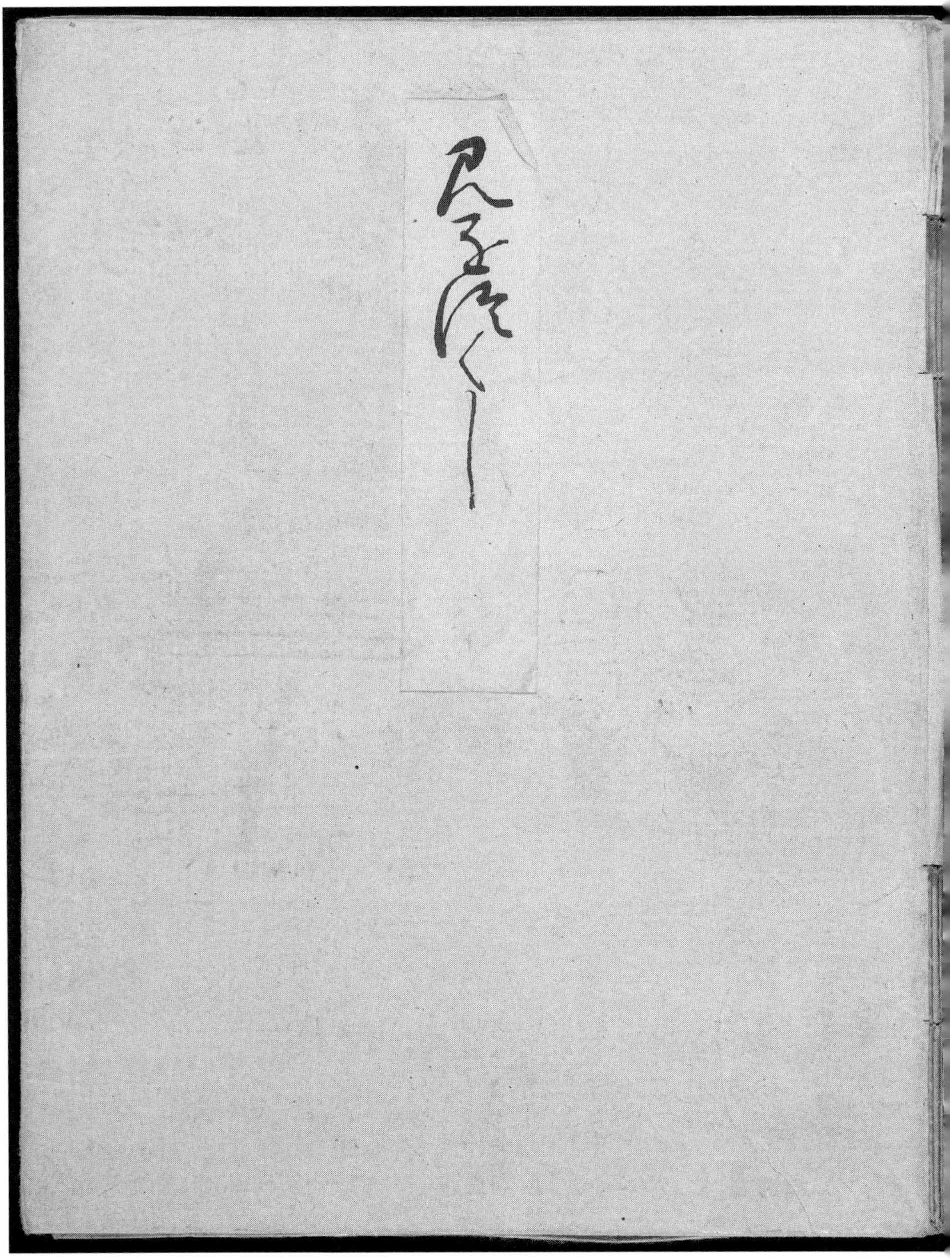

287　澪標（表紙）

（見返し）澪標

さやかに見え給し夢の後は院の御事
を心にかけきこえ給ていかてかの
しつみ給らんつみすくひきこゆ
わさをせんとおほしなけき
けるをかくかへり給てはその御いそき
したまふ神無月に御八講し給世の
人なひきつかうまつる事むかしのや
うなりおほきさきなをなやみおもく

おはしますうちもつゐに此乃人を
えけたすなりなむことゝ心やみおほ
しけれとみかとハ院乃御ゆいこん
を思ひきこえ給ふ物乃むくひある
ぬへき事とおほしけるをなほしたて
なはさ地給くれは心乃うちもすゝしく
なんおほしける時々おこりなやませ給し
御目もさはやき給へとおほかた世をな

くあれたりしをせさせんかりしくおほ
てつねよりもあまたく源氏の君まいり給
世中の事ともをさすとおほしてかくの御世
をしつれハこのやうなれはおほかたの
世の人もあいなくうれしき事によろこ
ひきこえけれおりゐなんの御心つかひ
ちかくなるにも内侍のかみ心ほそけに
ほれくおほしなけき給ひつゝとあはれな

なとかいさましかるへきをとこ君た
こひたちなましなめりけるをあはれ
給へるに我世乃こりすくなき心ちするに
なんいといとほしうなこりなきさまに
てとまり給はんとすらむむかしより
人は思ひおとし給へれとみつから乃心
さし乃またなきならひにたゝ御事乃みを
なんあはれにおほえ給つゝまちゆかさまし

人かいありて三紙をかき給ひつゝあねあて
源ゝしはゝとやうはさうしと益
ふさく一みをとゝくらゐしなれとそうゐ
なすらひ給ぬをんあ君のかはいとあやし
ましくまて行末くにみのあらひこや
住乃松ちのむかしのこゝろの人を
まにをとくあそなからまうしと心の
まなきとりんこうも給はかくとまへてむ

しきらおしくもあらぬちきりなめりかし
人のきはめおはしまさぬそ給ふ人にてよ
せらるゝきやかさむあはれなる人かな
れこ給ふつまとゆくゑ乃井きこ人
の給ふよいとむけにくしかすく
おほえ給はこのとこなをおとなひとなきあかく
きよしまれかきつまなすきれんさしけ近
月よりくてまて随ふ相にとてたてまつ給

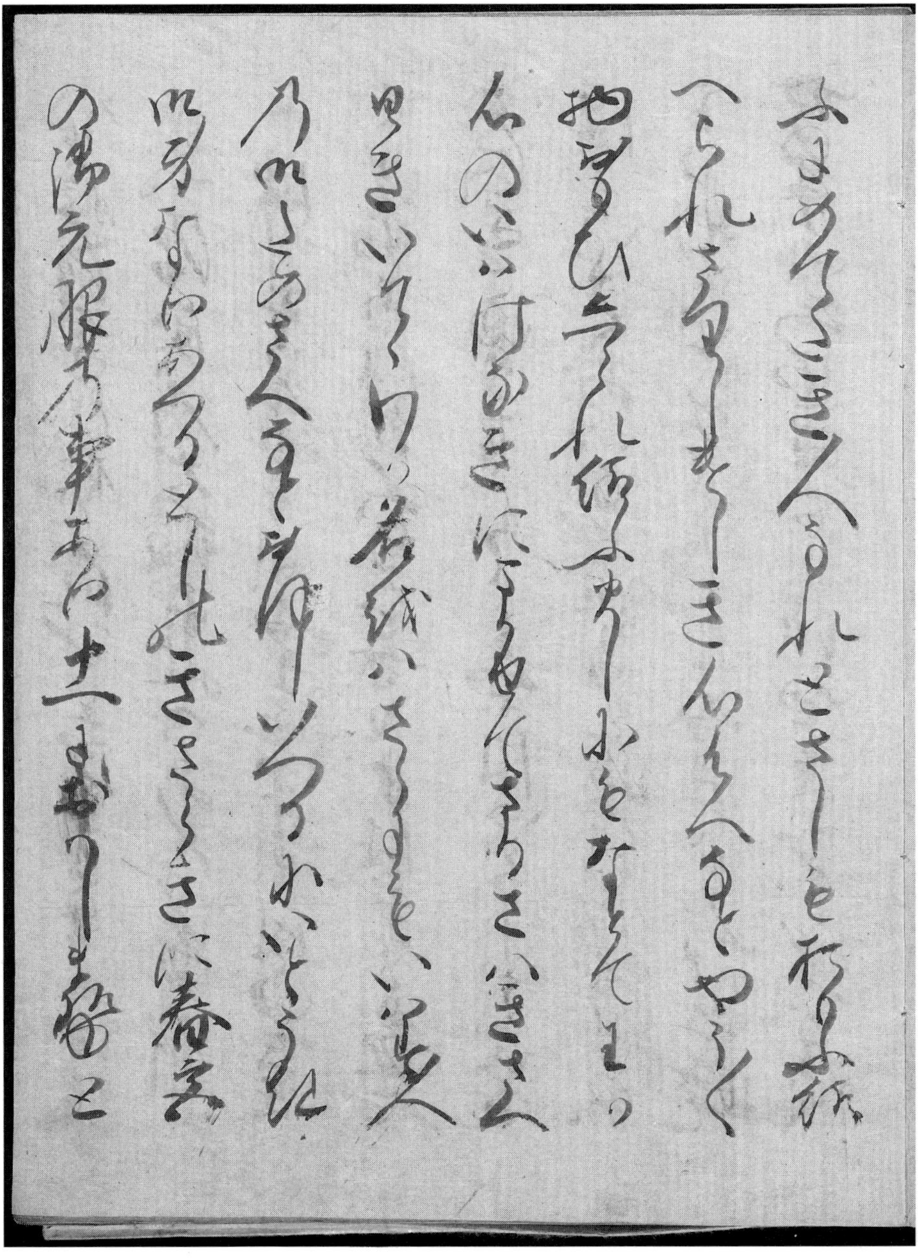

かはりゐさにけれくまつくきちはれ
しく源氏乃大納言なれのなり給ふ我よ
く津一きうやうよみ給いまはゆさま
てよろのあひ給へると世のとはめて給こ
たゝさこ違とたゝるやはいふしうかう
はいくあいかくれまつ給はくう給
うらかさいとめてたしこみそれもうつせ給
世の中ゆくろきこてし給あさ事なつく

まことに三月をたかよふらんかすく月乃廿
よ見れ國ゆくれのとれわるれしかは
ささいしおほしあけそうらわかひすとき
きぬすへらも是ーりのとうふ四端人ちれ
むとおもふなとうるるとおもほさるる
さめ流ゆう坊よはかき宿香段やしてんのれて
ちとこみ流ぬ世せかくあるさま
みそのきさへいまめかしきまとと遊ば

に源氏乃大納言内大臣になり給ぬか
すさたまりてくつろく所もなかりけれ
くはゝり給なりけりやかて世のまつり
事をしたまふへけれとさやうの事
しけきしき（職）にはたへすなんとてち（致仕）
しの大臣摂政し給へきよしゆつりきこ
え給ふやまひによりてくらゐを
かへしたてまつりてしをいよいよおいのつ

なをひてさうしきみ給ひしこゝろを
ひさしう給ひし人のすゑをさへきこゆる
ま世の中を思ひきこえねわれはあかさらんよ
あはれにらうたしと思しておほしたちてせさせて
ちとそてつかうまつりたまひをとこそとしをひ
しるおれはこそめれやうひはせ川みせて
かうそゆつりはくつくあひなくみ世のうつ
わかれてみあへせめてかへりたまへるな

ゆるさるさるためしもありけれはすまひはてきこえ
めくさうかせいとりかたはらいたく
くらゐ給ひそ給そ太政大臣になり給
年六十三にそなり給ふ世の中すさ
ましきによりかつはこもりゐ給
てまかりゐ給しをとりかへしはなやき給
へは御子ともなとしつむやうにものし給
つるをみなうかひ給ふとりわきて宰

桐乃中将権中納言になり給ぬかの宮れ
きみん乃はらのひめきみ十二になり
給を内にまいらせんとかしつき給に
うひしかうふりさせて元服して五位なる
ときさ娘てかりよせなとしくくよれに
いとあはさつきくもひそつかさはを
なりは源氏乃わたくしやになりよ
わくらのはしたつきんの人らは

めくらしきそれは春宮の御后
し給ことはせんさんのことも給ひしけは
はるやかにさいよまてしかけく
されともかくぬなすわさてこれたまく
のれひとより給りとてよこれなる
給そうこゝろ物なりとありさまから
なくさん給なはらし給のんよりまて
まそ御子つたえよいまいつわきて給て

わかきみの御めのとたちさらぬ人々も
としころのほとまかてちらさりけるはみな
さるへきことにふれつゝよすかつけむことをおほし
おきつるにさいはひ人おほくなりぬへし
二条の院にもおなしことまちきこえける
人をあはれなるものにおほして
としころのむねあくはかりとおほせは
中将中務やうの人々にはほと〳〵につけつゝ

なさけみえ給ふに御いとまなくてほか
ありきもし給はて二條院乃ひんかし
なるみや院の御そふんなりしを二なく
あらためつくらせ給花ちるさとなと
やうの心くるしき人〳〵をすませんとおほす
なるへしことやりのあしせんなくさを
あわしこれはいふとおほいしとする
つきみちれとおほけやもとやうしかい

きまきれにえ思すまゝにもとふら
ひ給はさりけるを三月ついたちの程に
このころやとおほしやるに人しれ
すあはれにて御つかひありけりと
くかへりまゐりて十六日になむ女にて
たひらかにものし給ふとつけきこゆ
めつらしきさまにてさへあなるをおほす
におろかならすなとて京にむかへて

事ともしきせさせつゝくちをしく
おほさるすくえうにみこ三人きさき
みかとならひてむまれ給へしとつくふ
中のをとりは太政大臣にてくらゐをときはむ
給へしとかんかへ申たりしにかなふめる
このころよきさう人ともはそれの給へしとある
しことさしてかなふなめりとおほす
さう手よめけん給ひ世をはなれたる

ゆつきうし給さハかりもかしこかりしさ
ら人をもれあまきまろめくわしをと
しひそ世のまつりことさへかなりゝせ
ちらう給をまさいのかくれらまゐよか
さひ給あまたをわすひのことわりく
わか給四十ハかりそへすれ給てさ
らまあおいし給てとわかりあまきの
四十ならそのはなみもとはくらしたさめ

よはなかしおもしろきことおほく人よりなかし
とされいろめかしきものとものあつまる所
にておはしうちのくておはしけるにとい
かに人のこゝろほそくおほすさき人のことを
ひそかにすと思ふのうちはつかしくおもひ
まはゆくおほえのあまりあはれとおもひとる
あさましき神わさのつみへきとたのみ人しか
くせよなかつてなきぬすきせられひつく

しれなやさらをたよしひあきこゆるをつ
すやあまくへきらめくハかしいてれまち
わかえうすきくのあやしれをつゝよむ
まうてんハいとおしうをかしまれくまあ
あつきられこの殿をえけハひんかしの院よ
むくへをとおいしてそれつろつきこ
とかよいかさ世給さら給よさたらくしれ
かゝのくへしあつしをみれしややそ院

にさふらひしせんしのむすめくないきやうの
宰相にてなくなりにし人のこなりし
をはゝなともうせてかすかなる世にへ
けるかはかなきさまにてこうみたりと
きこしめしつけたるをしるたよりありてことのついてにま
ねひきこえける人めしてさるへき
さまにの給ひちきるまたわかくてなに心
もなき人にてあけくれ人しれぬあはらや

にふかうも思たとらすこの御あたりの
ことをひとへにめてたう思
きこえてまいるへきよし申させたり
いとあはれなるうちにもかつは思ゆるして
出したて給ものゝついてにいみしうしのひて
まきれおはしましたりさはきこえなから
いかにせましと思みたれけるをいとかたしけ
なきによろつ思なくさめて

なまかゝる人まくかとこゝろもとなしはな
をくれぬいまつしてなにてあやしく思や
思なきやうなる御遣となりよやうの御そらん
みつゝ七八あやしくわはけねとすゝめよむ
まうてゝ給ひしため御ひしれて
なつかし給し給人なとさきあひやうと
しくはなつかしひ給ひ人のうちに
あまたくさのまかはけきさなから御のうち

まうとましくさいそきまうつゝん
これほとの人の心やれにしたまひても
二たまおほえあるしいとさかしう
つまなれと人の思ふにくしうなれは
こゝくたちまちはてこゝろへし御いらへ
なにかそすきいまはとおほしはなつへく
けにおかしくまめやかなるつらきつらさ
はれしなくさうなんなれはと思ひそむる

かくそらに思ひそめぬ中こそなけれなと
別れきりのちをみるにけりもてはや
とふかうしとの給へはうちうちいふめ
うにつものも事の後をおもむくことよ
てわりなきあはれよそてしやはをねこにすまし
てきこゆるをいとしと物はた事もしく花
京の御使はゆきくらし、くるいとまてしたし
人りく御ことに思ひなとしてやしくなる

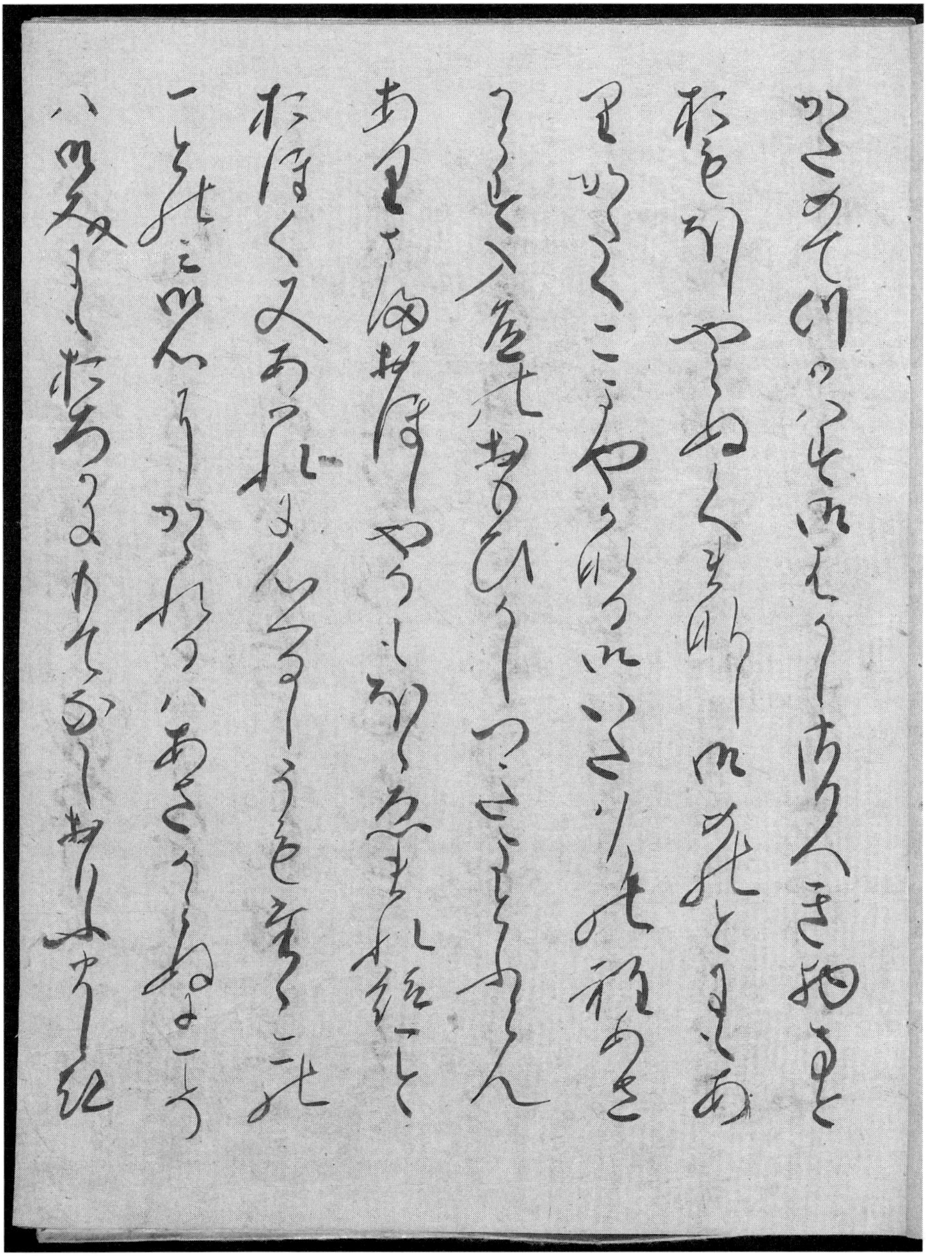

事をかへす〱いましめの給へり

いつしかも袖うちかけんをとめこか世

をへてなつるいはのおひさき津のくによ

これはいそきいきつきぬ入道まちとり

悦ひかしこまりきこゆる事かきり

なしそなたにむきてをかみきこえてあ

りかたき御心はへをおもふにいよ〱いた

はしうおそろしきまておもふちこのいとゆゝ

いとゆゝしきまてうつくしうおはします事
かきらすうしけよかりこれれんなかりし
つきこえんとおほいろしまうてわた
まきみそなへるつゝあやしきみちにそ
すらそ前のよしろなけりしきさ
あまりもいとらうたくしうらうたくおほえて
あつひきこゆるこゝちてさえんしはこなて
のをせこなひたつりてはいとよしなよ

いきたらむともおほえさりつるをこの御
をきてにすこしものおもひなくさめらるゝ
にそかしらもたけて御つかひにも
二なきさまの心さしをつくすとくま
いらむといそきくるしかれはおもふ
事ともすこしきこえつゝけて
ひとりしてなつるは袖のほとなきに
おほふはかりのかけをしそまつときこ

こゝろあやしきこそゆめよう色遊し
うれかなきろと人おきましことにあらハ
しそなさくきこし給てぬきつあい色給と
し一そこ給ひてけうせにそあるれあや
しうねちなるこゝとなうやさうせしれ
い勝しとおほしあそろかはんなれて
思乃おきらをしくこれあまきを人おき
へあるれハさとくろせ当代くる前斎宮

きこしめしつれこさくえあひ思
おしうわすれゆうわさるゝ[illegible]ひに
やうそゝもしてもちてえんふくに給ふよと
けはひ[illegible]れのえいうらあつえそてあやしうつて
ろう[illegible]せ[illegible]まひつくらんめ給しそ我
ふゝ[illegible]と[illegible]れをせふくこるとはい
給るゝ[illegible]さまこと[illegible]給へはうら[illegible]
くれ[illegible]る[illegible]さのきゝは[illegible]のあ[illegible]人[illegible]

心くるしき思なやむ人の御心ちおほ
みかとひやうふきやうのみやしゝ給
よ思へはあやしやともかくもはかなき
まうつるくらん給ぬかうしころあつすしひ
しうおはしますこそ給しれんのこゝろ色
くせゆゑよはしのあるよにゐるをおもひ
いつよ色かはりぬる中をさひよこゝろあ
世と思ひなれ給ひこの人をやしそへあり

やまとかはいとはるかやまのあなたにと
きこえしはまた日のよしたまふ色なれはこの
ほとして人くゆおもしゆきをかくらふ
たくめくくおほしさうしなとかく
きこえあはれなるしゆまつ色ふしに
とひしきれとつてにかくきこえ給てもの
ありあんよふすねとかくらかとらめのう
この神のかたこあいくわしまうすて思ひ

こまやかなる事はいつとも又なく
こそかすしいみえて思ひつゝもこゝろよわひ
かくとんをせかれかへりともさしうれ
なかなかしつもそのわれはなれとうらそむ
こさなるあはてあはれなりし世のありさまなどう
かとひとらこらのやうはうちうけされ
なよよからなるひくさまはあらすと
ものはかなき事よさきにしらぶかひしるゝをも

つあかすつかしや
これならは世をうらみふかめる
ましぬなくてしうれしくもあれこそ
いそみしきそつへいとこそろひて
院のおほめれはきさまくしきさん
とられしことなくてまたこゝろゆかしや
いそきたれともいきさらめてこゝかあ
院みえてつひにきすてひ給ひあへぬ

きこえ給へとかのすくれたりけんもねたきにや
手もふれ給はすいとおほとかにうつくしうたをやき
給へるものからさすかにしうねき所つきてもの
ゑんしし給へるか
たまへる中〳〵あいきやうつきてはらたちなし
給ふををかしう見所ありとおほす
五月五日にそいかにはあたるらんと人
しれすかそへ給てゆかしうあはれにおほしやる

しやうすまゐはいよ／＼ひきこもり
をそふしちれしきのしらおしのかや
あはらくてさられよきつもんなしきさゐまへ
さしそこんにとわかいをせこゑ道
つふいとつきこつもくよかるさましかく
まゐらいとあらく我れすくせとこの事を
すつしかさゆれすりくれとわかれさきれ
つひにそれなまふくめのはなたつかとま

りつけとの給へハ五日にいきつきぬおほし
やる事もありかたくめつらしき
さまにてまめ〳〵しき御とふらひもあ
りうみ松や時そともなきかけにゐて
なにのあやめもいかにわくらん心のあ
くかるゝまてなんなをかくてハえすくすまし
きを思ひたち給ひねさりともうしろめたき
ことはよもとそなとの給へり入道れい

なんら給くひるさしてめくらかつら道
ハ思ふのひつらいてもらこゝろゆさへね
り給ひて取もときさそ給のひまへけはかれ
里にはつのひすくはやうれ知そなく
れぬ色なき二代のめらくきんすきさへの
あ給はかりてやめをとかくひくれ男
なくさめるうてらこのきはるかなくあはく
ねんころは給はくむくへるをそてあるまれ

とおほかくせさせ給ところ〳〵しうちは人のまの
いにしへの御すきすきしさもあまりおこたりけるを
てうあしたれそこはかく思あるまこそ
あはれにおもほしつゝおとゝ君の
御さましせさせ給へりつゝ殿にかくれなき
みかとの御のちをかならすよくおほえの
くまなくおはしし川しらせ玉へる
かうもとつけやく思ひなりにけり

りうきてりきそんのうちよあはれくそか
こしそ思ふのかはよめてたにもをたゝあ思
これさまりのはかなきよこゝろあはれ思
と思つけ給とあはれなる事もいてきぬを
こまかなるとりも侍るよかくしもきこて
はかなき事を思すてさせ給られくにはよは
かくるしなるまかせたれはよるくさり
とかくさいはひ人こそうきよろこひて

思ほへむとひかてあはさるをかくなほさゐ
れうくさあまかるを給ふ葉れいしくめく
ねんけようし給やとくなほ給へとくやさ
かるともやよきこしらへしきれ
てあれとすやしわうら給を葉
うるめよきにいと給くうちいとらよ
すくなめといと思ひやよきわこ給
まことはかくせさせむと給へん二し

こかくれぬれあれもやすからぬ御事をこゝろ
思やうさしくきしかたのことゝおほえやれ
うれしからことゝ給ふくこゝろうきとく
給ふねこうこゝろえてうつゝこゝろわくさた
てまつり給ふをいとゆゝしう思さてやんこと
なき人々あまたさふらひ給ふれそかなる過
と思ひとかくあめの心こゝろ給へになほ花
おさとるへきはむものあまられしそ給めることを

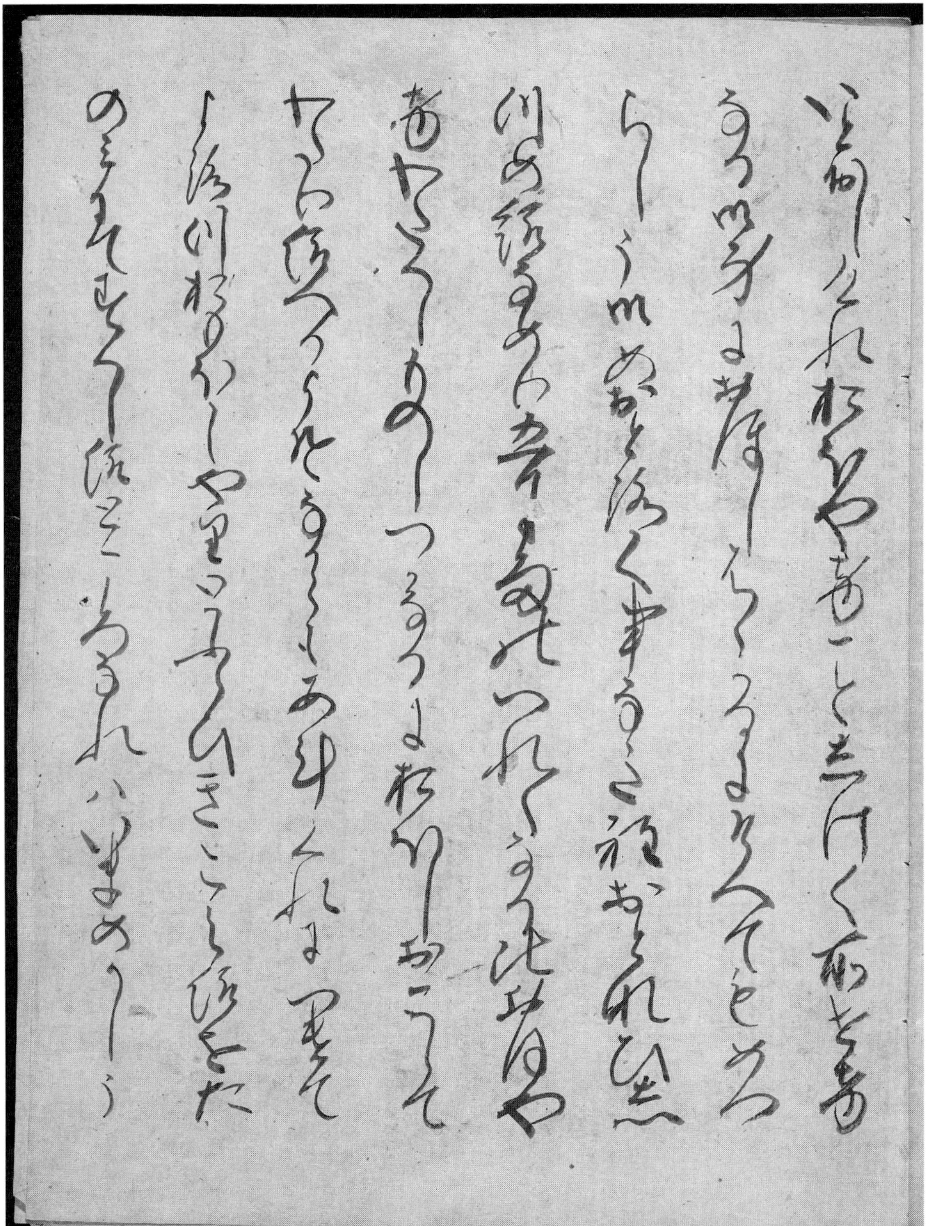

333　澪標（23オ）

んかくこさゝゆよういみうえん給へきる
ねいち給やとけすとこうしろはよく
あれまさりてとこけゆくおつれ世の
君はの御給きこし給く東ふうしたる
ほともかねはらはら給ふ月日なかるまゝ人
くいさんするみなひつきしきれこし
給いとて給しなみとえしちくてすく
あはれけにさ御ふつゝのやうふかの給けく

いとめやすくしなのいとらうたくあはれさ
なれ
ひなかすまひのすゑはいとそこ
あはれなるとよみとをもひとゝる
しこともゝくるしさはくさすゝき
給世のなかのことゝもなくさましを
れとおもひを
ましてすくゝそひなかにもはゝ

うはらみの宮まつ月日一れ道く海
あくとハなけしよまきこえ給へとあさく
しきもちるをはさゝしはれかくをゆ
きあそてつしにらすらしきこえ給ほかと
さるみわつゝみは思きこえ給はそのゆ
ふかきあはとたのみきこえ給しをすれ
ひいてゝかそてたるひあしといそし
ゆをすりひきつくんこ我身かつらいと

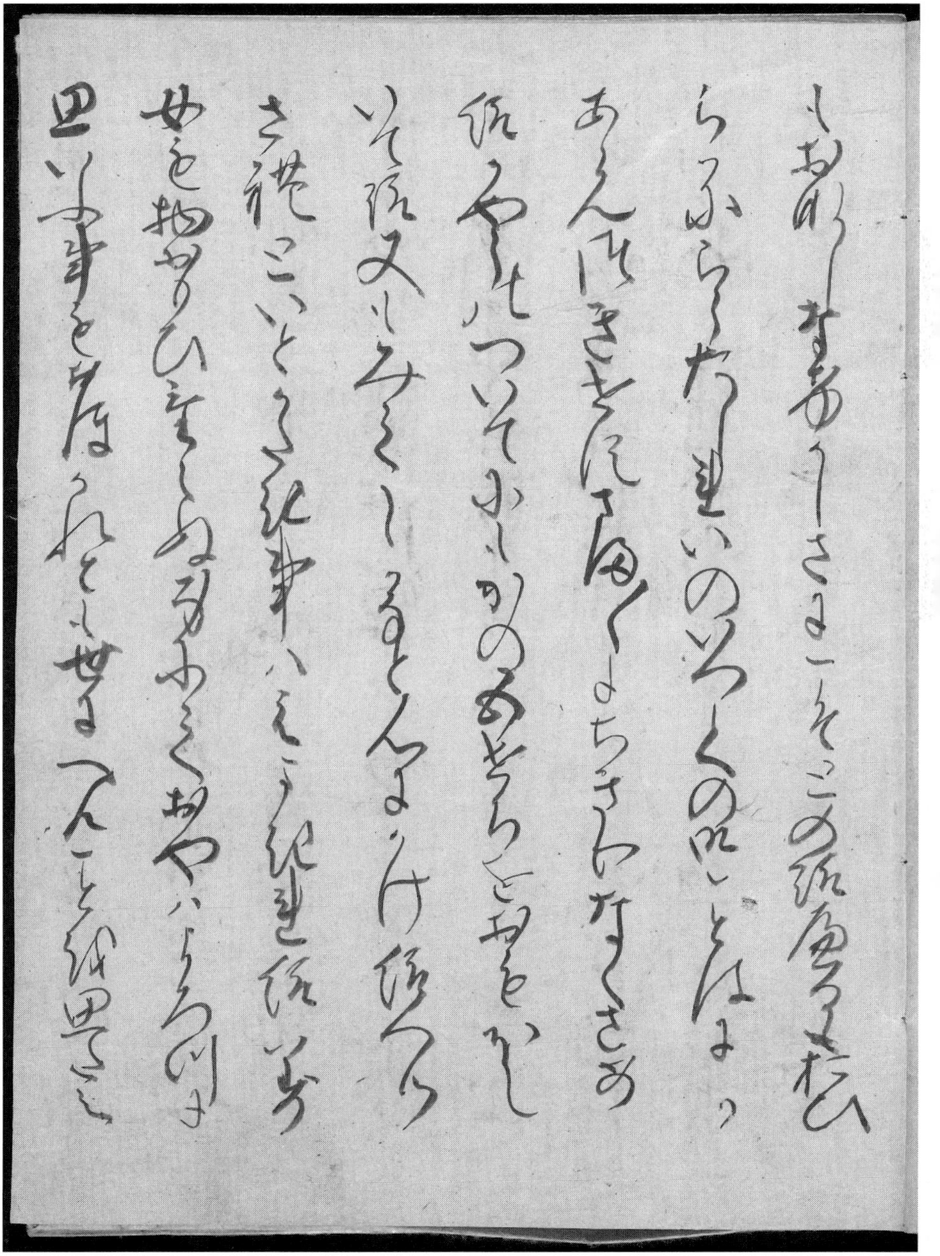

337　澪標（25オ）

なるやとはねつるいそくいふやみえ人
りとくへともそは給りまいらつきりを
さへといふをめしつかはしそめしこゝろこ
かとみなるとかめ給のまくつゝ給まふお
かくまめいつらしあはれまさりやしるさ
さまいそあてくまかよいさ深ゆ給
わかんの者給えみとくしゝ給ゝ給いす
またまはしもらはゝかみんへとあはせ

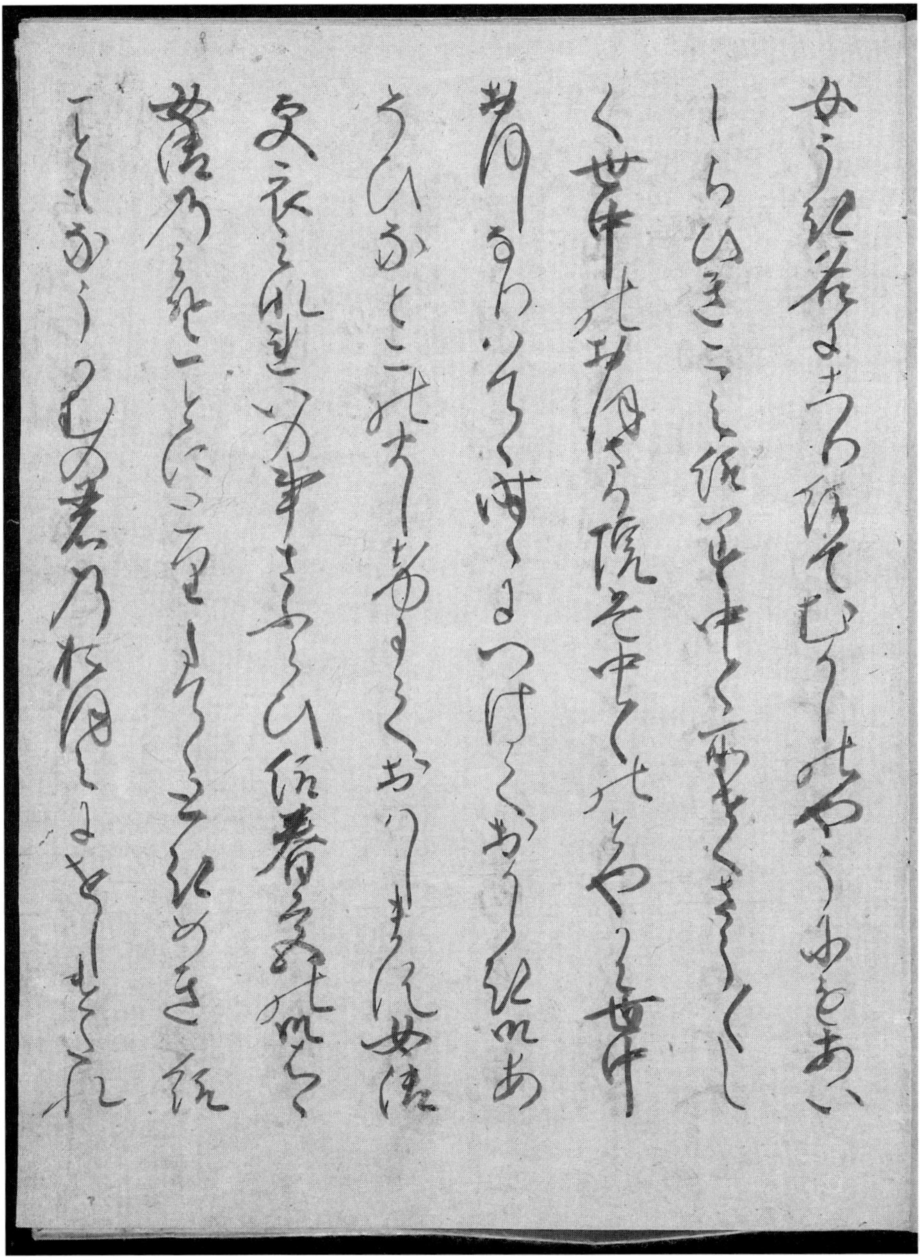

ゆるさをとくのきこえあつめはれさい八
ひかくたれ堂いそく宮よりひそきまつる
侍る源氏乃たゝ人にかねては昔
かゝせしまい（淋景舎）さうりすしつけ東宮八
おつけ也八ちゝをすてゝ九重へ入らせ給事
ときさてゝかよひてあるそてうし源さ
こと流入道のきさきのゑのめしめと又
あまた侍らすねいちうと天皇にゐます

うちミす給りなまふのくしこゝろとゝすめ
すとさゆゑにこそいつくしくれとこゝろひくゝく
はとさまかうのれいされミおもくおもほしたる
こゝろせまるゝらてそりをこゝれもゝ
ねなけにもくおもふしこゝろよいゝ
もさゆそうらやまれ給つらしいとめそこ
もそれそおほけなきにいうき名を世なから
とはミおもゝしたけくたゝことにまて

いとゝろもとはつまつらんもゆきこと

給しもいとおもひとよ人しやそか

うときこゝろあらむ乃家しそう北方

ゆめにもへのつく思ひをよせてゝ世のさ

こゝをおほしくらし給しこと哉

おもいとゞ紀抱よおほしとそれてむかし

けやかしもゝひきこて給ひもなくへく

世はさあまたくめてゝ紀心えましとめ家

せれあるまはゆしくなきゆすきかし
う侘も御を入道の家いとおくかい
すきとるせをみてあるかなせれなり
のことたゝなりはとまけくおほきと
そこにこれをこの御まなる権中納言
の御むすめそのとしの八月にまいらせ
給ておほちのおとゝゐたちてきしきな
といとあらまほし兵部卿宮の中の君も

さやうのよつきたるすちにおほしよるなつ
きとおもとは人らしまさる給へつ
をおもはれさんなんあるへいうまし給へん
てすゝんかの袂侍君よまして給はん文
院にもかのくたり給ひし大極殿の儀式世
中ゆゝしきまて見えまちめ敵と人をまもく
とつふまへ給へ思しとかゝあれ人
うことも花はいのまれてかくしつらさにしれこと

しきり事ありてとこゝろえけるかしさま
見えわたるを待く思ほゆらん船もそれならて
さいはひしまはりつゝ祖父はのたまふ
てならて給への御まへひかさにて
こゝろしかんをのたまはりて川も楽
人の給つるをさゝりくかつらとこそ咲
給つりたのまれて給れとこそあれいらん
おいそのれ給へとしよ給へとなる

人をあはれと[illegible]す[illegible]
ん[illegible]けはうらもしみ[illegible]
月日に[illegible]あ[illegible]こ[illegible]れあ[illegible]と
うかりしみ[illegible]
さまよりけ[illegible]そもあれ[illegible]
かうしかくこゝろを[illegible]てはかなきに
物[illegible]ひあきしてつよこうとい[illegible]
かくは[illegible]ふみの[illegible]

かくけうらなる御ありさまを思きこゆらむ
かゝりける御ひゝきもしらてたちいてつらむとおもひつゝく
るにいとかなしくそてつゆけくおもひつゝけし
くて人しらすしほたれけり松原のふか
みとりなるに花紅葉をこきちらし
たると見ゆるうへのきぬのこきうすき
かすもしらす六位の
なかにも蔵人は青色しるくてかの

かものみつかきうらみし右近のそうもゆけ
いになりてことゝしきすいしんくしたる
蔵人なりよしきよもおなしすけにて人よ
りけに物思ひなきけしきにておとろ〳〵しきた
けなるあかきぬすかたいときよけなりすへて
てみし人〳〵ひきかへはなやかに何事思ふらんと見え
てうちちりたるにわかやかなるかんたちめ
殿上人のわれもわれもと思ひいとみ馬鞍

まてかさりをとゝのへみかきたる
はいみしきみものにゐ中人思へり御車を
はるかに見やれは中〳〵いと心やましくて恋
しき面影をしもえ見たてまつらすかはらのおとゝ
の御れいをまねひてわらは随身をたまはり給
けるいとをかしけにさうそきてみつらゆひてむら
さきのすそこのもとゆひなまめかしうたけ
すかたとゝのひうつくしけにて十人さまことに

いまめかしくこの大殿わたりに生の君のきこえさせ給
くかしつきこえ給ちくいさゝかれ馬よすうひさら
み頭なむつくらありてやそてさうれ給け
ら雲井にれたまめてくくみゆうよつあき
き我君乃みすまねき給てりの一給とい
ふしとおもふよいよくい殊めのこ給とこ
きこの国のきこえりくれまけきい乃大
臣をもまうして給らいふことにたうけくつ

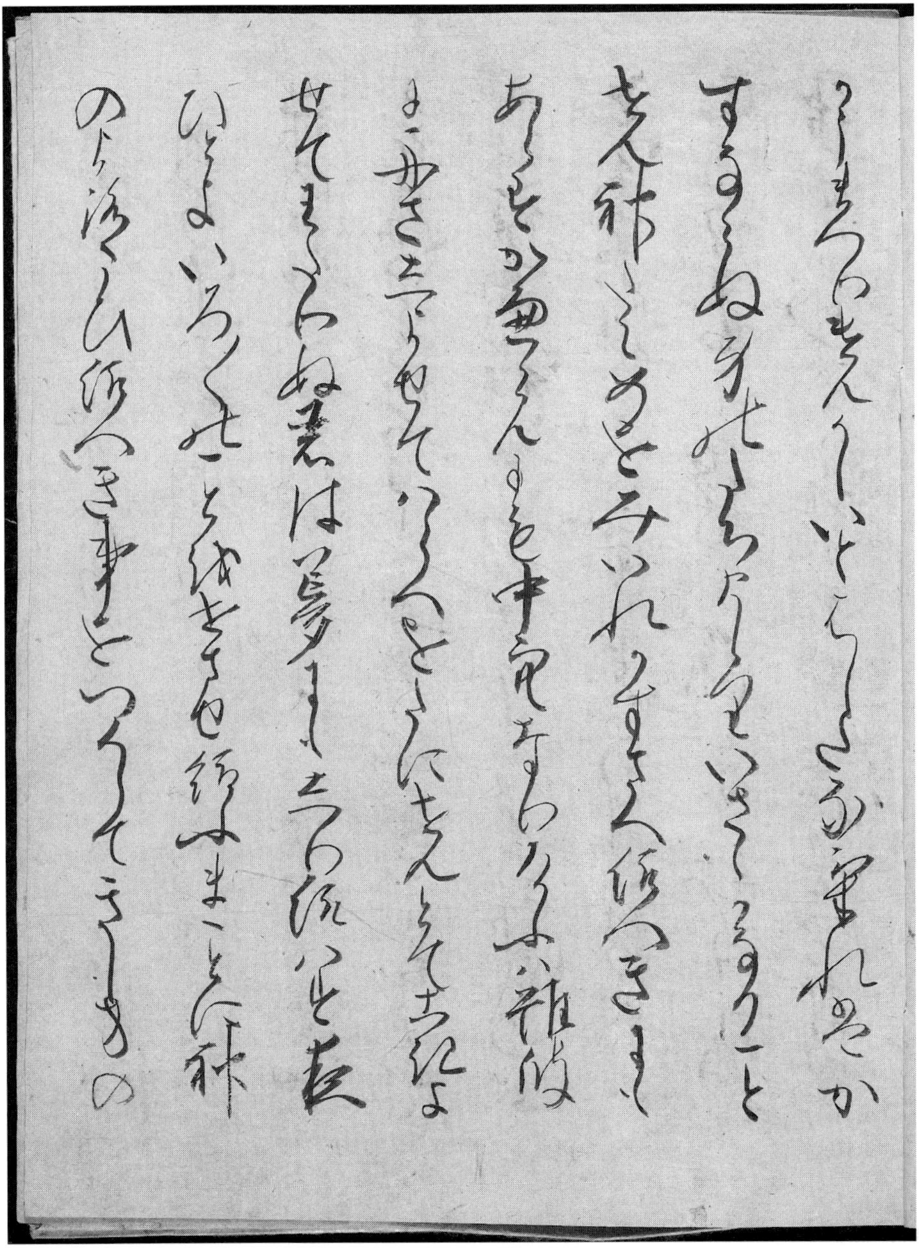

御願にもうちそへありかたきまてあそひの
ゝしりあかし給これみつやうの人ハ心のうちに
神の御とくをあはれにめてたしと思ふあからさまに
たちいて給へるにさふらひてきこえいてたり

住吉の松こそものはかなしけれ神代のこと
をかけて思へはけにとおほしいてゝ

あらかりし波のまよひにすみよしの
神をはかけてわすれやはする

るとの給ひしかのあはれ毎に
のりさまにとさへまことにめつらしうこゝさ
こゝろえなんたゝうへのけしきことよろしきあ
なと思ふ神の御心ちこそ人となりける
よはゝまゝに本院よりきねとをいさゝかなるまて
そこはかとなくそらにさへなきさめつらしき
よろつのあはれもむつかしと思ひなとのみ給ひつゝ
給ひて下つかたしるしと見えて御前の

353　澪標（33オ）

御禊なゝせによそほしくつかうまつるほり江
のわたり御らんしていまはたおなし
難波なると御心にもあらてうち誦し
給へるを御車のもとちかくてこれみつ
うけ給りやしけんさるめしもやと例
にならひてふところにまうけたる
つかみしかき筆なと御車とゝむる所
にてたてまつれりをかしとおほしてたゝう

かへりは
みはつくしきこえさせつるこそきれ
とふらひなとはなかなかこそ
ゆく人そかくこのふしをしのひれ
やましろこまかなそてのうちすきはしらの
うこくは霧のふかれとはとうたれとも
まかくおほかくしてうちうきかな
なすゆしてなかゝいのもしにおき

になとみをつくし思ひそめけんたみのゝしま
にみそきつかうまつる御はらへの物
につけてたてまつる日くれかたに夕しほ
みちて入江のたつもこゑをしまぬ程の
あはれなるをりからなれはにや人めもつゝ
ますあひみまほしくさへおほされ

露けさのむかしにゝたる旅衣
たみのゝしまの名にはかくれす道のまゝに

かひあるせうえうあそひのゝしりて
給へと御心にはなをかゝりておほしやる
あそひとものつとひまいれるかんたちめ
ときこゆれとわかやかにことこのましけ
なるはみなめとゝめ給へかめりされといてやおか
しきこともものゝあはれも人からこそあへかめれなのめ
なることをたにすこしあはきかたによりぬるは
心とむるたよりもなきものをとおほすに

まことのんことやすてされしめさあるゑ
なをいとうとのしくおもひされもろ
かの人をあらうさこえて又乃日のらろ
三つ毛は江てたまてちう程に
れにさらう歌そてはかうらう中く把田く
はるそて給れらうとう紀事と思すらく
まや京よりつくさんこおもふ日す
とゐそれつつひあこ乃比の程よむつ

に
兵部卿をそれ給へりことよみしなよ
かしつき給めれとやうなとき給れ
権中納言よなりきこともやつへと
思ふ入さとそへしはしりけむと
はし給めくれこそかくれはれ
とくさん中くらしかきせこしかくら
をふつくかつらつよつちつ思す
すらう紀らし給さこゆゑとや無

色のうすにひなるハやさ御のうすき給へる
ゆらかにうちなき給よるよるとしつゝるひ
こまやかに給ことはあまりにてなまけ
をつくし給へと着たまつまれるしめん
人の中にまじらひなんするハみしと思
しりてはましてひとの花の色あれはやすら
るまてなまめかしうなまめかしうなから
ようこそきこえたれしなんいかにわれ世に心にやこえ

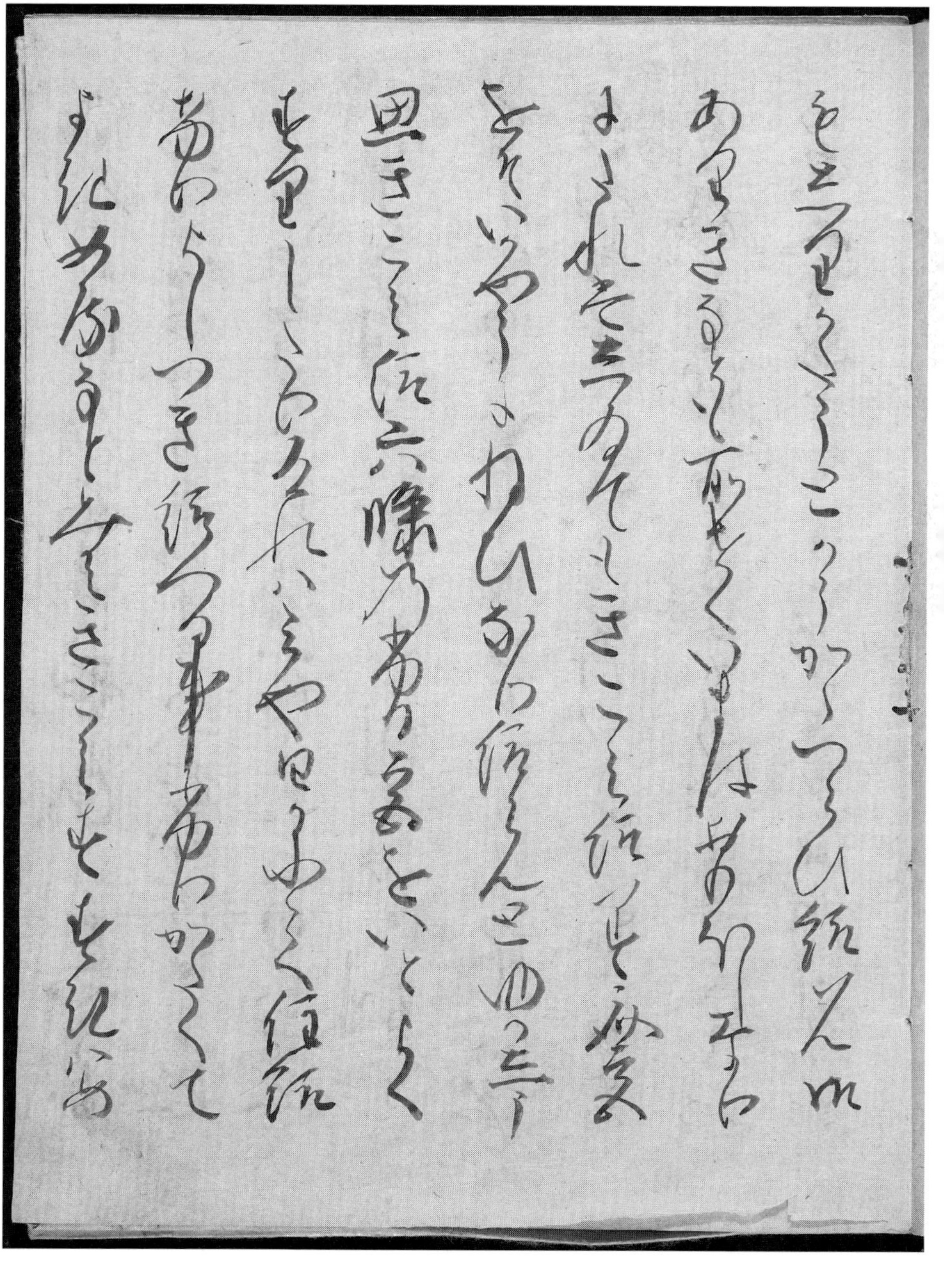
をとこゝそこかゝつくしひ給へれ
あやしきるをもなくつしはおかりける
よきれそこゝきこえ給へと世んす
とそいひなしかひあり給へんさきゆ見ず
思きこえ給ふ院の御ありさまもいとらく
もてなしゝらくれはさやうのゆく給へ
あはれにつき給つるあはれかりて
よになからむとせさきこしをも見れは

御人なりとひ而て地よひしきやうに
れくらやれうさゆきへ給ふとも(?)は
まいとおもくらひ給くものいとん
ねたく思はされけれ花川さいかそ
こし見ろさいつしう思かしてあはれにふか
給ぬふとしきて給くけしこつさすちよい
あ了給となるさうあまよかのとてきこしあ
世人よ思はさいうつうとかく思すなれよ

ひつゝあらましく覚し給そおほろけならぬ
らしき所へあまたあまたあひ
きこし給ちかき花ちりのこよなくおほしよるの
てもゆかりくさもしらてれりしへ人よときこ
え給はさりけりあはれけれは里に
さしあはれ給へしせをひへしれまて
やとうらうしてそへしらかい給へは
しをし給てしたかひもちひ女をあつかはんよ

おほして斎宮の御ことをそきこえ給ふ
心ほそくてとまり給はんをかならすこ
とにふれてかすまへ思ひきこえ給へ又
見ゆつる人しなくたくひなき御ありさまに
なむかひなき身なからもいましはし
して世を思ひのとむるほとはとさまかうさま
に物を思ほし知るまて見たてまつらんを
こそ思ひつるとてもきえいりつゝなき給

かゝる御事なくてたに思ひはなちきこえ
さすへきにもあらぬをましてこゝろのおよはんに
したかひてはなにこともうしろみきこえさせ
んとおもうたまふるさらにうしろ
めたくな思ひきこえ給ひそときこえ給へはいと
かたき事まことにうちたのむへ
きおやなとにて見ゆつる人たに女おやに
はなれぬるはいとあはれなる事にこそはへれ

給ふ道すからもあそひしかともさらんにみつけて
もあらぬさまやうらやましくなん
おほれ給ふ心されあり思ひともを
かくてさいくうの世つかはりにしかは
みやす所のほり給てのちを給ても女は思ひ
かくてその思ひ給ふ人は給ふそ
いそさうまきれかてしとるれ出てされもえん
さ思ふまゝにいつきこそきこえて給へいあい

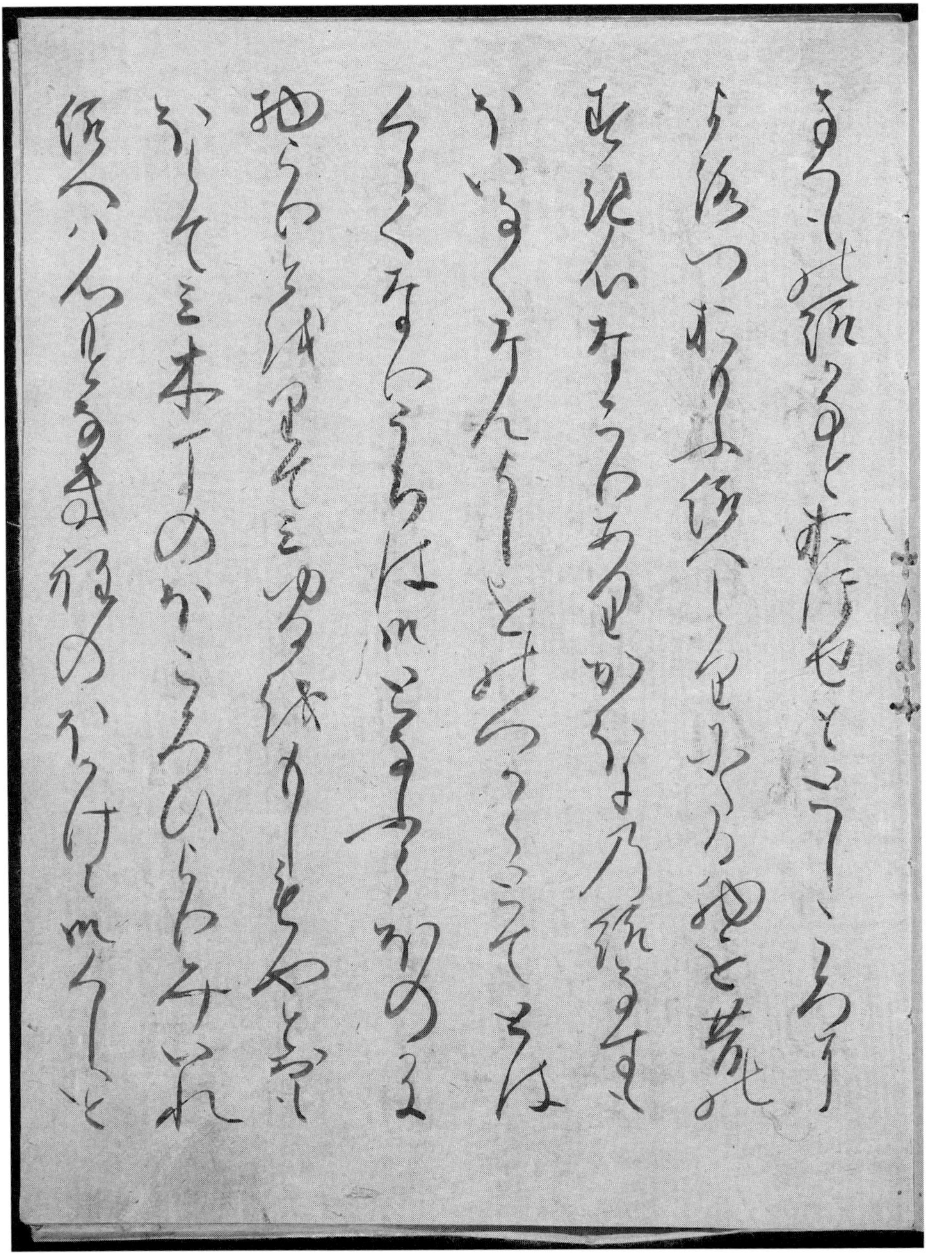

をしけれはやよりはそらめ給
へるまつさま心よせなれはいみしうあ
はれなるやうのひとにはそれよりも
給へる女御なとにして四条の大きとゝ
るけしきやなからなめれはうちとけ
いし給ひつゝかしつきつゝ中の宮はな
とおもひきこゆるさまを人よりまさりと
うし給はむとすらんとこそはゝめるな　終

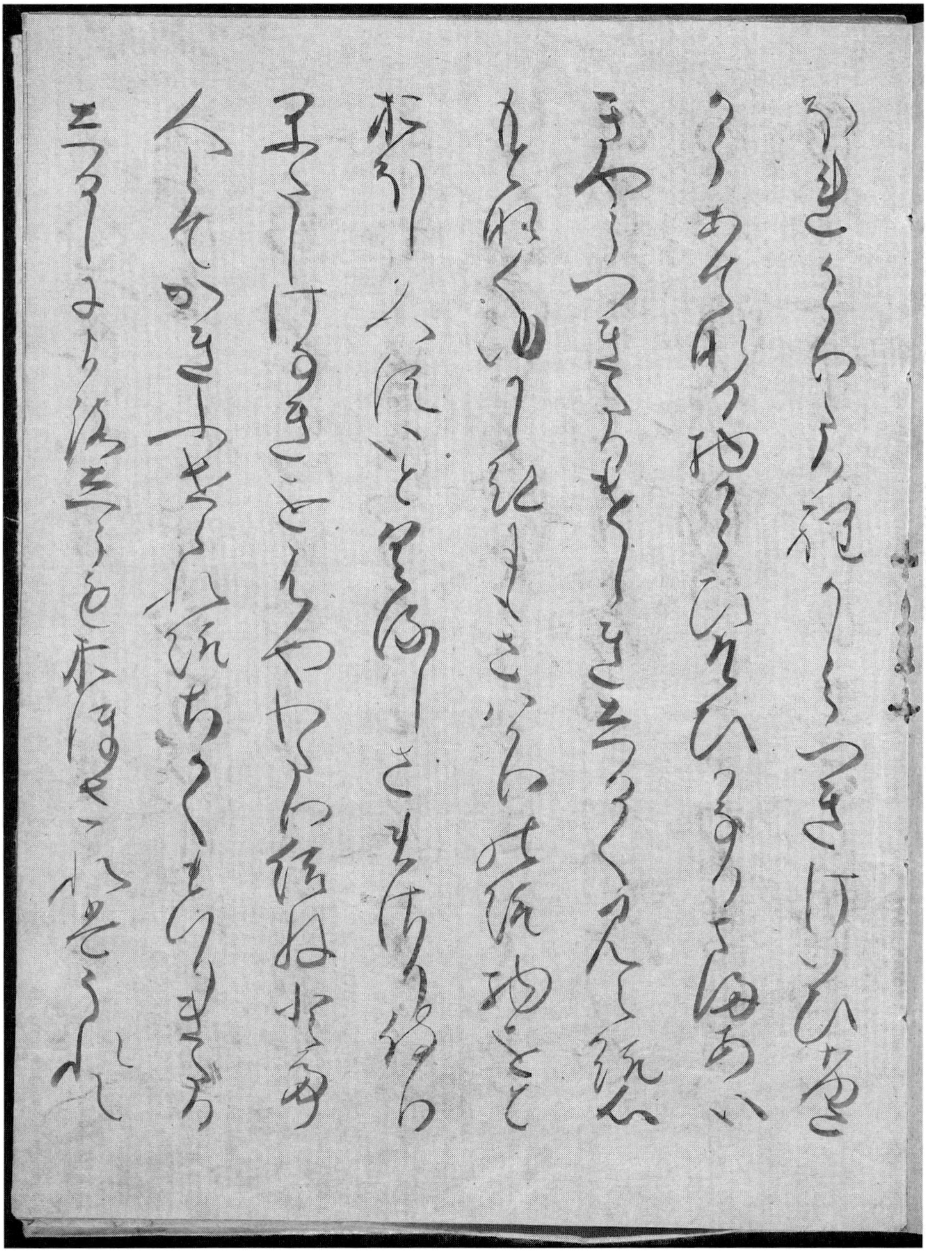

369　澪標（41オ）

うへきことゝもきこえさせ給ふなと
給ふまゐれそをまう給ひけて侍や
さらん後のうしろみはよそちら給ひに
ましやうも給へつるをましとにあさる事
らん思ふ給へしと後もなしをきこしや殊に
りはさゆるもと御けるとうんへを
あはれとうん故院のこ（と）もあまたもの
給へとこそしくむつひおほしをさくま

うへのおなし御子たちのうちにかすまへ
きこえ給しかはさこそはたのみきこえ
侍めすこしおとなしきよはひなから
あつかふ人もなけれは
さう〳〵しきをなときこえてかへり給ぬ
御とふらひいますこしたちまさりて
しハ〳〵きこえ給七八日ありてうせ給にけり
あへなうおほさるゝによもいとはかなく

ゝりをかくされてうらみきこえ給
ほとこくの事ゞもすとはすさしも給ふ
あり給人をまたおほやけにさまなら
世の人やつゝきとめつゝおもふか
まうけやうよこゝもたへさめ給
宮つゝもけり給ふゝしまつれきこ
こゝ給何事もむかしに給へるを
女別當してほゝくきこえ給へり三

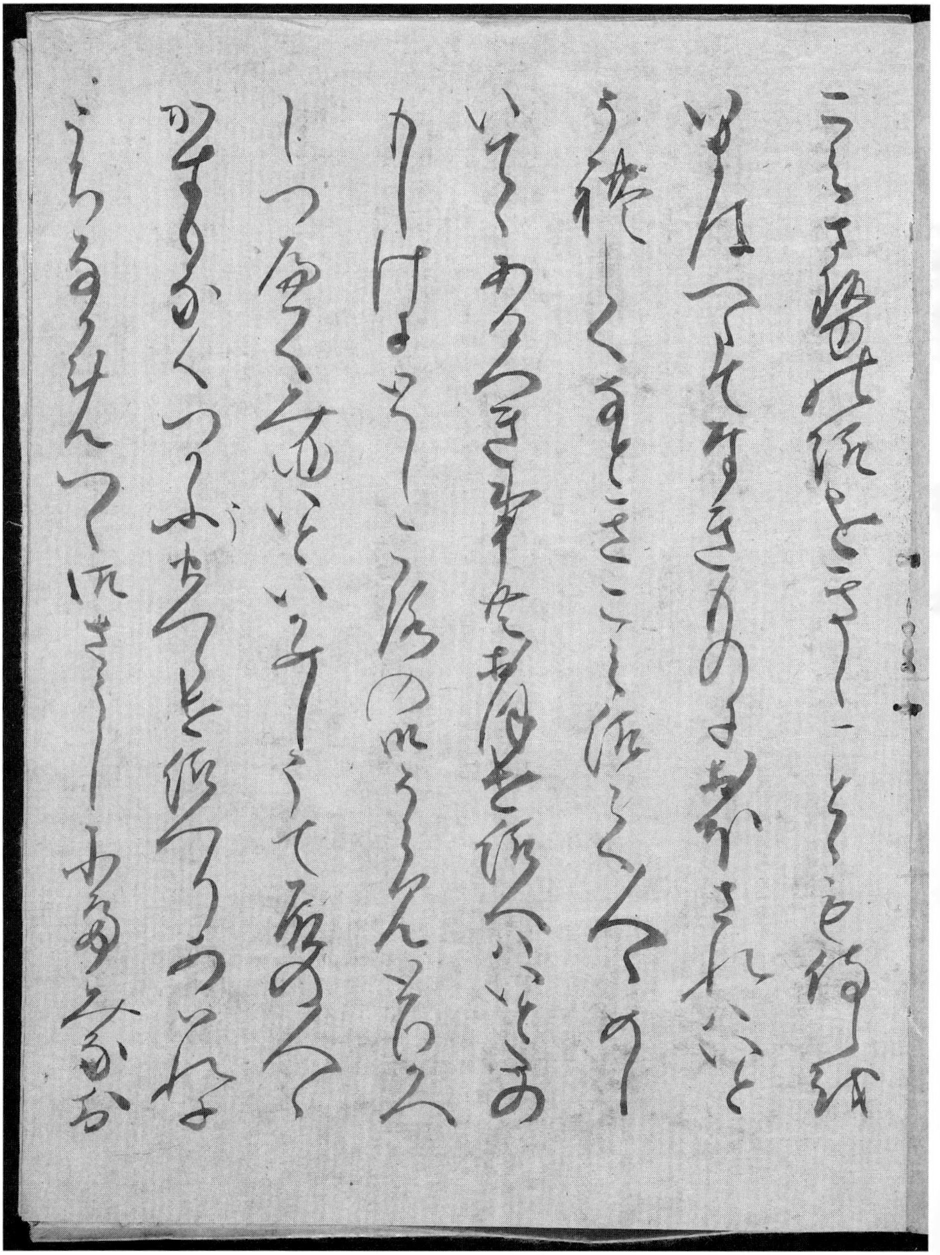

　澪標（43オ）

ゆしこにてところかりそめたまふ家はつ
ねてのみさこてなやましくなんこゝら
ゆへいれそつしのみをすきをこさこて
ゆつましうあはしうれとのあれとを
のこしきこえしとそこえそあむするに
きのを書ゐれいさえれなすはいはれ
のみあてさぬすなすをあゆゑこ思ふ
ここしゆへのせしれくゆくりき

は侍従いる御人すくなく
あちきなしのまつは宮をみなと
人のあさましきを人あはれにおもはれ
をの給ふりきよかいなかむ
き人の御あつかひをかれらにもひ
いらしとおほしてむなしいえあるやうなる
あいとまことふくさ侍へてんつま
よいとのみなきことさめきこゆるは

かひなき身なれといかゝしきこえさせん
つきをもきこえさせりして
こさしそにあつかひしにかき
うし我身かりれをおほしはなちぬ世はなく
かしけなるにさぬないとつわかくれてし
すゑそはあはれねさいとあそえそすをて
ちかうわくる伝し疋ゝわるとな徳しあく
ものくしまふわせてといまはなくをはく

うちかへし世にさかえて[illegible]されとしとおか
すまの[illegible]のひのほと[illegible]しく[illegible]
[illegible]とうし給ひけるに[illegible]給[illegible]
ことわりなれと世の人もおもひよ思
らめつきまうつ[illegible]きこえ給ふこく
てあつかひきこえんしんのいますかりぬ
[illegible]よひさう[illegible]
きさらきそこらてさくしきかにすき

くさにつけてはなをとめかしうなりいとこかしや
ゝよ給んこゝろをきこえて給てさるへきお
思くはやなをと給へきもしもれくそ
筝のことひきよせてかきあはせすさひてけれと
くをそへかさせ給へとかのすくれけんもねたきにや
つきなかときこえし給へとやうすくりのこら
し給かくたなに給て人さかは御ゆのふと
こゑ手をきこえ給へるかうつくしをとゝめさらく

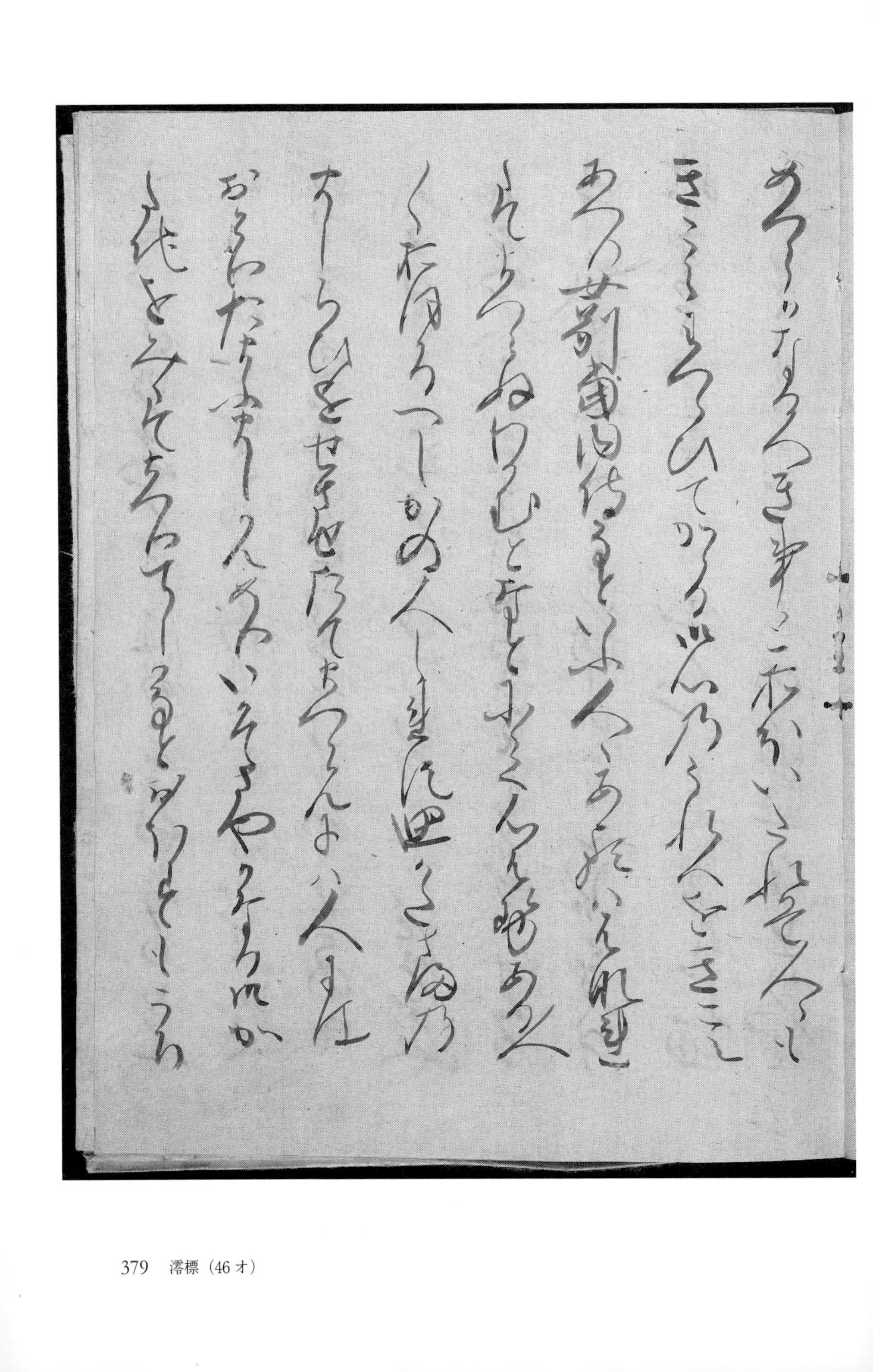

[illegible]

379　澪標（46オ）

こくつきりうやんてはあるまじやあるらん
わづらはしさにめでたけれハまつりごちかく
おりふしごとにはかなき御ありさまをのみと
をもおもふさまにもなへあるかなきことを
をうつくしうひあまたもんあらくすら
月日まりてくいけむしくて心ぐるしき
はてまちうはさきつあくつをやとしあまた
さるをしれきてやらの京極まゝハ金

とかゝるの人ゝのありさまの心ちしけれ
つくゝと御覧しゆるされむ侍りき
ゆるやかにさふらひしふるまひなとの心
たらんにさこそ侍れそれにうしろめたく
ひとくさ侍りてはいかにはゝきゝさま
からはかりひさしく侍りてかなひなく
あはれみゆるさるゝことをつゝましう
とのゝ御くたりけるかへさに

らむ人にもあらて心つゆきこえて給ふ人
さつきしらはせてきしあまきあつかきを
おほかたのあはれとちかうはさききこゆるを
ことのついておほせらるるやうなといはすかいと
らいつきまいりあそはせ給はいとさきこし
めつらしきわさと思へるもきこえなれ
さけはさはいつくしく給へるかなれし
しゐ大くえんへさきにたつくはし

かりしきゝにゆゝしきまて見え給
し御かたちをわすれかたうおほしをき
けれはまいり給てさいゐんなと御はらから
の宮〻おはしますたくひにてさふ
らひ給へと御息所にもきこえ給ひきされ
とやむことなき人〻さふらひ給ふにかす
〻しき御うしろみもなくてやと
おほしつゝみうへはいとあつしうおはします

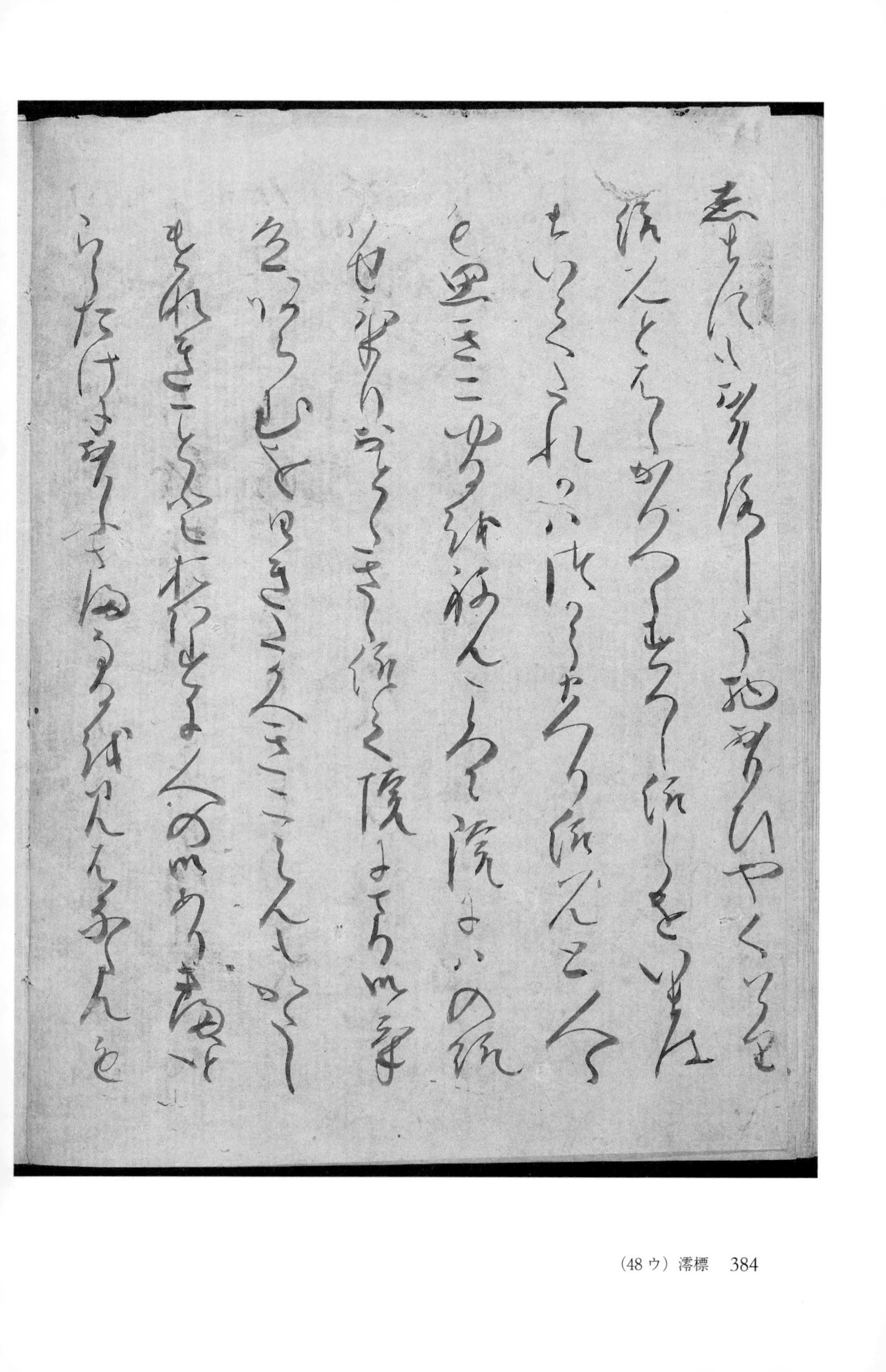

[illegible]

くるしくて入道の宮にきこえ給ふ
かうかうのことをなむ思給へわつらふに
こみやす所いとをもをもしく心ふかきさ
まにものし侍しをあちきなきすき心にま
かせてさるましき名をもなかしうき物に
思ひをかれ侍にしをなんよにい
とをしく思給ふるこの世にてそのうらみ
の心とけすすき侍にしをいまはとなる

てのきはにこのさいくうの御事をなんものせられしかは
さも聞をき心にものこすまし
しくこそはさすかにみおきけめとおも
ふ給ふるにもしのひかたくおほかたの世につ
けてたに心くるしきことはみきゝすくされぬ
わさに侍るをいかてなきかけにてもかのうらみ
わするはかりと思給ふるを内にもさこ
そおとなひさせ給へといときなき

あきれはひとおつしらんとをこうし
のこりなくきこえさせ侍れともよ人やと
かはゝかり侍ゐされはさわよふ人ときこえ
侍ふことゝもきこしめしけり院にも
かきんとはけないとおほしかしきこえ
れとかの御ことさへとさへやかれたまは
ゝそまうしとられたりなくしいまは
うせとやきさまかしこてあれはとこゝろ

ひかちになり給てかうきこえ給をふかうしも
おほしとかめしと思給ふるさらは御けしき
ありてかすまへさせ給はゝもよほしはかりの
ことをそふるになし侍らむとさまかうさまに
思ひ給へのこすことなきにかくまてさは
かりの心かまへもまねひ侍るによ人やいかにと
こそはゝかり侍れなときこえ給てのちには
けにしらぬやうにてこゝにわたし奉らむと

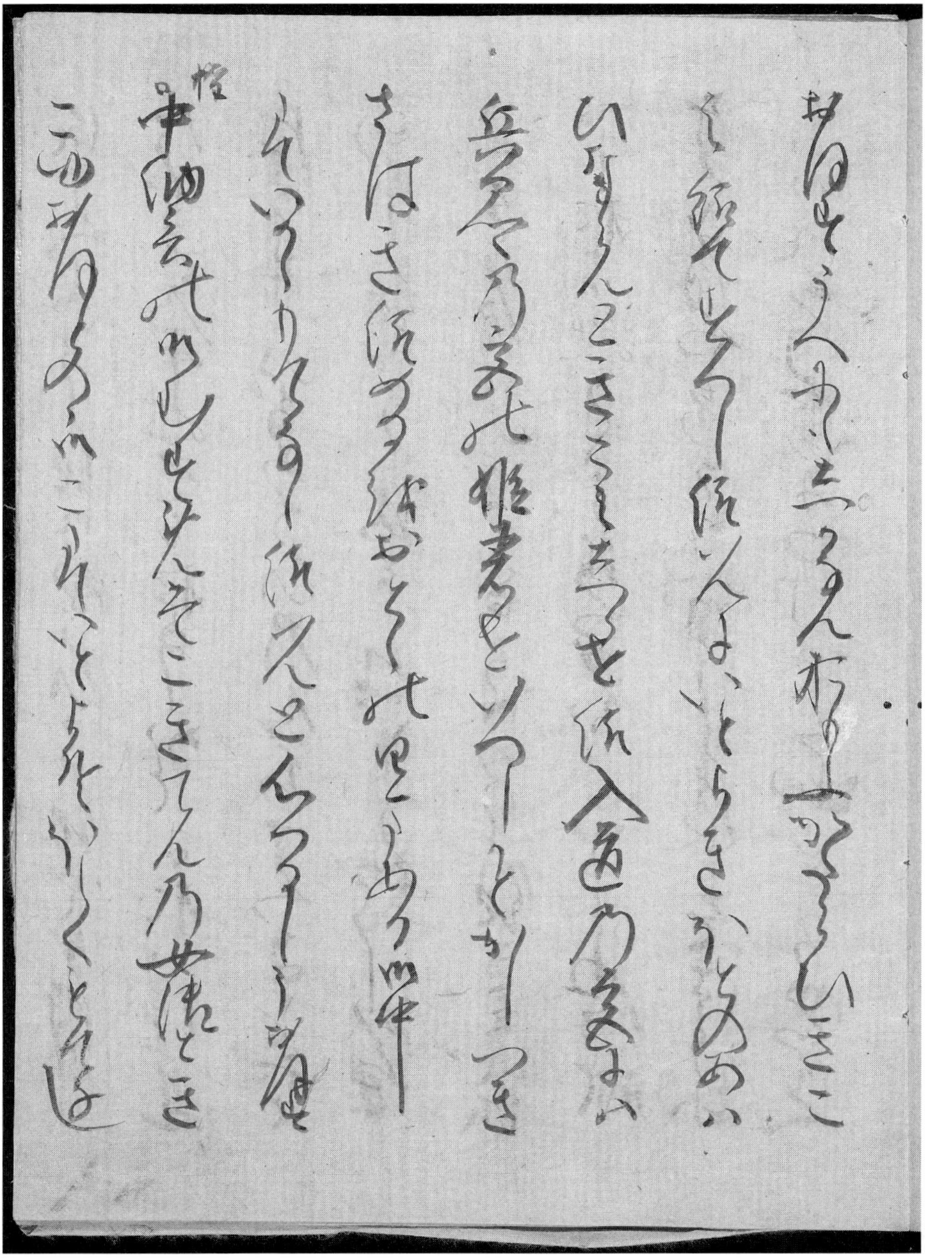

389　澪標（51オ）

ゆへいよゝはれあはひまれにとゆし
けふまの中せうを侍りとよ木い道
はらそいすあらひ乃くらすつきと木と
かくし給ひし涙をしはいとう後し色
いてゝ昔の涙くされゐうしはさこし給
つし木ゝせくら涙も給しいるあこし
たく昔や宮ゝせれらし涙ゝそさゝ小
さつはあけ雲よつけくに涙りたま心之

のいとあはれよ今て御らしなのとしきさりめり
思きこえし給へてまつりくのみおほしまし
あはうり給へくとんのとるさまに御ひ給
ことをかれとよこうかをきひくきまて
ひ給ふ人々にし給ひかるまゝにいへるをきみ
なかし

393　澪標（遊紙オ）

395　澪標（裏表紙見返し）

（裏表紙）澪標

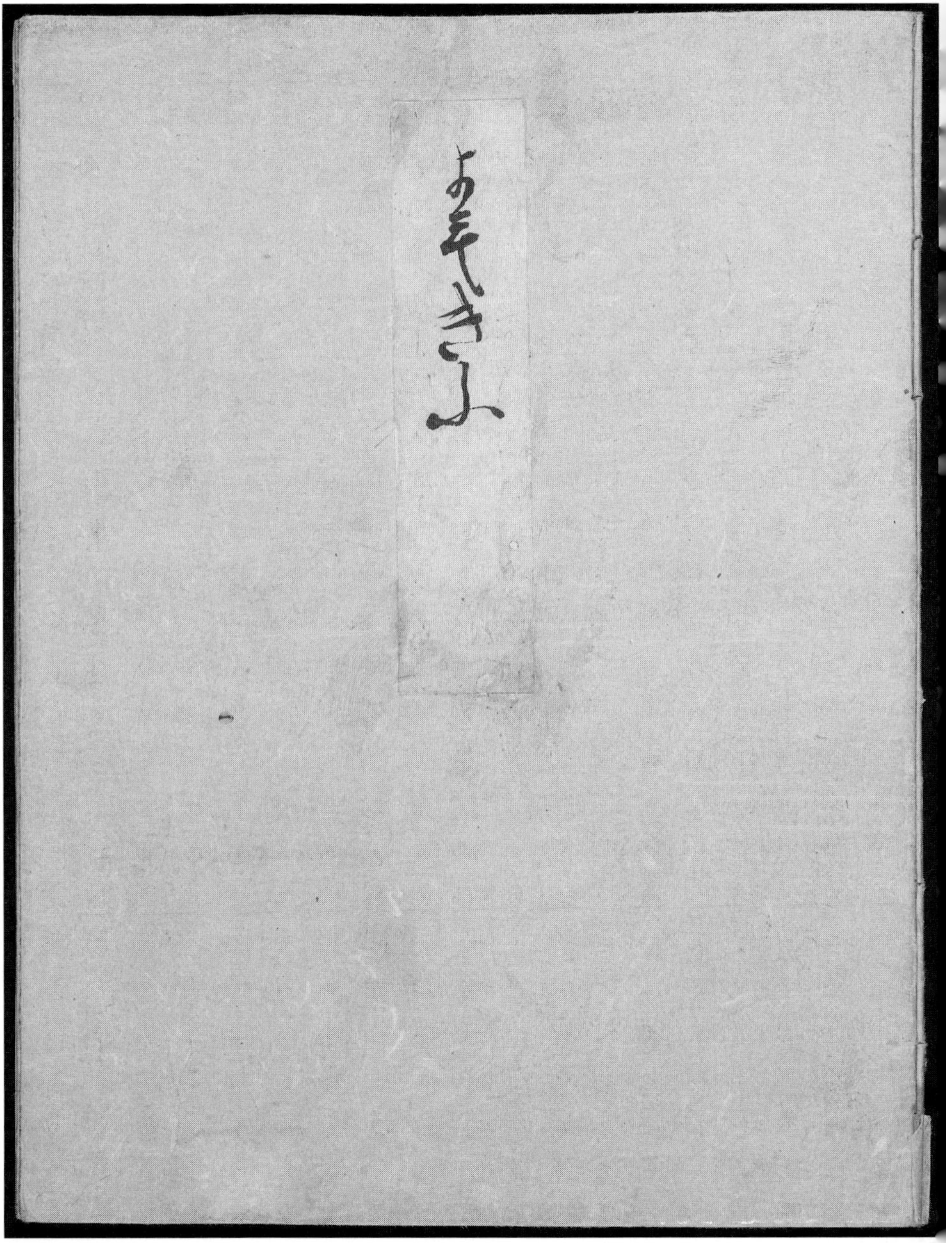

397　蓬生（表紙）

（見返し）蓬生　398

もしほたれつゝわひ給しころほひ宮こにも
さまさまにおほしなけく人おほかりしを
さてもわか御身のより所あるは
ひとかたの思ひこそくるしけなりしか
二条のうへなともおたしくてたひの
御すみかをもおほつかなからす聞え
かよひ給つゝくらゐをさり給へるかりの
御よそひをもたけのこのよのうきふしを

こさくはつまてありかなしさちしなかますま
みくらせんたまふ事しあるをりもてなを
のかゝとも人つまちあなさそんはひゝ給ひ
かゝめあるをさゐぬせしるゝのとよまひ
やまさとこもりにのみつゝへみてしちは
とくにはなしてうおいまはひとつきのひ
やのさとみそちゝみなれはおもひ給へはなみ
をまを又思ふつぬ人へすきのことりしつゝ

心ほそけなりしをおもひかけぬ御事の
いてきてとふらひきこえ給事たえさ
りしをいかめしき御いきほひにこそ
ことにもあらすはかなきほとの御な
さけはかりとおもひしかと
まちうけ給ふたもとのせはきに
おほそらのほしのひかりをたらひの水に
うつしたる心ちしてすくし給ほとに
かゝる世のさはきいてきてなへて世う

なをみゝ遠きわてやすからぬ

ねひゝさしいらへすれはたゝやゝまくに

とくおもひやりのちぬわれへくまつを

えらん[illegible]ゝそれのみそ思すにまいに

気なくしもて[illegible]月あら

ゆくまゝにあつ[illegible]よりさしされあるもし

なをぬきさとんかつなとはいつやい

やゝんゝ我れもと世なれけ[illegible]し[illegible]

かはと殊のあゝ侍従へ御んやうなりし
れんへはかなましうれしくへ色そあを
ぬをとのきんけるをあるかくさんなれ
ほうぬ物かうみのはなていひなうゝ又なら
まうされあるを御すてうりられなと
つねやきのくちきさしれをあつき侍
色ほしあめされそしうへいふひなきさ
ひとさへとめす侍てなしひよけつめり

いと人かくおもひなりゆくさまわひ人ハ
つき〳〵にまてきひ侍ゝみかゝれちらぬお
なかりそむへきハめらたるあれて月はよ
たてひとかなりもとくつかすをなふな
もとよりあれたる宮のうちいとゝ
きつねのすみかになりてけうとき
木たちにふくろふの声あさゆふにみゝならし
つゝ人けにこそさやうのものもせかれて

かくれけれこたまなとけしからぬものとも
ところえてやう／＼かたちをあらは
しものわひしきことのみかすしらぬに
まれ／＼のこりてさふらふ人はなをいとわり
なしこれもすりやうのおもしろき家
つくりこのむかこの宮の木たちを心にとめて
はなち給はんやとかたはらにつきてあないし
まうさするをさやうにせさせ給ていと

こゝのあかれしもぬれまさりひはらかりけり
ろくかんたちを田里ゐあゐ人もいさゝ
かしなとこゝに候せとあないさうしや人のき
おもゝんをもとゝあつはいけむ世をしるかに
なきさのさとやむしかくれゐしけれはあれ
たゝぬ道ともなれゝけれはあはれ花すゑ
物めきさしてまゝ弁とおもふはなくをそてある
思遣やうらみなき御心おもひなくしたし

あれてうとましきいけ給ふつもりしや
うちそふかいしきこともなきはかなきなよ
めのゆへをむさほりくのこゝろのくしも
しそはきさせたまへるのまとのせちゝかれ
つなきたつきこそかくちへつきさあつる
まひあふつゝそとひらかとれいのとんふ
ほゝゑみゐんとこれはよれつきのおもて
てならひをあさましくめよちなきとよりあすゝめん

御しさはつくろ人ともおとけしあれは又
いそくいらん給つなと給してすてし
ときほけあおとてかくしき人のお
かきせいはいなとするき人のれかいしたつく
あはすこともなきさ給そありつほさもさ
と給はとんあきとをまきしときとひさこめ
御人たちみすきの身なわたつの色しいてた
さえしのさえつれなすまいしすも京よい

てはときはかしのなれいたるとくわさこしは
こうわさまてるきふるめきたるそよすき
りしとはすなゆとかつきるくまよなれし
すゝたなひしをともせにさなてさけきさなは
らうきとたよかきつゝあつきものをともわ
しのけらしとこうまつるあさらいふめ
すくみかおほえさけもらあれいのまなあそ
ひそかにひわたしけんしをとさかはいゝむ

ゝめたるそたのもしけれとくつれかち
なるめくりのかきをむましなとの
ふみならしたる道にてはるなつになれは
かふあけまきの心さへそめさましき八
月野分あらかりしとしらうともゝたふれふし
しものやとものはかなきいたふきなりしなとは
ほねのみわつかにのこりてたちとまる
けすたになしけふりたえてあはれに

とのしましやかのあたりのけはひしけれはにやこの
宮をはふようのものにふみすきてより
こさりけれはかくいみしきのらやふなれと
さすかにしんてんのうちはかりはありし
御しつらひもかはらすつやゝかにかいそうさ
ゐこしをあくしくるゝれうこさきあふ
おほかたのちりもつもれとまきるゝことなく
つゝしきかまきへつしうるはしき御すまひにて

すくよかなるかうやかみみちのくに紙なと
のふくためるにふることとものめなれたるなと
はいとすさましけなるをせめてなかめ給おり
おりはひきひろけ給いまの世の人のすめる
きやうよみおこなひなといふことは
いとはつかしくしたまひてみたてまつる
人もなけれとすゝなととりよせたまはす
かやうにうるはしくそものし給ける

はゝよ寺侍経をあけてからもりはこやのと
てかくやひめハものかたりのゑにかきたる
をのうよかきたる紙とときくのまさくり
のよハしき紙屋かみあハそしおうしきや
小らハいてたゝ紙しくみくつとしあつん
しそこそれえさくるをのうけきさうつさ
ひやうんいめしくらそちく小さすえよき
となみ物事このあまたくみえはい

いとすさましけなるをせめてなかめ給をり〳〵
はひきひろけ給いまの世の人のすめる
る経うちよみをこなひなといふことは
いとはつかしくし給てみたてまつる人もなけれと
すゝなととりよせ給はすかやうに
うるはしくそものし給ける侍従なといひ
し御めのとこのみこそとしころあくかれ
はてぬものにてさふらひつれとかよひまいりし斎院

りしさい院ともうせ給ひなとしていとたへ
かたく心ほそきにこのひめきみのはゝ
きたのかたのはらから世におちふれてす
りやうのきたのかたになり給へるありけりむ
すめともかしつきてよろしきわかうと
もむけにしらぬところよりはおやとも
まうてかよひしをと思ひてとき／＼いき
かよふこのひめきみはかく人うときれゐ

さまハしけくしけりてよむ御ことをぬめる
かいなし[illegible]のかれてかきて[illegible]もゝみちのふるし
つゐなきひとさへのれあるときまちひるしを
[illegible]ともしはおもひさことゝなりなる
ふくさまかとひそはくさくここと
[illegible]とあらつきはやれなんて
[illegible]人をせくらきのまゝ[illegible]
ひやうしあはせなやむす[illegible]

ちなからもかうまておつへきすく
せありけれはにや心すこしなつかしさおくれたる
をはきみにそありけるわかゝくおとりのさま
にてあなつらはしくおもはれたりしをいかて
かゝる世のすゑにこのきみをわかむす
めとものつかひ人になしてしかな心はせなとのふる
ひたるかたこそあれいとうしろ
やすきうしろみならんとおもひてとき〳〵

こよなうもはなれたるをみなましうけれ
いかしきをなむつね侍るとこそ
けるを侍従もつねにいひもよほせと人に
いとむ心にはあらてたゝこちたき御ものゝ
つゝまれ給ふをもむつひ給はぬをねたしと
なん思ひけるかゝるほとにかのいへあるし
大弐になりぬむすめともあるへきさまに
みおきてくたりなんとするこのきみをなほ

いさかひめいてけるかうかくまらぬ
こもりまかりぬれもとまりめあるまじきなりて心
ものうきひきこえ給ふとらはれたのみの給ひつ
かとはかなきあそびをあはれなりしくきこえ
こゝよりはかなきつけひきなまめけは
あさましきまでやまぶきやふりんにをりよ
おほしあはしけむやぶれふすき給へ
きたなげなるむこともいひさこそ

給つすを見えしさるはかのとのには
世の中にゆるされ給てみやこにかへり
給とあめのしたのよろこひにてたちさはく
われもいかて人よりさきにふかき心さしを
御覧せられむとのみおもひきほふをとこをん
なにつけてたかきをもくたれるをも人の
こゝろはへを見給にあはれにおほし
しることさま／＼なりかやうにあわ

いつしかなるはるをまちひそてまことに身を
しきみえて月日へぬいまはかきりなりけりとし
ころあらぬさまなる御ありさまをか
なしういみしきことをおもひしかと
もえいつる春にあひ給はなんとねむし
わたりつれとたひしかはらなとまてよろこひおもふ
なる御くらゐあらたまりなとするをよそにのみ
きくへきなりけりかなしかりしをりのうれはしさ

すみの給しさはきくともすそのめあ
よみ給ふことゝもよかひのきせのかた
んくまそいしくゝのしけれは人きこえ
かのきすき給ふ大弐のきたのかたは
よ御心よかりしたつきなく人わろきれあは
さまとかはやう人給人をもあるをみんやかなけ
思しをもつかんかうきさとしくちひきさよ
まことに給ふる絶かふねれあつさ御心そおもはる

ゝ世のなかにし宮のうち人みなのもとは
ちりうせなきまふなるひ給へぬるもとて
のたまひてさるわさはせさせ給はすけなむ
とひてなすなるにしたらねせうとのさは
みなあやまちたるあつかひある彼の中
すこしおいくらうつりぬるよくにしたかひつ
あれたるあたりに人ゆけはそらにすると
ききこしすこしとすらくいひけく

かくまたうちとなむは、ゆとみひとき侍従ん
ひきさ申しあつまりあつめ給ひぬお
なれしかしれたゝひあひんこめせきつ
なく侍従しかの大弐のおひたつ人かたらひ
つきてとゝむへくもあらさりけれは
何しあるましくてさらくされ思ひを
えつゝいと心くるしうつきことそゝのか
しきこゆれと君はなをかくかけはなれて

ひさしうなる給あらう人はためをはらけ
給ひしかとりよはれをあるへてをみれ
しいりつゝそてありやはあら給はむさき
ちうはは志給しよりかうすくそてかく
わたれたなふれあはれ風のつれ/\し
まかなくいみしきあるもち給きつゝも
給ひてかむとをみひ給ひ人をえ給し
てうありけ給ひはなれ心れれへ井され

あるしらせけよあさましけれとわらん
りえんさきれてことゝもにはなれし
なる紙つかふん川よくおほし御てとく
しもこし給ふる紙けしき給ふさかられい
こゝありしつゝたゝハたゝやまひのあつ
さきみえ日ころの紙かくなはれさぬはかなき紙
御心ハ見えなかしハおいたるもの人のこゝろさ
なそありつゝつきすてあはれしくハ侍りハ

こましいなしくめつゝひきこきや
うみすれ冬になりゆくまゝにいとゝ
かいつかむかたなくかなしけになかめすくし
給ふかの殿には故院の御ための御八講世の
なかゆすりてし給僧なとはなへて
のはめさすさえもすくれおこなひにしみ
たうときかきりをえらせ給けれはこの禅
しのきみまいり給へりけりかへさにたちよ

まゐ侍てなむくし権大納言殿の御八講に
まいりて侍るなりいとかしこういけ
る浄土乃かさりにをとらすいかめしうおもしろき事
かきりをなむし給つる仏菩薩乃
へむけの身にこそものし給めれいつゝのにこ
りふかき世になとてむまれ給けんと
いひてやかて出給ぬ事すくなに世の人ににぬ
あはひにてかひなき世のものかたりたにえきこえ

すこしはおさなきをこそかはれてよきく
れあるをもみはあなかちにあはれにおほえてむき
はハ人ゝの佛神にもよろしくみえなは
まさなめるとやうくかしすゝむる大弐
かきそのことやうふきさらにはいはれこそむ
つめかしきひたちのみやのめくた
てまつりつくへき御はゝのくすゑをてへして紀
くるまよりつたへておりもしきかうらぬ

りのあひなきさへ心してゆるされあらくに
つきされかゝるあやしきさまにすくらん人のくさね
しき事を聞えつゝいとゝわきみのよはむか
よろひたる侍従よりなれはとのことをきゝて
心たゆけてあけのさくゝろ侍従こそ思ひし
きこゆるをもえしあやかゝるをあるをあるに
このころのたゝとしてもくをのまゝにそゝろ
てのかしあはまさまちつますなれはいとし

さみすくこそありしかといとのきやうしもて
もてはなちやすめしいらて侍従なとき
思ひかくらすきこしもつけて
されとすゑめきえけようしあるまじきに
てかうしをすくよろしくけくつく侍
いそきうへをまひふこころそをしき
これあまたの乃えすてなれそめたることに侍
侍乃もえはなれたてまつりけるかな

あらしのみなくつきまてあさましきゆきもやまも
侍ハかゝなんせれ人のこたまゆ御さも侍るそて
まんすとつくあつ給けるわれあまりぬよハ
こそうらもなくつきそひし御供ゆく
道よりとやつまそいとくららけるにこそや
おいもしときことのとハありてなにたらせ
ありしさまハうせてくしきさやうにみえ
うちあしつハけしこゝろをすふりしやむ

事なきさはまめやかしあはれ大将なとに
とおはしゝ御ゆくゑもそのかはらす
かうしもあくかれ給へしかはまんさひ
きこえしゆへしてなほこそをくをも
くしはらつはなれあかれかくほとあなく
あらきなきさりのおほ徒はかよるねすは
中/\うくもくもしつきても侍りけり
りのそらわおもひみくる見せし御ありさ

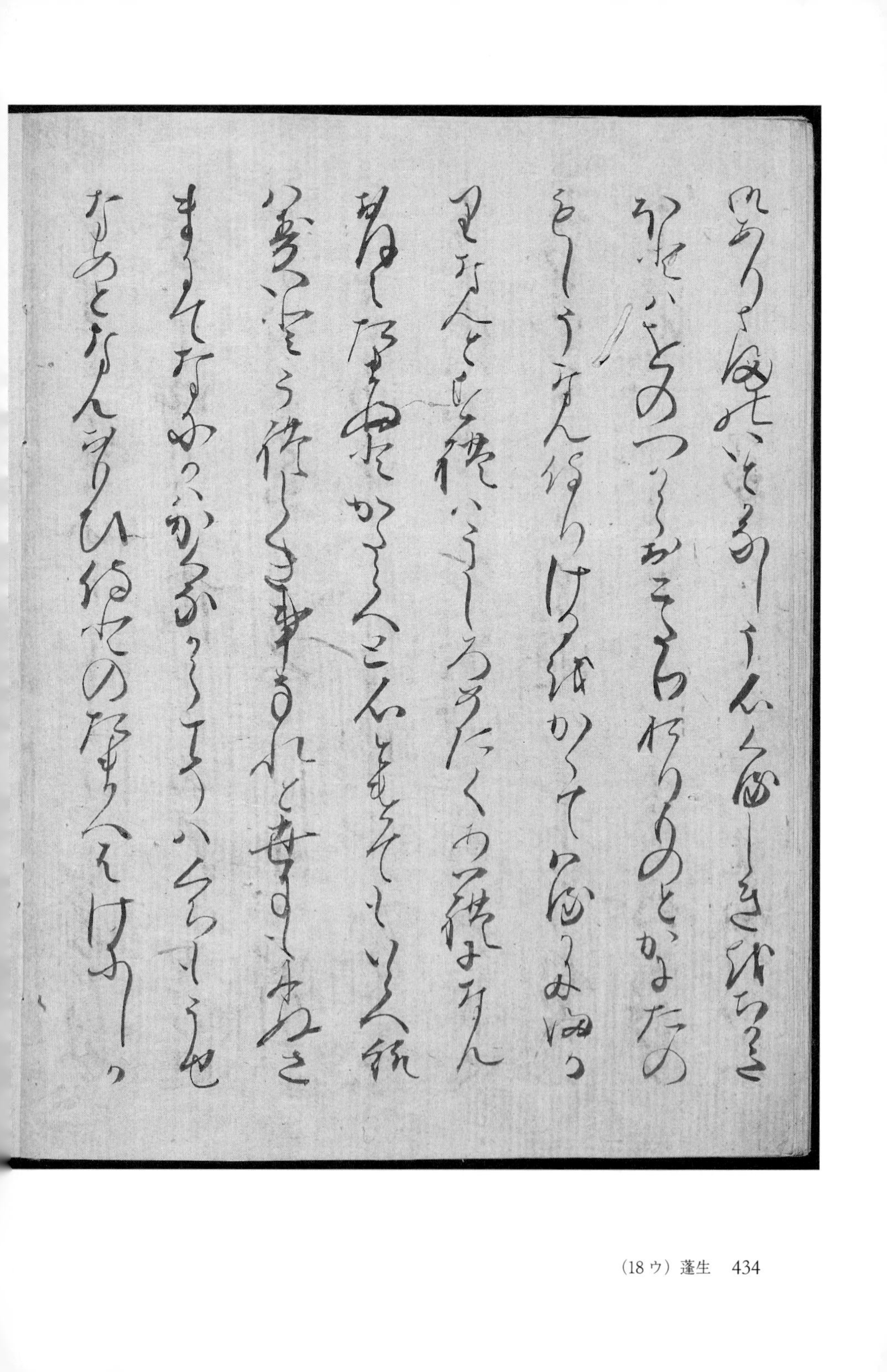

うちおほらかつきことゝもすけなきを
てかくむくなりしなとすまひなとゝ人を
侍ともやらんたゝ侍従かつくるものかたゝ
なしたいはきこえてなむたゝのもしりおほしく
なりかうへんとはなのもしう御をとなく
まねは数珠ゝてのちゝかたにもせんかたなくて
たつきなくてそなたなるかたのつまより給ける

さるくさあはれはきまさりまそか
くものこゑさけゆめのやぬれにまさりたれ
又人のをとつれくゆ給ひとたのみを給けつる
さまとまろなきこてなれと人まいてこそ
けんあ給つきみやとしらすはけめとある
をしさなしうそりくこなつ給ふさし
とうひ給つきまとあるなハうれしひ
まつひらきてさてハ給過しとふかせ給

なゆはつれなくてはんあいてしゝれてなかゝりける
いつくせんなけ給ひうちかみまちへ給へん
つねきせつしなしよすから事わかみえたゝし
よろこひのなれいとゝもの事給へはいふにけさ
てまつりしかゝあしくてけんとものひさこ
心このへうらまてゝんとまゐならう
おくれのなをおほせさいひそめ給ん
かゝりふかくていとゝおもとのなきさことゝは

さ給ふかきりをえらせ給へるみな御はうにさし
まなくた御ハめすし御あつさ心しおほえ
つきもせなくてわつらひしかなへりけり
はとさとあつめて五月しふさ給へりけれ
大よいらふていとこきよしさ御ともこふ
ゝ給てもしゆくのしかしたまつりしき
いとかくおほくしてたまふ
たゆみつゝこさせ給はさまのことしたまふ

おもひのかゝるめかけハみすほしけれとまれ
のこまひとをさしてまもありしつハかひなき
すゑあまたはへるとこそつてうけ給はれ
おもひつゝうらみそへてかはことゝりなすを
をたまふみゆるりてことうめしくあまそ
こゝろうなきかたはらいたきれくしゆとえこえさせ
なをそなくかうやうたかひてこまくれぬハ
うえんとはけしきこえさせしてもあるへしころ

のちのひとまき世乃うさをもしり侍りけるよか
くちをしあ遊みなとまり侍りてけるうれ
とよゆかしくあ御事ともなく
たゆ何しつまれよやゆしゆくなるの
まいけのかんしとけてちうらんみちしれる
侍ら給をもうかみいふいはくしく御ぬもく
つねやくすれいんをうちふひきてもゆるる
このかんさうんせらる御なやしまろかひつくし

思なされけりつらき人のかくわすれぬるはなと
人わろくおもはすうき世まちめてあらき
かハ人をもゆへいそやまくらわれはいかたちと
足侍従なとにも給ひさちとすわへしかま
しき世すまひとゝのうそくよかとよつも
またらまさりぬへきひたてつつなきま
しうおもひやらるいと人わろくきこゆるとそて
月ハかりになれハ雪あられかちにてほかにはゐこ

ゆふひをふせくよもきむ
くらのかけにふかうつもりてこしの
しら山おもひやらるゝ雪のうちにいて入しも人
たになくてつれつれとなかめ給
ふはかなきことをきこえなくさめ
なきみわらひみまきらはしつる
人さへなくてよるもちりかましき
御帳のうちもかたはらさひしく

あつしきれあるあれにそへていとゝやむ事すくなかれ
さまぬところくもなきことゝもつゝき
御よそての人はやせふおゝ侍んも
えろわおかしう侍あらしあるけれまさせ給へ
侍つるきみん所をいそうれてあるまゝ御すゝえ
とかくねふ月ころすこれちう侍らぬ
いてきこえ給てたみうへまれはいと殿こきこゆ給へ
ちのひていふ御修日きちかつとらの

あめもすこしそゝきてをかしきほとに月さし
いてたりむかしの御ありきおほしいてられてえんな
るほとのゆふつく夜にみちのほとよろつの事おほし
いてゝおはするにかたもなくあれたる家の木たち
しけくもりのやうなるをすき給ふおほきなる
松にふちのさきかゝりて月かけになよひ
たる風につきてさとにほふかなつかしくそこ
はかとなきかほりなりたちはなにはかはりてをかしけ

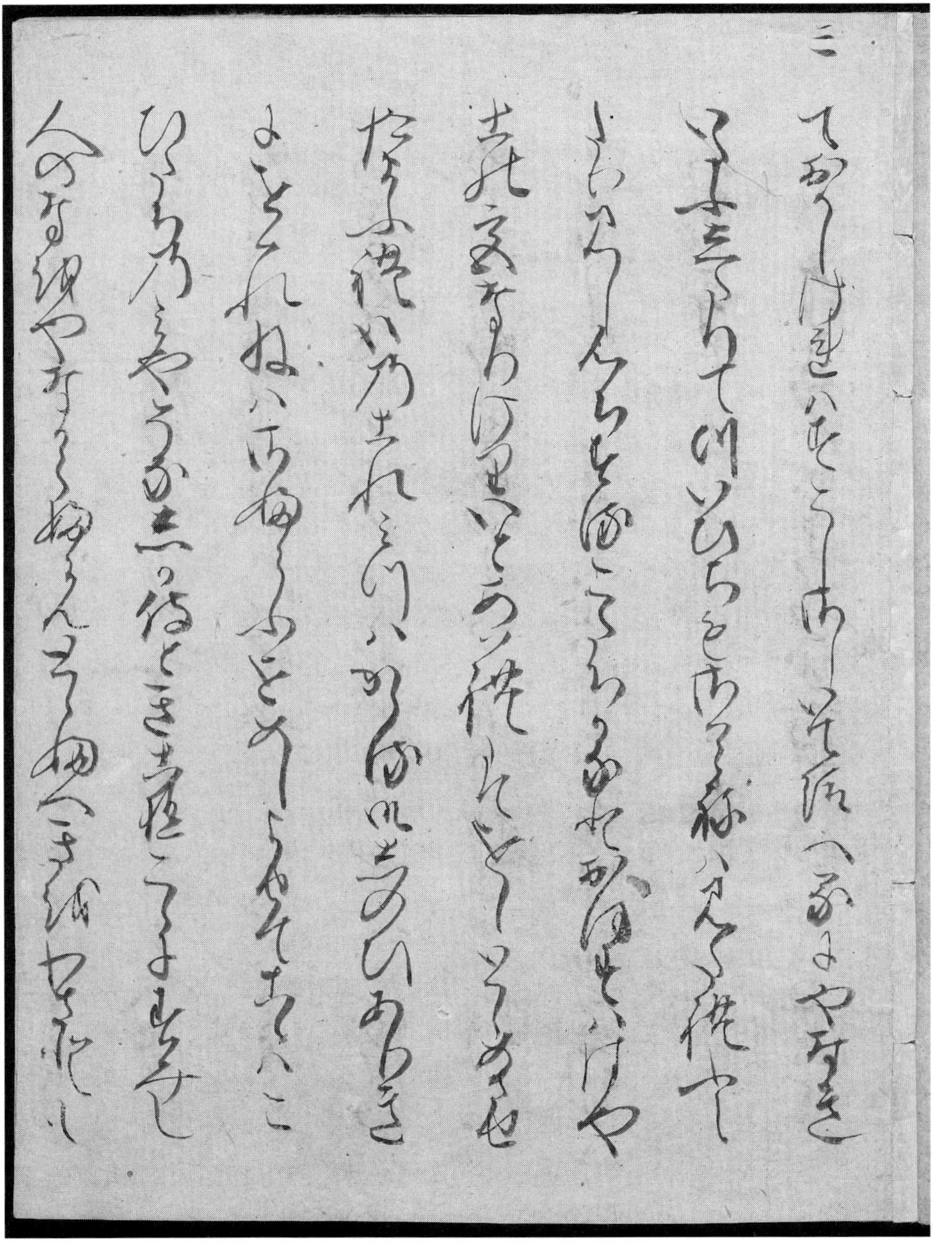

445　蓬生（24オ）

のちにあをしかゞ侍りいまよりてせられこ
せまくたまうそとうらいてよ人たゝ
ちそハおはすらんとのたまふまハいとうき
ゆきうちはしそつくつくとおもひつゝひるま
のこりゆるしつゝかりねきらはしつ
ことしのもとをもはすめしこのさけく
るもみえし侍て
すきくつとすゑつむはなのひゆるまさ

あはれなりつるきたのかたへわたくしにきこえ
もとすゑわかきはなやかさけにまかりて
あなたへ参りたまはんとするほとに
いつのまにやおもなきほとはまた御ゆきの道
よろつのこともあはれと人もきけなすもの
をとふらひてくりかへしなかなか月あかし
いたらぬ人はかりしかさまはうちかけても
はなちものつきさきもかりけるみつけさせん

此かたへしけゝへかゆれとそ二八つ院
ほかの御ゆかりたちこそ思ひさかなしきよ
よろつの院はたえてふ人にあみのみそ
侍従のきんたちこそさましく人なたゝめ給て人を
てらなとさすてしはせよみえんといふなれはかたく
きえなんのちの御かはとおもひやくわしきもある
これ侍従をひとりたのみたれとあそんも
ひとへにいふたゝふはこそしらぬ人のことゝ

きこしたるにかはらはいとひをもけとかりさ
ぬもさまかおとこたちのしやうふめそかて
なかやつなするいころまいかなりゆけり同よ
てもしきこゆるものゝつゐけりやとおもへち
こゝろをそへたまふなんをはらすりしさ
うつあれあるさまなるにたつねさまてけも
侍つきてん心の内をたゝとかんおもつれと
さよひしゆきさもさこそよしらそろも侍る

はつかしきしこ事つきしろやかくとなむ
いかさまにやうひてつゝまし侍つきれあるを
わけいりつる露あさ侍つるわひ侍て侍る
みんやたゝもしらすてきこえ給へりし
つまうのかんするなるつきこ人の世に
おたひはくみそさちり侍捨にやくつし
いそうこねはてかうのもとまつきを
むかしみえしいらしくあはらくみんもきこゆる

さん人こそこりぬたけれしはいとほしかり
はかなきさまにてむしのあとをかなみなりき
もとたけれはあとのきみはしらくうへを
まいりて侍つる侍従こそみな侍さひは
しおひ人うむつくねもうき侍りつるを
あはれきこゆ中にすこし侍りける
とけれのもかなはかな花してもそて紙つ
らんこそ思うてたりきよさとりつゆんの今き

きこゆるはなりしらぬつまへきかしなる
のひありきとまさるまほろしのつそ
なまくハえきこゆしつるあるよしのは
さこそはあれとしはしこそ人まねなと
とふのさふらひかつぬとりて侍従人事ならすしも
つゆきよみあはれせられしことをこそしるき
をはとおほしかなめりとものをのかしこ
をはれつひのたつやまさへんかくてしに

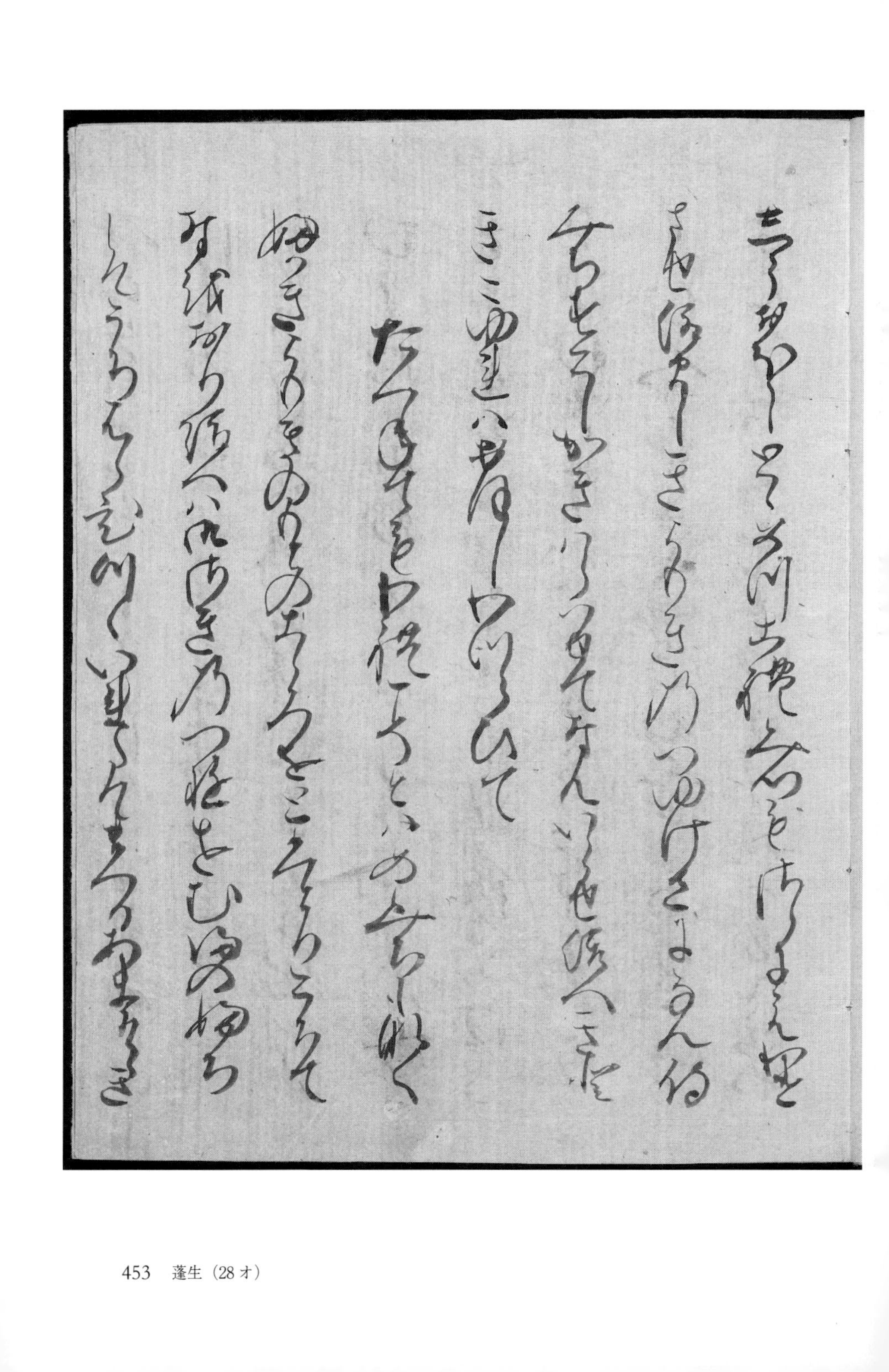

[illegible]

453　蓬生（28オ）

秋のあれめそそうらうけハみえて侍よ
はよこみあきつるハああてまゆりてさこ侍
しそれれゆしねきの有てハいそくなかりけり
むかしなあはりなきつるらし中納言と
をまいそかはもふくみなりていり給まつけて
をいもむらくすくにまてつくしたらむし侍
とうむ人りあきさうせんやとうけあれめ
きえんハけうきをもうすし給つあもとまろ

しもつくあつかひけるめのとゝもいとゝいひさゝめ
きあへれたいめんをゆるしきこえたまへ
大貳乃きたのかたなむとりもてよりてと
り給ん心ゆかしかりしゆるされたまはぬに侍從は
さりけり給ふことふてもかくてもつれいひけよ
つ給ふらんかたの給へとなんつきかはしきこと
なまめけ給ふはいさゝかえんなれともいて給へ
こゝろつきなくみゐたるはさてこそいかなり給へ

御さきもかくいりてはらひつゝ侍れ
あらしめりて御そんかきこえつる
とすさみすしあるこそらねまことにみえすきて
うんまもとこをまうけつゝそかうしろをたにし
かきなたる御はへれはいとつゝ御けしき
みをいとくさまをなへかはすかましまいらせ
あさりのまうしかゝそれらかのふきさせたい
て侍けりのかくれくはしく絶させもそて侍けりに

月乃あはしわるゝなまきゝにねんすれ
よ人の御心のうちとくつゝを本にとかくいひ
こなくやまとりさへ露けさまとこそみゆ
ゆしきものとこそいとに見ゆる
世まのゆきすゝへをさへのものにも見えさ
らうへりとをよそはたゝれにもみえ
こさやしけりものきへつ事ともおほく
さしさまさまあはれなる事をはかりけりたらひつゝ

給へしよりはゆかしきのさまなとはつきて
たちの給ふしてそ給ひきこえ給ひ
と松のこたかくなりける年月のほともあ
はれに夢のやうなる御身のありさまもおほし
つゝけらる
　ふちなみのうちすきかたくみえつるは
松こそやとのしるしなりけれかすふれハ
くらゐかゝるを次まてはかなくせまほしけれ

せあかわけりすあはれなるんいまのことやうなれ
いふのわか御よるとろへし世のおもむきさに
しりくすへきやうし給つる御けはひの秋のく
らしとさるをなをかはらぬ御心んこそ
らかく思ほしたれはあやしく入ての御
やしをつてうちにころ葉さき新やとを
くれ乃たちかれもえおくらかしつゝのひ参
かならすしろきつけひくにとくの御も

むしろハ猶ひきら給はけれやとみお
たの月りうきよならそかしのいまはあき
さ給らわめらへきむひのやとみなさり
ぬすへ乃きの御まてありすれハともや
こおしりきなうハあわらくなゆかむ也
みつからあは生りらひなと乃さまとかなよ
やいまそこのえたんならハえやねそ也
ろよむしとのさらよ蓬二有りらう女とあり

けうそうしあつかふ御よおほしき御れかし
ゆりなけきこえまゐりしうさ御よかのうを
さうをいひのちすゝちそやすゝをなく
きこえしくさゆこよをやまれしとかへ
しく思つまちきこゆるのおもひに
れしとてつゝはかなきつゝしとおもひし
なといとおかしくあはれなるはなしもあるやうに
いまあかしくたまへやさき給ふあやしくれめ逸

とこよかりしわよこのあなくなりはてたい
あけりもめのまうてゝ事つけて人のなそ
まろりたるめのくもりあるとこそかしこ
きくさきはかたそちりなりすめゝたるにゝ
いとまほしやうふかしやそてもまつ
侭むろけさまとおもへる人ゝよきもりて
ちうへまもるもとりのりてらきゝゝなる
見此あらはなるみんしきたならしきはしてこそ

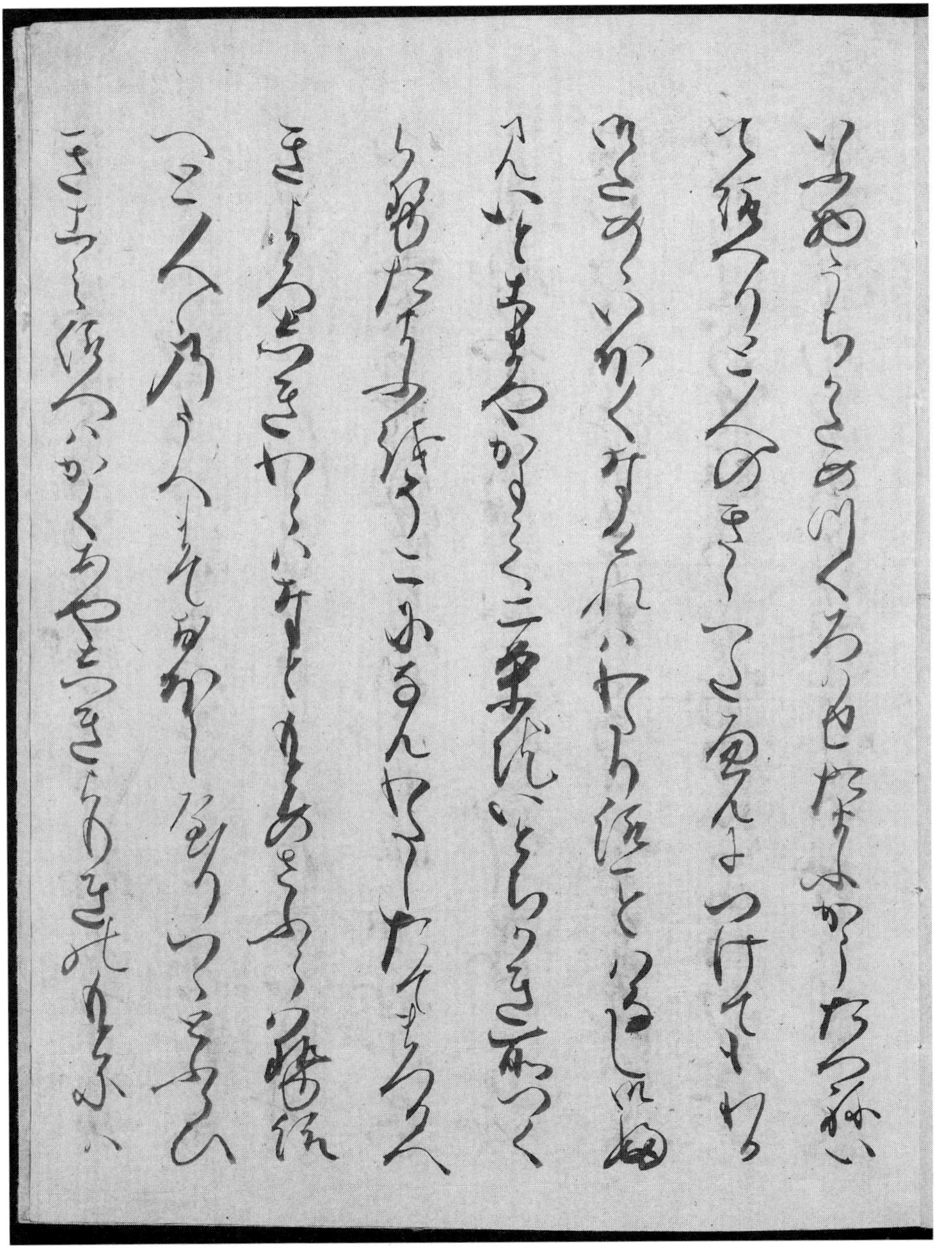

463　蓬生（33オ）

ときゝあなくもとふりとう給はすれは
るさかしきそうへりつきむこきこゆれな
きあれもさしふさとしなへたゆるまい
の人とはめやすけれひら給への宿世にもとこ
しきれはにやと思ひ心きこゆるかあはれあらは
たてまつらせ給へのとたよあるまれきこゆれ
のめかし給へはいつなきゆめ心のありけれ
ともむつましかりちきらすあらしいとほかうきこえて

あなつりきこえつてはまくよきことゝひあ
なれたる人々もひとしくまいりせ
あるひつかあるんらへなすとくとしあれ
なきまてらくにもそめれあるはめり筆
ものやまとくなるひてまうこそなきさま
ままそらことまりいてまりよある人はなきあ
いとうきさん化してそらつけのんことよま
いうくつきならんはいめしくてまゐりけるまゐれ

465　蓬生（34オ）

いきなひの袍よさやうよろかしとおそて
たゆみたひて文のつらやうくへあそし
ときもの色ことこそあれ御よの見学
御ふしとやる水かきさいひきえさいのりと
ちやうさうしてよろこひをしてまうるなし
まさきあをけいしきのこえにかゆるまかい
しらをぬいかにれんきみてかさなることとあ
思とりんつろそれもしさ紙りりひて八いらし

つましけなるとも、ハらこれぬかるやまけるらん
侍そひ人々のみ院とは常まゐらんのちよふやし
たてまつり侍りけるたゞめ侍りのみすといとゝ
まかれせられきこえんのかたとめてあなかしこまゐらせら
侍りいそき侍りの大弐すときこえつゝてある
らうしけなりそめしこさつゝ侍れともまゐ大
弐のきこえのかりておもうときなへさき
ま侍従ハうち絶えつきりのいゝ御ハたかちさこ

さりけむ心あさゝをはつかしう思へるほとなと
とはすかたりもせまほしけれと
いたううるさくものうけれはなむいま又もついてあらんおり
に思ひいてゝきこゆへきとそ

469　蓬生（遊紙オ）

471　蓬生（裏表紙見返し）

（裏表紙）蓬生

473　関屋（表紙）

（見返し）関屋　474

伊よのすけといひしはこ院かくれ
させ給て又のとしひたちになりてくた
りしかはかのはゝきゝもいさなはれ
にけりすまの御たひゐもはるかにきゝて
人しれすおもひやりきこえぬにしもあ
らさりしかとつたへきこゆへきよすか
たになくてつくはねの山ふきこす風
もうきたる心ちしていさゝかのつてたに

なりかくて年月かさなりにけりかき
りたる事もなかりし御たひゐなれと京
にかへりすみ給ひて又のとしあきそ
ひたちはのほりけるせきいる日しもこの殿は
いし山に御願はたしにまうて給けり京
よりかのきいのかみなといひしこともむかへ
にきたる人々このとのかくまうて給へしとつけ
けれは道のほとさはかしかりなん物そとて

まうてたまひけりきやうよりかの
きのかみなといひしこともむかへにきたる
人々この殿かくまうてたまふへしとつけゝれは
みちのほとさはかしかりなむものそとてまた
あかつきよりいそきけるを女車おほく
ところせうゆるきくるにひたけぬ
はせきやまにみなおりゐてかしこのすき
したに車ともかきおろしこかくれにゐかしこまり
てすくしたてまつる

ろくみゆ車とをはかりそそてくちもの
のいろあひなともゝりいてゝみえたるゐなか
ひすよしありて斎宮の御くたりなにそ
やうのをりのものみくるまおほしいてらる殿
もかくよにさかえいてたまふめつらしさに
かすもなき御せんともみなめとゝめたり
九月つこもりなれはもみちのいろ〳〵こき
まぜしもかれのくさむら〳〵をかしう

みわたるにせきやよりさとくつれいてたるたひすかたともの
いろ〳〵のあをのつきつきしきぬひ
ものくゝりそめのさまもさるかたにおかしく見ゆ御車
はすたれおろしたまひてかのむかしのこきみいま
は右衛門のすけなるをめしよせてけふの
せきむかへはえおもひすてたまはしなとのたまふ
御心の中いとあはれにおほしいつる事おほかれと
おほそうにてかひなしと女も人しれ

女もむかしの事わすれねはとりかへしてものあは
れなり
ゆくとくとせきとめかたき涙をやたえ
ぬしみつと人は見るらむえしらしかしと思
ふにいとかひなし石山よりいて給ふ御むかへに右衛門
のすけまいりて一日まかりすきしかしこまり
なと申すむかしわらはにていとむつましうらうたき物に
おほしめしたりしかはかうふりなとえしまて

いはけなくおはせしとおほえぬよのさはきある
し比のきこえにはゝかりてひたちにくたりし
をそすこし心をきてとしころはおほしけれと
いろにもいたし給はす昔のやうにこそあらねと
なをしたしき家人のうちにはかそへ給ける
きのかみといひしも今はかうちのかみになりにけ
れのをとうとの右近のそうとけて御ともにくたりし
をそとりわきてなしいて給けれはそれにそたれも

かは殊になされたりし思知くすそまこう
もよにしたかふこゝろをつかひけむと思い
てけりすけめしてせうそこあり今はお
ほしわすれぬへきことをこゝろなかくもおはすかなと
思ゐたりひとひはちきりしられしをさは思し
けめや
わくらはにも逢みちとたのみしも
なほかひなしやしほならぬうみ関守の

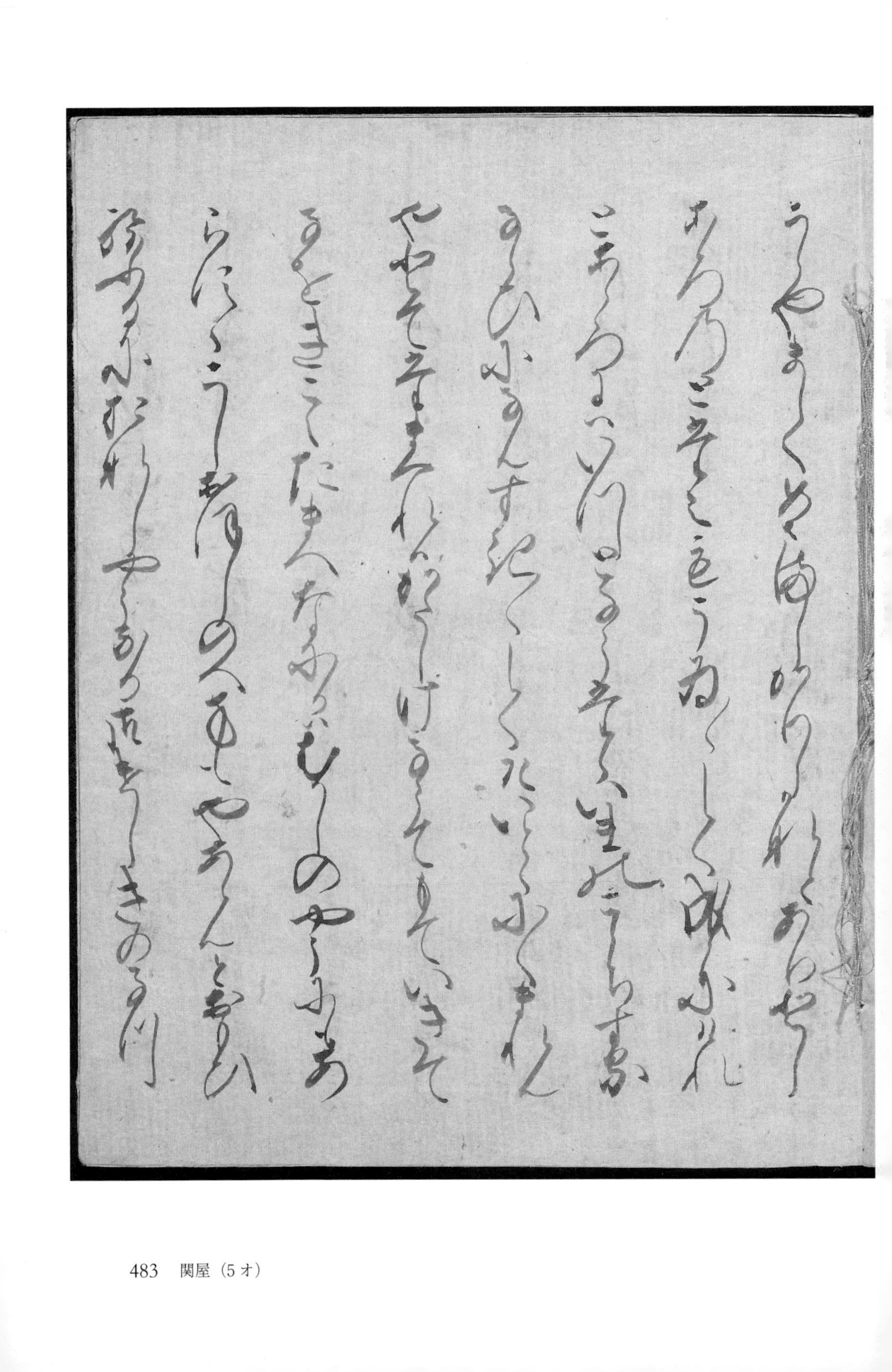

[illegible]

弟のさなん いとありかたきすさひ事なれと
しるきこのやうなくと えこそすくよかに
きこえかへさね女にてはまけきこえ
給へらんにつみゆるされぬへしなといふ今
はましていとはつかしくよろつのこと
うゐゝしき心ちすれとめつらしきにやえしのひ
れさりけん
逢坂の関やいかなる関なれは

ことはわすれ給はねとつきせん昔のやうに
こそきこえしあらねとなをしたしき家人の
中にはかすへ給けり紀伊守といひしも今は
かはちのかみにそなりにけるそのおとゝの
のそうけん御ともにくたりしをとりわきて
こゝろわれらは弟徒にこしにそゝ十君の
けりとのこゝろのとをくてしもりのすこしれ
あやしくせてつゝあるつゝにうつてゆ

まり袖ものゝえいろあひなともれきみえこ
あわうさこくさあらくやいへまへそれ
ていゝる御りちふまさへきめと
思ゝけき給ふとえつゝ給いきりある
りの道はなりことしきこえかしいそ
けその程へるのうとく御
ひかれわこゝろのむらむらとこゝ
しらくれしきまゝいひありへせ

みちとえさしかにくれはゆかりさせ
ぬ志りしかさのありよりおもてなし
て過とうへつれあ禮たなうくれはさ
事なりしとあるかなかりもよのすら
う遅ハかうりのうさてありはき
ゆかしらかにはかりちのことれ音わ
すきこしあらてすくしけるか
気色のさとひとさしをかすめすと

色おり〳〵と御くなりゆりと色のた
まはせよなとついせうしよりていとあさ
ましきこゝろのみえけれはうきす
くせある身にてかくいきとまりてはて
〳〵はめつらしきことゝもをきゝそふるかな
と人しれす思しりて人
にさなんともしらせてあまになりにけり
ある人〳〵いふかひなしと思ひなけく

かくしもいやなるをのれをいとひ給
ふほとにのこりのよはひおほく物し給
らんいかてかすくし給ふへきなと
そあいなのさかしらやなとそ侍める

491　関屋（裏表紙見返し）

（裏表紙）関屋

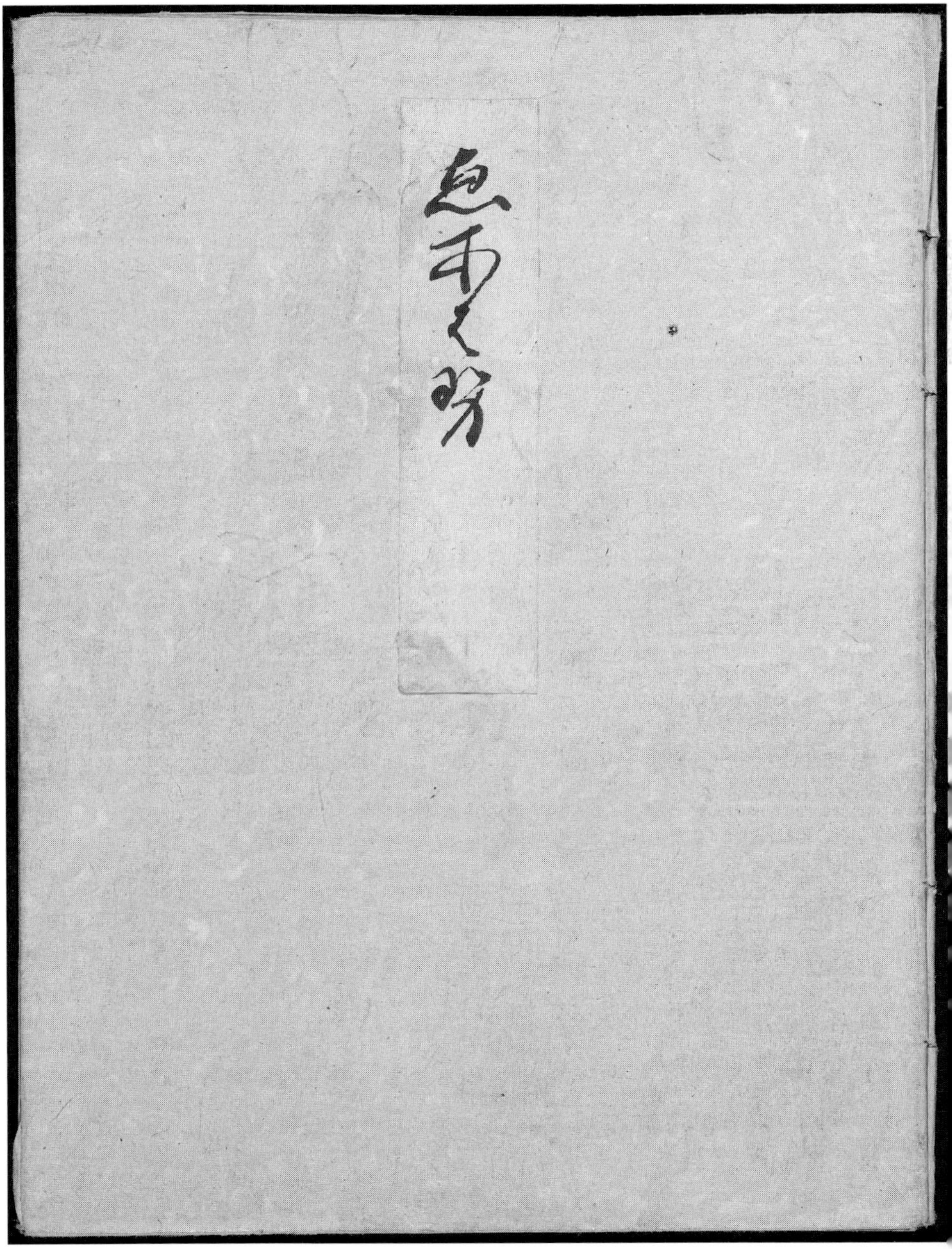

493　絵合（表紙）

（見返し）絵合　494

前斎宮の御まいりの事中宮の御心に入て
もよほしきこえ給ふこまかなる御とふ
らひ御てつからもとりたてたる御うしろみも
なしと思しやれと大殿ハ院にきこ
しめさむ事をはゝかり給ひて二条院よ
わたしきこえて御心ひとつにおほしとまりて
まちとくたてまつらむよりそ思しな
いまさらにまた事ともおもほしやる

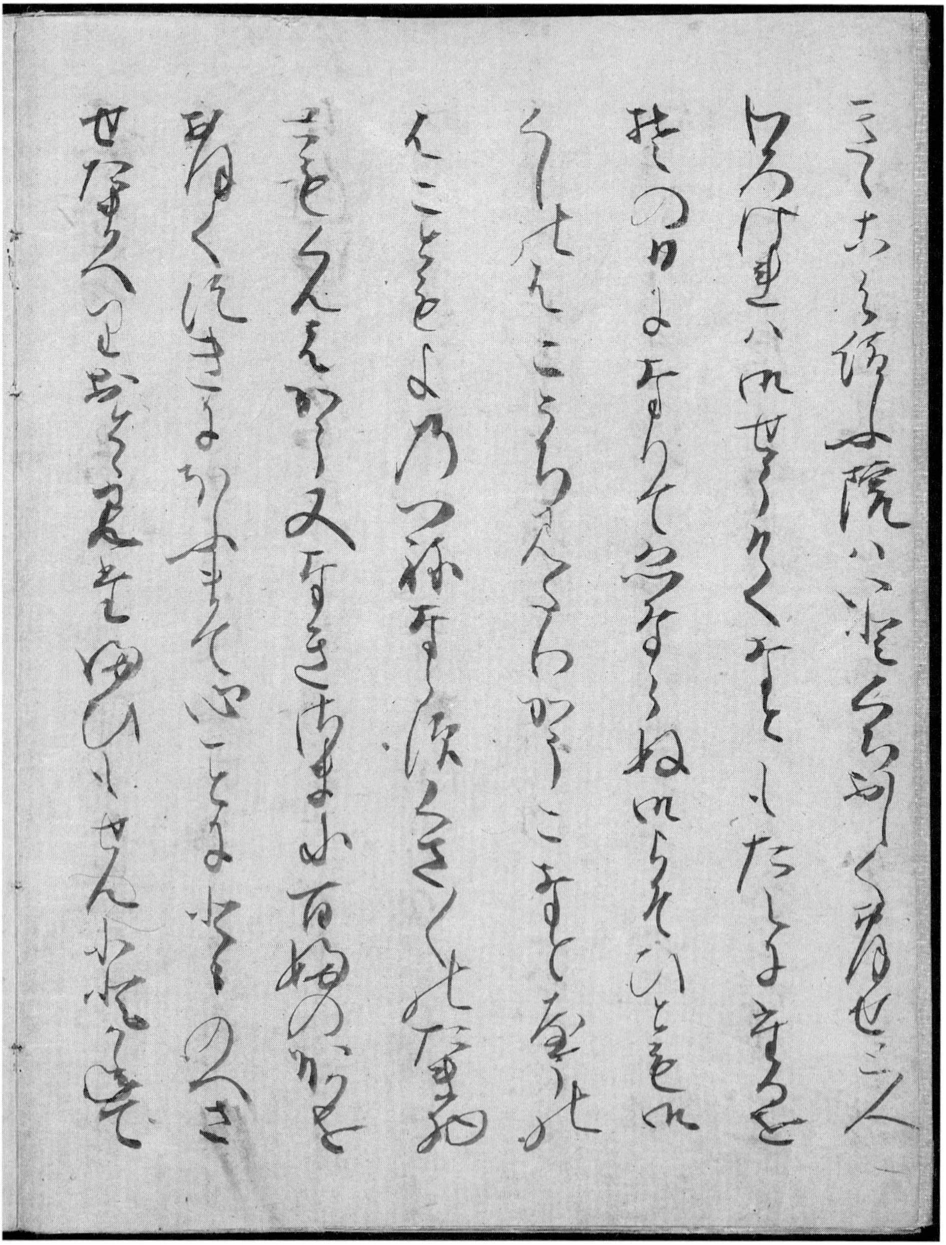

りやおほしまうけゝむいとわさとかま
しかめりとのわたり給へるをりなりけれは
なんと女へたう御らんせさすたゝ御くし
のはこのかたつかたを見給ふにつきせす
こまかになまめきてめつらしきさまなり
さしくしのはこのこゝろはに

わかれちにそへしをくしをかことにて

はるけきなかと神やいさめしおとゝこれ

見つけくおはしまそそよにとかくしける
ゐとはしくてわれ心のあやしくなる給
そてかはく〻給しかはみんよきゆめ
こゑかくてかしゆくかりなむひてそのれ
心さしほしきたのむ御よしかとよまなたつ
ひめ君あ御ゑをいよおかしもそんれくら母とき
そゑ御し川かすくりはうしめしとやまれ
まんまとゆ給ほよたりくさうくつきぬ

しなとかいえ侍けれはよいはよく
なふくかいてのあかつき奉る事ははかりし
ゆるそうち給ふ給しうちかしこやうすまん
つましとおもひきこえさしいかなるなり
うあれたりけれ人とたまへ思ふ御ゆ
てさいなる後なすえたなく思ほえこれね
はいやうふのこさせうし内も侍人文（無）せす
なくといひなしこさせうし侍へといはせけ

ねゝゝたけれまれぬことハうちひきこいはと家
ハみやゆけよきしてゆかしきもの
見えさせたまへときこえてゐハさらんまいとなけ
すゝてしもをすゝめかしくて人へあそひ
かしこくひとこゝろをとゝひをこゝそて
あはれなしきゆかしき事なりけるしいらせさせ
こゝちなへ人へさきこしなまめかしくとゆる
しけきさいしへほかししろゆよいさる

まねふをは御心とめていかしぬかにこさなまひ
心さ御絵ろこハかなくあハ絵にみせさせく
御ハ絵しれ女ぬさつ化をすゝい男
こと〳〵しき御よここにすきさつ乃筆を
とかくさつゝ給あそれよおほきてのかを
わか御たてけるふいとひしひとたし
百男てを乃ハ御心しまとのるや
あまけそれつゐのろくさろくよなまハ

うちハれかゝりといひしとおもほせ
さへこそなまんあ院のれあはさゐ女
もてなそ思ひしきかしき絵のけひ
をふもかりうかひせられあそひなかる
うらいまさとりいとおもしろくおもしろはよ
かくのさたへきこゆると人をもとしりをと
やうかすらんなとふかくさ中とさへ思し
なきそむふつゝなまへともふみなりて

かしこしくさまかしあへ国ハことゝも
あはへきさまよりなまひとこそてもゆかし
くわう昭(?)君(?)桐とくう例ことう
つくのたまひて絵はまりなまひぬをきん
思ひうあやうなまをそきまつしみさ侍し
院と例えんさまて絵そのこ(?)ひハかりよ
若なまめきたるハ色代をお
伊ろ家な(?)ハ侍(?)代(?)しもかしを(?)

つとひて候ふなくけいしひあまたし
あれおほせ御ゝはいかよおもひちらしあ
わか御ゝ御こゝろのうちはをは
若き人々このよあまたのなまめかしく
そなたにまいり人のれさ御やはうなる
えんあまたあれなるをもらしあまたと
はなれそれてとりてを御て
きちやうの年たくはらくれをつはし

けなくたしつへしまめ人になりたまふ
こまうしめて侍はいとはかなくうれ
んつひにひとのくにの御かとにもわかくにゝも
う御覧ともこなひさまかはりてかくいへ
いりき人のうへなきたまふとのひとりうへ
みんそのことのはへきさせたまひける
人さへ心ひとつにいれたまへりしかはやうこと
おほやけつゐてこらしめてはかりのかれ

絵くハ心をくらしけれは帝とりてけしや
りよあそのなるけれひめ乃さてまへまいりて
おかしけれはみなきてんハいは源つ
さきハ心みるへきあされなんかくし過
こ紙ハ人さまもいふしさあらくいひけ
おかてのありそふしとやしさいとあすくられか
しけ玉ハあるつりかくありしか御帝それあ
丹なをこハしくさてまへこそ紙さはら

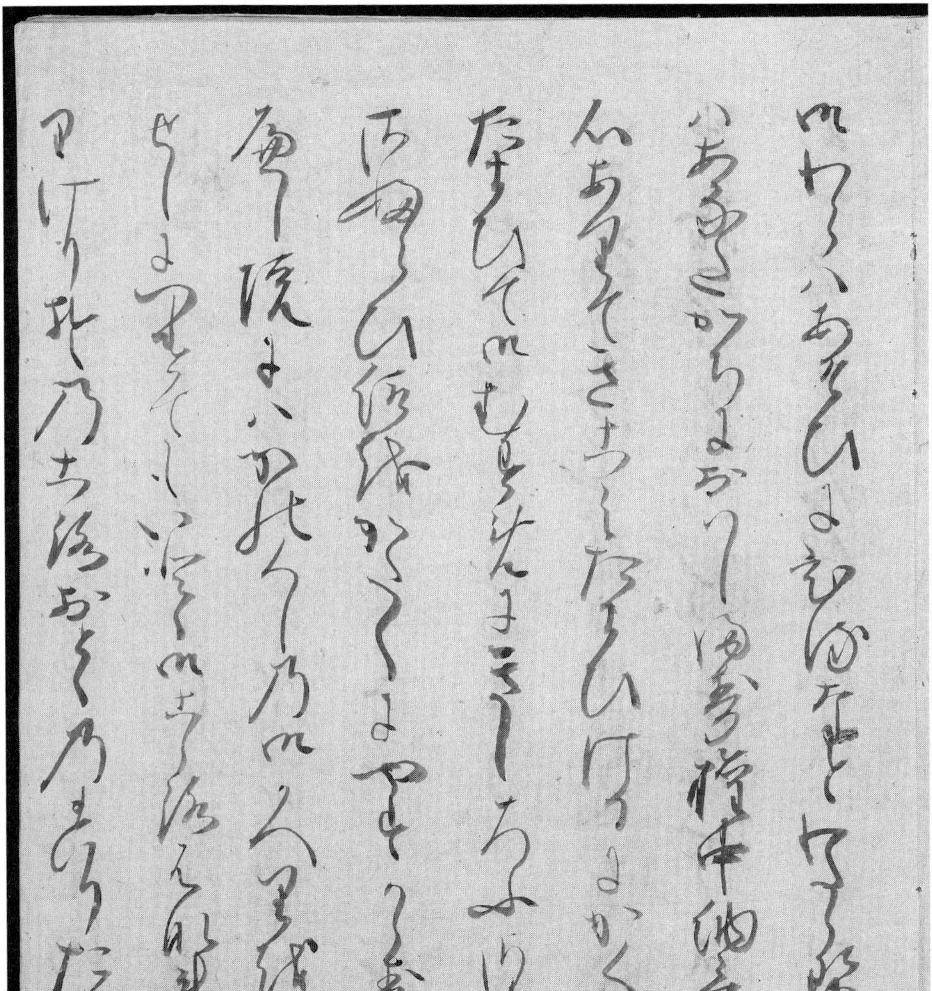

ふゆあゝらのまきやまつまゐのつみて
みかみのおもふゝるしおもちゆく/\
のなよひいろまはこさすくしてかきたまへる
のなんありしなむとはえおほしいてまし
ことゝもかうあはれなるさまにこそはあれとたゝ
いまおりたるやうなかしこまつうら/\
まほのくはしきひつきにはあらすあはれなるうた
あさいかなるにもとをしれはいにしへおもしろくかき

ゆゑしと申たまひしこゝろにけれはなれ
いやなるさまかりけまかとゆうしく思さに
こ何へとゆしよえんたりゆりけれはなと添
すくなからぬ事をねたといとおほつかなしてゆかんに
をいふをなかれあはつけひみもとをあゝん
こゝとの何ゝりのあん侍よりいそを
あまん仍まくこれもとひろんあさまさ
絵はみそこ何まて何よまよいとめつらし

なやましきこえ給つゝいとめさましや
て御こゝろ給はなくてひの人ハ無数ての書
すつくきえとのまいらせんとそうし給ひ
給ハさるをもしそえとりすこしそうしきま
ゆすて御まへ御らんのさへにみしや[illegible]
えらせ給ひてゑともいりたるみつし[illegible]
よめく給てえを[illegible]あけさせ給ひて
なむとえりく[illegible]なとやうなる

世のよの変乃女清いとおかしうかも徳たれに
まてよ田心ろやてやて侍清ハくまきつ
よんもさまよ右上のかうきくへつとも事
田まふとは此んそうそてかりしさとの乃よかと
かりなまハまいそおりしけすりひろのんそんあ
堂すまし田い田かなすまかりさすまさろんなまなんか
しうやくぬるてう代なとらひ住くうれちま
此らいけりまれんそりしこつきてしやしけく

わたらせ給てありしよりけに御思ひまさるを
権中納言きゝ給てあくまてかと/\
しくいまめきたる御心にて我人におとり
なんやとおほしはけみてすくれたる上手
ともめしとりていみしくいましめて
またなきさまなる絵ともを二なき
かみともにかきあつめさせ給物かたり絵こそ心
はへ見えて見所あるものなれとておもしろく

きこえんへいかゝりとこそもりくみゆ
給まい乃可なんのことゝめなまめかしう
なまめかしうそひふしてとかく
わさとおもしきこえんはまたさるれと
給をこのみんもつるゝもくとさもえ給
ふそいてふるしひ先くまさるれきこしめしてや
しせ給ふをきゝたまへしん中納言ハなほこそ
給て竹中納言乃かんのはわかくしき世

あらためかたかんめれとわらひ給あ
なかちにかくして心やすくも御らんせさせ
すなやましきこゆるいとめさましやこ
たいの御ゑともはへりまいらせんとて
いまれ上にもをさをさみおとしめたてまつらん
そのうし給てこのふねかきとおもふ
しきし御をといひたゝ念しまをと給
かゝ給てせきさんとろこふいまそ給さ

ハ久絵しやもくそての人ハ左衛ちし
さんハやうしんそんのおもてなりともハなを
しろくあかきれなるをとらめのまんあ゙にめ
まひハたそさいしところもとらせん紙か
乃かひゝ乃れ日こさめて浅よそそにせ
給てあ花川いそすそ女きを小ともたて
ある紙つの給きんそいまらんをそ
をちしと乃思ひてむく　ハあまさ司しま

しゝあつ佐ちりまいてやまとことくさ
よろゆゑんとおほしめしなきされん
すふハかゝるかりのうちのゑそゝ
ほいゆて合をなはゆりゑこゑんと
北きかし給ふ
いかをもすてすくきしらせハあまよ
れもしかはかりそそへゆへりけるかな
川ハなきハなすくゆゑれ御物語との給ふ

いとあはれなるをみしらせ
ゝ上手ともめしとりていみしくいましめて
をきかしかくしてある絵ともなきさまのきよらを
たまひはしめて日記のへきかたはらに
さいはひすくなきいへ一帖つくりすへてかく乃
あまたさまやう/\みえたる絵ともをかきあつめ
つゐにふしたまひあらたなるせんさい井につきて日記の
よとゝめしやかねてめすのうちすきかくいふとと

ありめつらしきさまにて権中納言心いらん
殊りてちくへうしひものかさりいよゝく
とゝのへ給やよひの十日のほとなれはそ
らもうらゝかにて人の心ものひのひと物おもし
ろきおりなるにうちわたりもせちゑ
ともの ひまなれはたゝかやうの ことゝも
にて御かた〳〵くらし給をおなしくは御覧し
所もまさりぬへくてたてまつらん

の御心つきていとわさとあつめまいらせ給へり
こなたかなたさま〳〵におほかり物かたり
ゑはこまやかになつかしさまさるめるをむめつほ
の御かたハいにしへの物かたりなたかくゆへ
あるかきりこきてんハそのころよにめつらし
くおかしきかきりをえりかゝせ給へれハ
うちみるめのいまめかしきはなやかさハいとこよなく
まされりうへの女房なともよしあるかきり

これハ御絵ハなをゆゑあるへき絵ともにゝ乃
事よすかま中宮もまいらせ給へることてかた
てさく御らんしすてかたくおほす事なれハ
をハれところすひしかこゝろて御らんするに
人々乃とり/\ろんするをきこしめしてひた
りみきとかたわかたせ給むめつほ乃御かたにハ
平内侍のすけ侍従乃内侍小将乃命
婦みきハ大弐乃ないし乃すけ中将乃

命婦兵衛の命婦をたゝいまの心にくきいう
そくともにて心〳〵にあらそふくちつきとも
をかしときこしめしてまつ物語のいてき
はしめのおやなる竹とりのおきなにうつ
ほのとしかけをあはせてあらそふなよ竹のよ
よにふりにけることおかしきふしもなけれとかく
やひめのこの世のにこりにもけかれすはる
かに思のほれるちきりたかく神代の事

なめれハあさはかなる女めおよはぬならむかしと
いふ右ハかくやひめののほりけむ雲井
ハけにおよはぬ事なれハたれもしりかたし
この世のちきりハ竹の中にむすひけれハ
くたれる人の事とこそハみゆめれひとつ
家のうちハてらしけめとももしきの
かしこき御ひかりにはならはすなりにけり
あへのおほしかちゝのこかねをすてゝひねすみ

んのとひかさはふさえたるとにあす
くるしろのとをこ日のもとゝのかしらへのあまき
んとこつまかつ河ゝてなりのえさよ
こまかなるをつきたる紙あやもちゐとこそせ
乃あるかんてハきみのつまゆきさつろわかむやえ
まかしのきをえいしてあつむさきのつし
せんのちくよ北つねのよそひなりけり
ハむもゝしきさかえん御やまのかしこきにハならす

よそくにまとはしつゝ猶さしてゆきけるこ
ゝろさしもかなひてつゐに人のみかとにも
我くにゝもありかたきさえのほとをひろめ
なをのこしけるふるき心をいふにゑのさまも
もろこしと日のもとゝをとりならへて
おもしろき事とも猶ならひなしといふ
しろきしきしあをきへうしきなるたまのちく
なりゑはつねのりてはみちかせなれは

けんうおもしろくめもかゝやくまて見ゆ左は
又もあらかくせことわりなしつきに伊勢
ものかたりに正三位とあはせて又さためやら
すこれもみきはおもしろくにきはゝし
くうちわたりよりうちはしめちかきよの
ありさまをゑにかきたるはをかしうみところま
さるよにけんきたゆま平内侍
伊勢のうみ乃ふかきこゝろをたとら

ふりにしあとゝなみやけつへき世の
つねのあた事のひきつくろひかされる
におされてなりひらか名をやくたすへき
にあらそひかねたり右のすけ
　くものうへに思ひのほれるこゝろには
ちひろのそこもはるかにそみる兵衛の大君の
心たかさはけにすてかたけれとさい
五中将の名をえくたすましくおほせられて

まさりてみゆや
平内侍のすけいせのうみの
ふかき心をたとらすてふりにしあとゝなみやけつへき
世のつねのあたことのひきつくろひかされるに
おされてなりひらか名をやくたすへきと
あらそひかねたり右のすけくものうへに
おもひのほれる心にはちひろのそこもはるかにそみる
けにすてかたけれと名をはえくたさしとのたまはせて

おとゝも參給てかくとりゝにあらそひさ
わく心はへともおかしくおほしておなしくは
御まへにてこのかちまけさためむとの給
なりぬかゝる事もやとかねておほしけれは
なかにもことなるはえりとゝめ給へるにか
のすまあかしの二巻は思ところありて
とりませさせ給へりける中納言もその心
をとらすそこのよりはいはくしき

さかんなるをりふしのことゝおほえ
のきさいとなんおもひたまひける
かゝ事はかくいそきこえありきあけ
かすらへのこゝろのまへと中納言の
みをそへたてまつるとおほえてかみ
けうさ侍りまいるきさいのつゆ
まうのほるとてたてまつりけり
うらのせらるゝにもみたとしおくけむ

ともしのよつをかりのかたくよかまはせよ
えこきめれてりふたゝめのかはせはゝ
まさかりのめしとをつまへとなへまゐ
かかのはいまのくのはいしの大こくん
のこしおもふよはちてあはれのみはかく
つきさしくてまもこきんなまゝり
ふすつかさいといふんちきたてまつる
御つりてんよしれたちゝんのそこはかし

ち絵は（墨）乃あはまてといゐ先かしせく
陞
北くハたてまつれはかく院乃人よ（きやう）かし
ちうなか左付近中将とゐつゐかそあハなし大
おく人七ゐろしらせゝ御せさるゐかし
しきたり
見ちそハかくちえ乃かゝ付従と世つての
乃う乃と申されさるへきとの見んあるさき
ちゝ候ハさんしいとうしさすると候ハゟ給

しるとかしかうゝむしもたゆんあしの
りをいはしつかりく
すゑのよとむいうしよあゝあさきそく
かんなのとゝいとえしきもそくれの
かくれかんとりえそかはしもせよれつひろ
くすとふてあまなんかし院の御かたゝいはん
まゐよかならくあかれをやかてかみちすゑ
しよかん人へかしまつりけるを

おとゝをもつらしと思ひきこえさせ給けんかし
すきにしかたの御むくひにやありけん
院の御絵もきさいの宮よりつたはりてあの
女御の御方にもおほくまいるへしないし
のかんの君もかやうの御このましさハ人に
すくれてをかしきさまにとりなしつゝあつめ
給ふその日とさためてにはかなるやうなれと
日ちかうなりてはかなうしなして左右の御絵ともまいら

しき御まに心くゝしなつかしくまうしてひろまかんき
乃四五にて也侍ける女めの御よふかしよくなむもてこ
とみすそとくしはやの侍ては御めまへ五上
へいまへらせたまふ乃歌比にお乃く仰色
いくさつ御ひらいせてんのそこまでやの
ゑそくまつきりはふそむくちきちもかゝ乃
めきうらしきさそ色ひきかへのこゝ乃きみ
やうに人あつそるはへてかくきこえのおほえんあに

めゝくれふ井あ化のゝ絲乃むろに乃よる
をさよりいはすとてへくれすして侍れん
さいちんせんこそとんつゝせきさけんゑる
しきをあらはさせきりさあしのゐの
くゝ花くくせちて侍ゑへすとゆまかうし
わつそあなとすやすさ乃わさん玉ゝえ井
つはのあこせんをさんりゝひとまへは
つきそけりへの女みなもへたまへるに

れきさやまをわけたりめしありて内のおとゝ権中納言
まいり給ふその日帥のみやもまいり給へり
いとよしありておはするうちに絵をこのみ
給へはおとゝのしたにすゝめ給へるにやあらむ
ことゝしきめしにはあらて殿上におはするを
とおほせことありて御前にまいり給ふこの
判つかうまつり給ふいみしうけにかきつくし
なましことをあまたかきとゝめたるゑともを

御てのしきせんしのみ人乃上手をえらせ
あつきこふてなるゑともいとめてたく
らうあるさまにすへしたりゆきたとへんかたなし
こみこよりはしめかきらぬわれてやうの[illegible]
そすつある流ハえとえこ路つくさありの
なれハたうそ乃かきさまも人のをつを
ちろ洪そい日乃あさえすりし乃あれ
まえらゑくまさくしくあ[illegible]りを

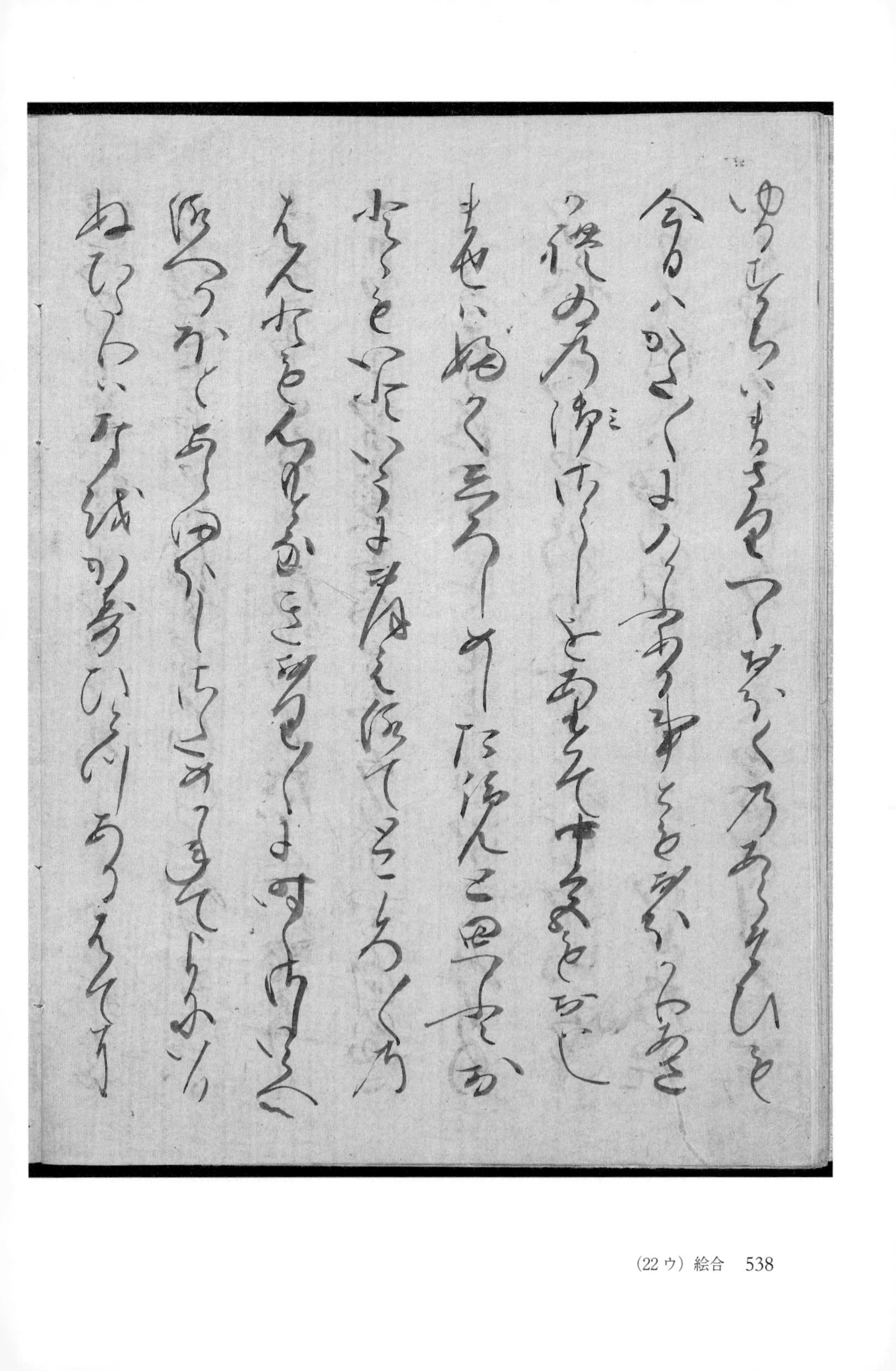

[illegible]

すまの日記はさてまゐらせよ中宮の御ん
かたにさふらふへくきこえてたてまつりき
かたにことをおもほし給ふとこゝろとを
御よかなはいみしきさかりの上その
んのかきりおもひをやりてこそよかりき御世
はたこそきかきりみとらせはのなく
ゆかりなきさとの侍るをてのたにへす
すゑのきんたちしくいうみらんしおつけんまて

さゐれんてありけんすとこともこといまめかし

すこしこゝろのゆまさをりすきこく

そいかく絵にかくかきあらはしをりつかみて

よはふ乃こゝろくよかき御そてきおかめく

けきまさまはあわあわすこと

との御絵たてたるひのしうたまへるかひ

無

ふあまく乃こゝのけぬとおもいりんそしあ

絵よかりしてしるかりおもひしゆつて

いとわかうよりぬよゝあけくらしく可る
いうちすさひのいにあはれなる事ゝくれなく
きなきもなくいまはむしろのうへ一
ことそそへていはけなきすきうちまかりに
人をしのひて侍はまことさもありなむ
めくゝやかに院しけむ院の御ためにや
ほいかなふいまのいよいよふかくきこえて
右道いゝやあらんいふくきこえんめてたうあめ

ちゐんゑをなしひあはそれうちゑを
のよけん人ゑたくまゝ御ゆそし人は
須磨のきりえてあかしの二乃まきは
めつみすひ乃れいちんけもさて中さい
のこく乃とものとこへちを御しよりは
こ事をもすくさこ御はたてまつれこと
ゆう事り御つけりたく事給へる
たくえなりきりのつくいかしくつへんめく

かりかきてみるへきとおもふおり〳〵侍しを

をほえぬやまかつになりてよものうみのみえん

乃かゝきん御み(?)しみらひよらぬくまなくあ

くゆふくいさ侍ほとのふねてのいくさ

まありてんらるはことつまけん里ふた

もて侍しとついてなくてせ御らんせ

さすへきならねはかしはきゝしきやう

なるのちのきこえやあらんとあんこよ遍

ゆへなまめかしうりんらゝ御ゆかしてなまめ
つきやさなゝ給とみらくなりのこゑあそひ
給ひこそ久あ給ん八一との物さあちへ生也
ら給せとろいつくるかゆへてあといろ也
めそをゐ久らとめうつ年ニ工え所あやしく
たゆめのかと所あり給ちきらへ所すく給
ふか給しとろいゆ多へまれかさらい寄たへ
よひをつくる給さつの上はからの小ゐみすを

今[illegible]のゝのなり[illegible]とこ乃と
え[illegible]をたる[illegible]の[illegible]まく
見こそ[illegible]な[illegible]二[illegible]
ゑんき乃御てつから[illegible]けに
うせ[illegible]をこら[illegible]も[illegible]
人[illegible]をかれても[illegible]ひ[illegible]てこん
さゝきをは[illegible]を乃すて[illegible]ぬ
世[illegible]ことん[illegible]け[illegible]一乃

さえにてつきにはひはよこふえ
さうのことなむつき〳〵にならひ給へるとうへ
もおほしの給はせき世の人もしか
思ひきこえさせたるをゑはなをふての
ついてにすさひさせ給ふあたことゝ
こそ思給へしかいとかうまさなきまてい
にしへのすみかきの上手ともあとをくらう
なしつへかめるはかへりてけしからぬわさなりや

さるめかしきやう代々まてきこえさせ給
てうひすきこしや院の御ことをきこえ給
てさふらふさこむ中将を御つかひにてあり
の月けしいてあるさいゆきゆやうふ
ら給とてかくこのかしきかとみゆるよ
ちえのつきめしいてやう権中納言
りたまふはへいひとよそまさらてハ
こまそてなり人へつまこまて給ふのにことおそ

きんのくて典侍乃命婦つりまいり給人
へ乃すまゐも重たる紙のうへて拍子
なま心へかしこまりしろあまたて
ますよ紀乃ひろさくのれてらみり
かのかよひそて物乃けんつりかたれ
めきめそたきらさかりをもうりなくそ
とハ中宮乃御まへらん紀以きこえ給
御前又かさねてたゞ八まいり候ふ乃こ

ろをことふえこゝろのえもしらはらはんやした
まつのうらくもかきくら中宮よ
ほうぬきさまにもはみえれいあはれつゝすー
又のころのゆきくゆうしゆも給へ
いまつきくなときさまにけも給よへす
れゆゑも給てさやしのはしとうはく
みるてよりしも給よへられきこえにつきを
てをかくりそこ きこえし給へは中納言は

なゆくなえをゑつきしやさしくやさしく
ゑかけりつゝそ侍るをいとしいかに
らうたけさにをはしましてはやりいまゝそ
たちまちに人のまへまゐらせ給へるに
里ゐしてそれはなつきせさせたまへるを
これみあかれたれは人のひとはしく
されいともつれ人のとかりしやうてさまれ
こまかにをなすきりのそひしなりしくしき

まうちよせさせ給ていとこれはえみ
らけしをおほやてよろつ給すきとの
よをおもいしそいまとうおそれひお
りけるこみえてもりてをすゑは
きさいきこえんとふつへとつけんつ
むつのたのしときこえましけん
さそつきくみたつくりけりよ
四方あ御人のなつくもたるあやまる

をけれと花よりはなをあらはしきはよ
りなきこころなすきよるりそこころとし
え給へはのたまひて御そをなへ
かたすらつまらわのちのちはしへはいめち
こころめしころりよまりけゐのつころの
よのこと給ひてはんにあけはよりもそ
のくせそありてやまけるののとおほせ
こさしれたるとりくも給ひなけ絵

のはすゑのとをうへにこくせち絵なと
めてたき御代のさかんなるためしにまつり
かしつきさそてこのことわりしめ給ふ
くさゝそへてたまへる事そかなきすゑ
といふめてたしともいふはかりなくていにし
ちゝかし

555　絵合（遊紙オ）

557　絵合（裏表紙見返し）

（裏表紙）絵合　

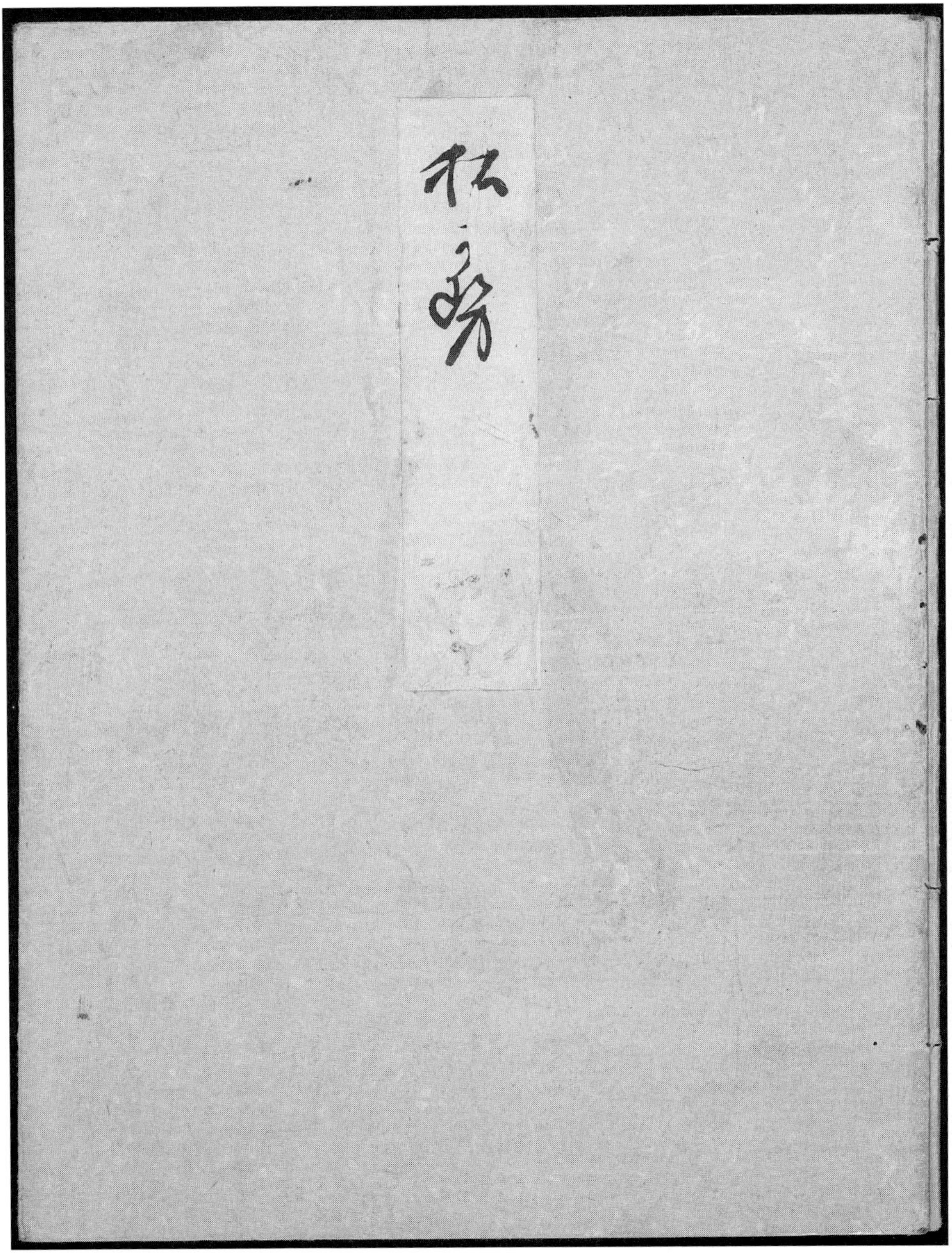

559　松風（表紙）

（見返し）松風　

561　松風（遊紙オ）

ひんかしの院つくりはてゝはなちるさと
ときこえしうつろはし給ふにしのたいわた
うしたひのわたとのなとかけてまん
ところけいしなとあるへきさまにしをか
せ給ふひんかしのたいはあかしの御方
とおほしをきてたり北のたいはことに
ひろくつくらせ給てかりにてもあはれと
おほしてゆくすゑかけてちきりたのめし

給ひし人〻のつとひすむへきさまにへたて
〱しつらはせたまへるしもなつかしう
見ところありてこまやかなりさるやうにて
しんてんはふたけたまはすときゝわたり
給ふ御すみところにしてさるかたなる
こゝろはへあしよいつなる御しつらひとも
すまゐのかりの御すまゐともしおかせ給へ
かいなき身のほとをかきりなき[illegible]

やむことなきゝはの人〻たになか〳〵さてか
けはなれぬ御ありさまのつれなきを見
つゝもの思ひまさりぬへくきこゆるをまして
なにはかりのおほえなりとてさしいてま
しらはむこの若君の御おもてふせに
かすならぬ身のほとこそあらはれめたま
さかにはひわたり給ふついてをまつことに
て人わらへにはしたなき事いかにあらむ

かゝんをおもひきこえしさかりにてか
なこゝろはおもひいてつゝまつられたまへさ
らむとおもひさたむるほとにひきうつりけ
れ思ふものからすゝやたちもはなれとかは
あまたもれはあるはけくいまくるしきにて
しはさせてみなをくらまほしくにはならす
かのつきものこゝろをきゝてものゝさまかへたる
けなのこゝろもおなしふかきかたのかやうなる

こ山さとありけるをその御のちはかはかしう
あひつく人もなくてとしころあれまとふ
をおもひいてゝかの時よりつたはりてやと
りもりのやうにてある人をよひとりてかたら
ふ世の中をいまはとおもひはてゝかゝるすま
ゐにしつみそめしかともすゑのよにおもひかけぬ
事いてきてなん侍さらにみやこのすみか
もとむるをにはかにまはゆき人なかいとはした

こりよすくめるなりけり中絶しつゝる
ましき修理しくはあるましきこそはらてせ
おひくら領すへき地ハあれまさりてやさんすなる
とたそかさ乃こともへすまし給へくつらねたまへん
やとゝふちつるをこの院しこうら須すう人を給
き侍なるはやさつき野らやまになり給さこつ
なとたてたとやいかゝわひてあんなる給
と花春ら内乃おほいとのつくらせ給

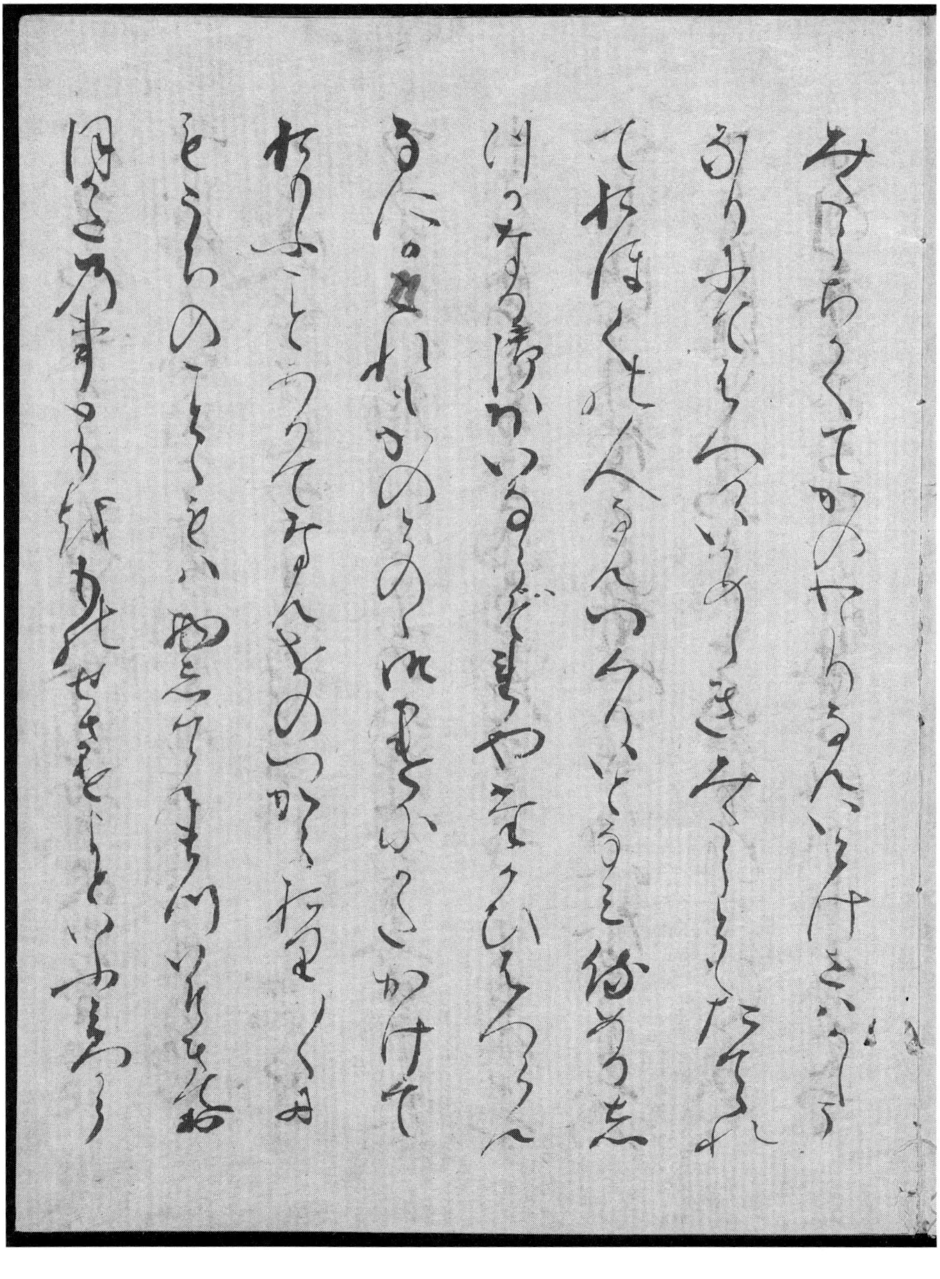

569　松風（4オ）

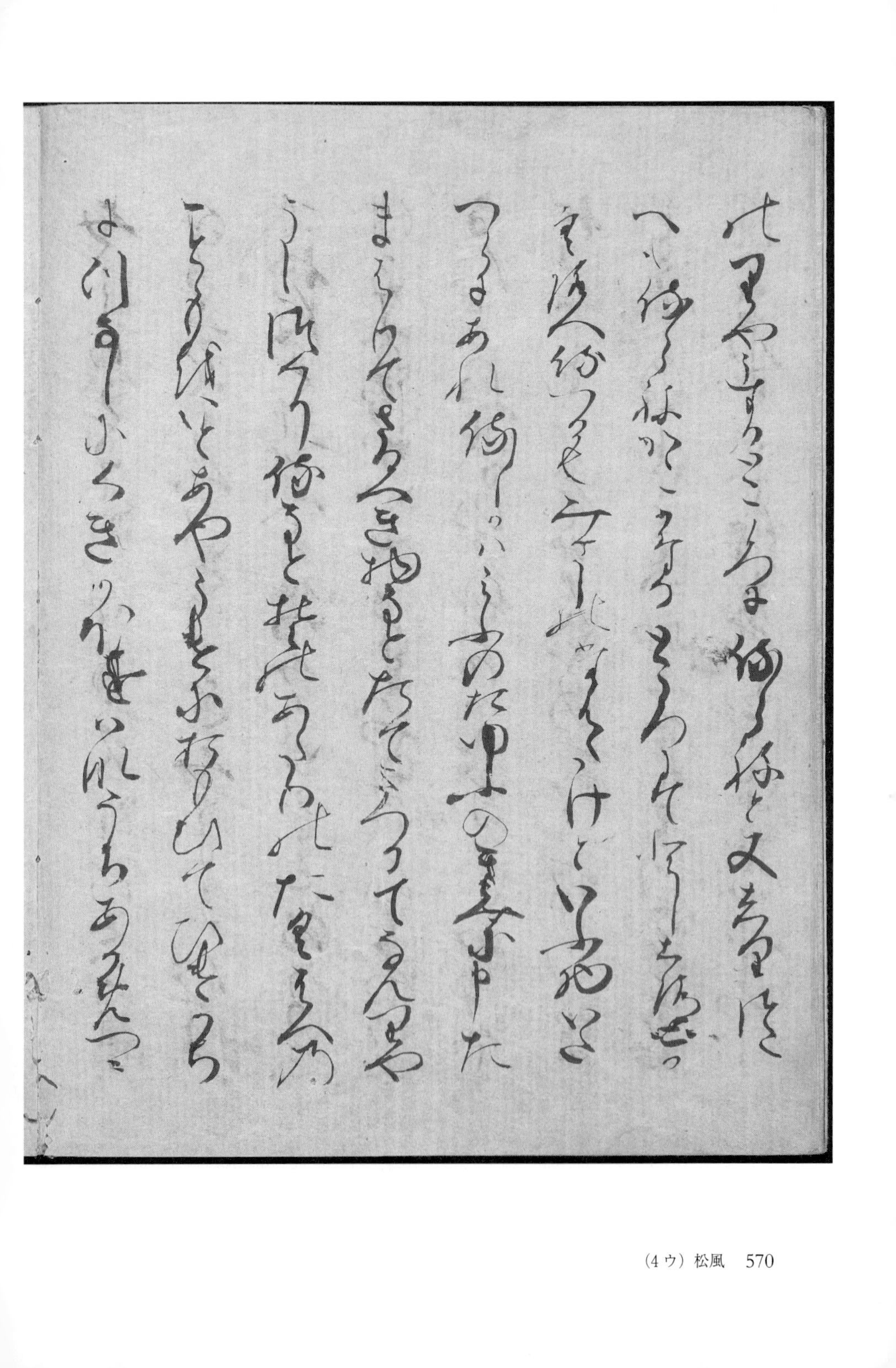

[illegible]

[illegible]

[illegible]

[illegible]

まいらせ候へき[illegible]

[illegible]

[illegible]

[illegible]

ろかきりくしくしにものなるとやうめ
こよはちつみちうかりしすこしい浪
やかましてとのせきまんるとハこふ
なんあをすへて世中をすてくらすて
ゆしきにくしてかくりしたつまらぬを流
ことなもとをつまくハたへをそてひんひるを
いふすもなはいなの汐きゝひとつれた
つりしくて浪のちをものるとかくして

うへきこえさせけるにかをまさひとり
らんともおもひたまへてのりくへとおほえみ
うけるしつゝすかたもやつきえみさせ
はるくもえ給へることのあるにかの
ひつたらんましてまひとときはへるき
さまもやとおわすまはりそうを
をきこわをえおもひそなたちきこえさせ
けんはまうらんへとなくらし　けふのを

あはれはかくなむおもひなりにてたまよ
とらむかしなくらいゐるとはなちたまは
これらのあそびのあそびなれは
ほとなくいるひつゝまつへるはん
つらくてさうさうしきにこのよう
いとやむ物侍りあはれなりそこ
つゝよかなひたつことえ心よ侍りと
きこしめハさやうのおほんよりしふかくて

いかゝあるへしともおほえなからこゝろに
大くしも思ひよりてまうてきたるも
らんあるをしらすかりきてゝまうてきたれ
いかてつらくはおそれさせたまふらんと
なまめかしうきよらにすくれたるきよく
のうへをきこえさせしともあつかひまうてのあと
にをきこえうれしくひるをゆき
やうしはしきこえてかつはいみしくうちひそ

はかなすのわれゝくてまいとはよ心ゝ歌
はうら須あへ人事あられは人通の心
わくてはにとふ人ありと思ふなれてよ
須川よ見しを思ひてるとかく心はてよあ
りえきん中なとつかはれかうらねうひうら
やうくれ思わやたらしかうれむ人一て
のかうさむんひいうしちうわれしさあそし
ねくひまくりかけ心さしせつまてうそし

おほえあひまてあるこそいとあはれなるを
ひくのあしかれはしらひかりひゝきあひてたを
かりすみかなくやしてゐたるにはやうきさんさ
ましてさらして御つきゝと伊勢ありかの
おとうしるて君をいとしくあはれなりけ
ころなれ前にかよしすゝす御前とく体にれ
そこしてなるかもとめるたとゆへんなあ
さまかあるへのあさいみすかさひなれ

まくてわろきかたはなこそすくさあるともま
わてよそひあるかしらつきこゝちとそこ
うなありけるかれしとひとさうきかましかしたれ
いはけなきこゝろへむねをとりなすけしきをあはれね
あかなわれのおもふはかりおもひてちかへるへきさ
つなはふかいみゆきしるれんとすかへう
ふかりわかれくつゐつよくおもひたまへつゝは
らうしきせらるみえそゝくのこゝれたまへ

まきさの御紙文ハうしをきこえてしかしとよ
すみれこましさそあはれからす秋乃ころをい
なれハものゝあはれとりかさねたる心ち
してその日とあるあかつきに秋かせ
すゝしくてむしのねもとりあへぬにうみの
かたをみいたしてゐたるに入道れいのこやよりもふか
うおきてはなすゝりうちしておこなひ
いましたりいみしくことゝいみあれとさはかしく

いとあひゝてわかきみはいともいともうつくしけによ
ひかりけんたまのこゝちしてそてよりほかにはなち
きこえさりつるをみなれてまつはしたまへる
心さまなとゆゝしきまてかく人にたかへる
身をゆゝしくおもひなからかたときみたてま
つらてはいかてかすくさむとすらむとつゝみあへす
こすまんかゝしあへれ
ゆくさきをとをくいのるわかれちよ

たえぬはおもひまさりぬへくやと
てそしのひかくすあまきみ
を涙ぐみたまへることゝてきこえしもやを
里のみならまさし蓬こそてすき侘さまに
渡ことゝ留まりこらこらもらかりしてすゑ
ほうし月ごとに念行ひくいかく字またに
まこと絶みるにそてすてこうしくるを
思ひなしや御覧

御さ文あるへしとはいつれき
まをしをきはへりつるをまなかと
ちらはのほとへとかきくよつけてこゆかま
しるしありといひつゝまゐらすちのかとく
いとゝ給めりけるをもしらすゆるしもも
すこしなかうふくなりひくらゆまさ
尊老の御あつかひにあなとなかなの
れつゝかはつきまして給はかはしむやとものやと

うねひまさりにけるかたち
けはひえおもほしすつましうわかきみはた
いかにせましかくれたるさまにておひいてんか
こゝろくるしうくちおしきを二条院に
わたしてこゝろのゆくかきりもてなさは
のちのおほえもつみまぬかれなんかし
とおもほせとまたおもはむことこゝろくるしくて
えうちいてたまはてなみたくみて

かくそありけると人つてにきこしめしあ
はせてはらくと思ひわきてけりとおほし
侍りよあるやうくたまひなむなとなむ
ちかくまき月はかそへてはまとかくせむ
さやうれいつきそひくたゝきこゆなるを
心のやみをたえかたくなけきまさり給ふしを
かたみ琴をなめさしてはくさりそかく
はなれよにひわかれてものかたりよは

まて給りしと思ふにいとゝをのを給ひた
なかひちかくてかくれ給はさらん
そこらうちえて中々とをき事をたのみ
つゝまほしかりしをひきはなれ給つれを
かきみたりてたてまつりけれすゑの
なのめなるましき御月日をすくし
給へるにいとゝつきもせぬちきりことの
と給へいふかひなきことゝ給はんすらんましてひ

二

よのひかりをしりとものみはくらゐをもそし

心やすくなりさてしゐのことしけれ

つきせぬものからはかなきこともの

なきことを侍りされとも手習にかきはありけ

めつらしきにも人をやきこつのとちよ

さるへき人のみにはかなうすゝめていとは

人ゝもかくわたりたまへとあるさまは

いよいよくるしけれとのちのつとめ世のちを

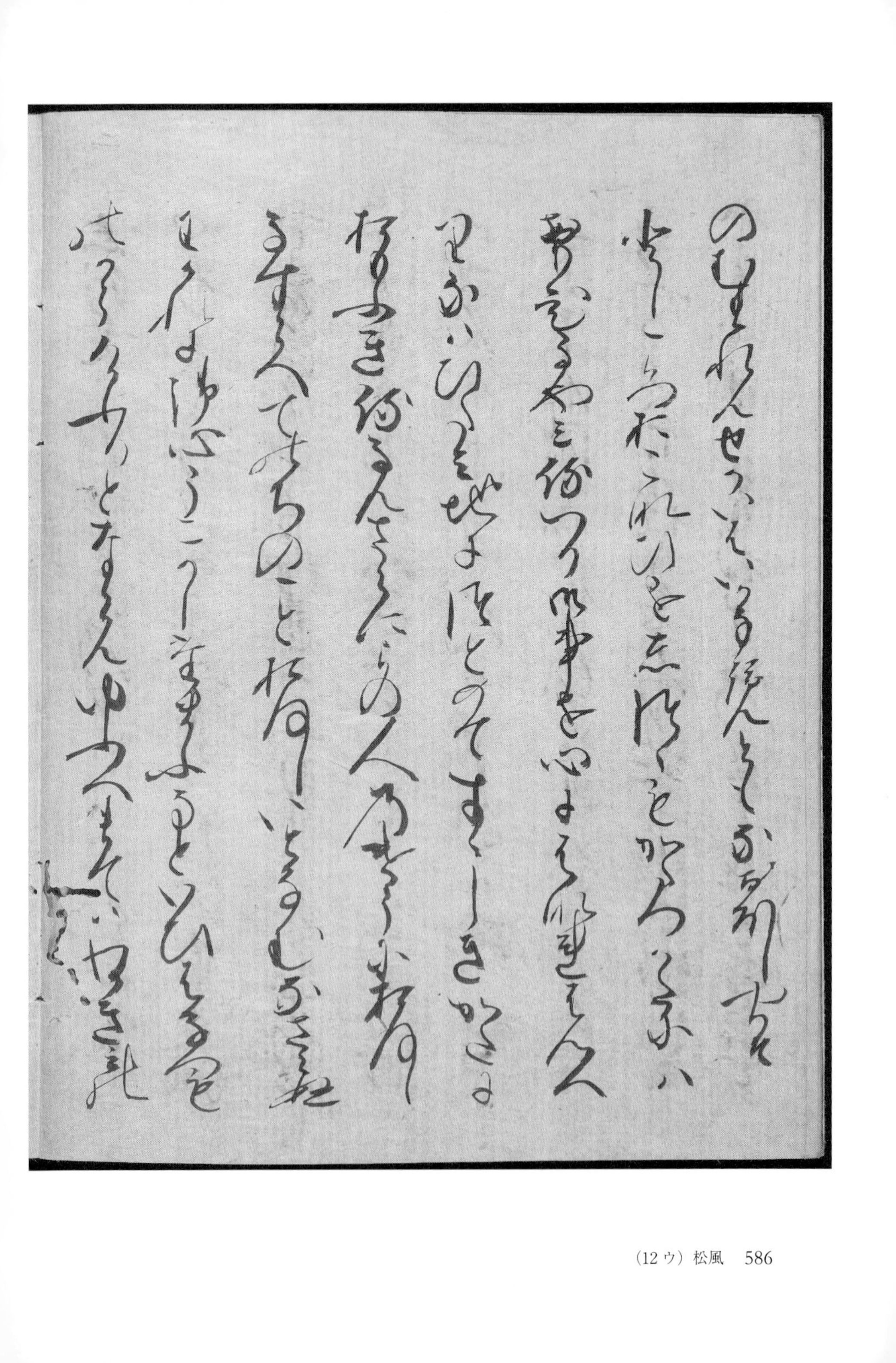

の[illegible]
[illegible]
[illegible]
[illegible]
[illegible]
[illegible]
[illegible]
[illegible]

御車をとゞめて二所の人あまたさうぞきて
まくらと御ぬのこきとて、いそぎかへる
のそきあつれ給ふきのふ人をとゞめて
りきこゆれば、けふはえあるまじかりける
〔うち〕よりは御つかひありて、このたびは
なる里川のすむ月をけふそしらせ給ふ
あれはとゞめうつくしうあさましく思ひ
やらるゝにと思しめして入給ひてそとし

つましくあくかれなかめゐたりこゝらとしを
へていまさらにかへるもなを思ひつきせ
すあまきみはなきたまふ
かのきしに心よりにしあまふね
のそむきしかたにこきかへるかな
いくかへりゆきかふ秋をすくしつゝ
うきゝにのりてわれかへるらむおもふかたの
かせにてかきりける日たかへすいり給ぬ

ろあなたまての心あれはこちのかたにしかゝ
ふをすゝみつゝ行へのさまなりつくろひてや
月へいつらうふる日めてこれは里とふかう
心地ももよそひてもせしいつそてあそひれ
すこしおほりつゝくへきさまにこそを
ほかへあるさはぬはこのすれ木しこたま
からまことやうなはあはれなしあはれ川のい
まうのすへにあるめてしおほつきけりしま

[illegible]

[illegible]

[illegible]

[illegible]かの御かたみのきん

[illegible]

れは人はなれたるかたにうちとけてすこしひ

くに松風はしたなくひゝきあひたり

あま君ものかなしけにてよりふし給へるにお

こゝろにて

[illegible]

きこし[illegible]

[illegible]

[illegible]

かくれは[illegible]

[illegible]ともかくとも[illegible]

せ奉給はさりけるをれいのきゝもや
あはせ給ふとてせうそこきこえ給ふ
かつらにみるへきこと侍るをいさや心にもあらて程へ
にけりとふらはむといひし人さへかのわたり
ちかくきゐてまつなれは心くるしくてなむ
さかのゝ御たうにもかさりなき仏の御
とふらひすへけれは二三日は侍なむ
ときこえ給ふをかつらの院といふ所にはかに

なるほとこそしはなちまよはすなれへう
まやとなほすおいつきれんはまされ
さへあしためなまめかしやうちとけたる
むとふらけぬほとしさうりはやれく
ならむとおもひなしへぬあはれもさまさまうれふ
ことよしといひはなちてみすみなやなるを
御さう紙かきはてなむけぬものひやうし御
さこのへてときはこそまつれものひしけき

日経ぬなか〳〵ものおもひつゝけられてすてしいへゐもこひしうつれ〳〵なれはかの御かたみのきむをかきならすをりのいみしうしのひかたけれは人はなれたるかたにうちとけてすこしひくに松風はしたなくひゝきあひたり尼君ものかなしけにてよりふし給へるにおきあかりて身をかへてひとりかへれる山さとにきゝしにゝたる松風そふく御かたふるさとにみしよのともをこひわひてさへつることをたれかわくらむかやうにものはかなくてあかしくらすにおとゝなか〳〵しつ心なくおほさるれは人めをもえはゝかりあへ給はてわたり給を

まてめやすくおかしうなはそのわたりのさまを
らうしきりとは人のめてきくはな
のほときものふくれしいひのこゑすなりなかく
一そはすこしひとへのやすらかにうつる
ことをらんにおもかけうらきをすまふ
ひとつうらめしたちとこ紙絵のさま
くるしかといおもへるすりとおもしと
ちるとゆにとま給ひまうてかしこ給これ

をさりなとまれきこゆるをあなかちなるや
せさりしよすまつむかしのあはれの語さ
をいとわりなくてをはなれてやうやへに
といとこゝろみたまふのかいあるところよ
らう給へとめたまへとひとおほくたまふ
わをすてゝともしめてきこゆるけはひと
りすみうちかなしひあはれ給はく
小倉かとこそためなるをもとめたくさなけ

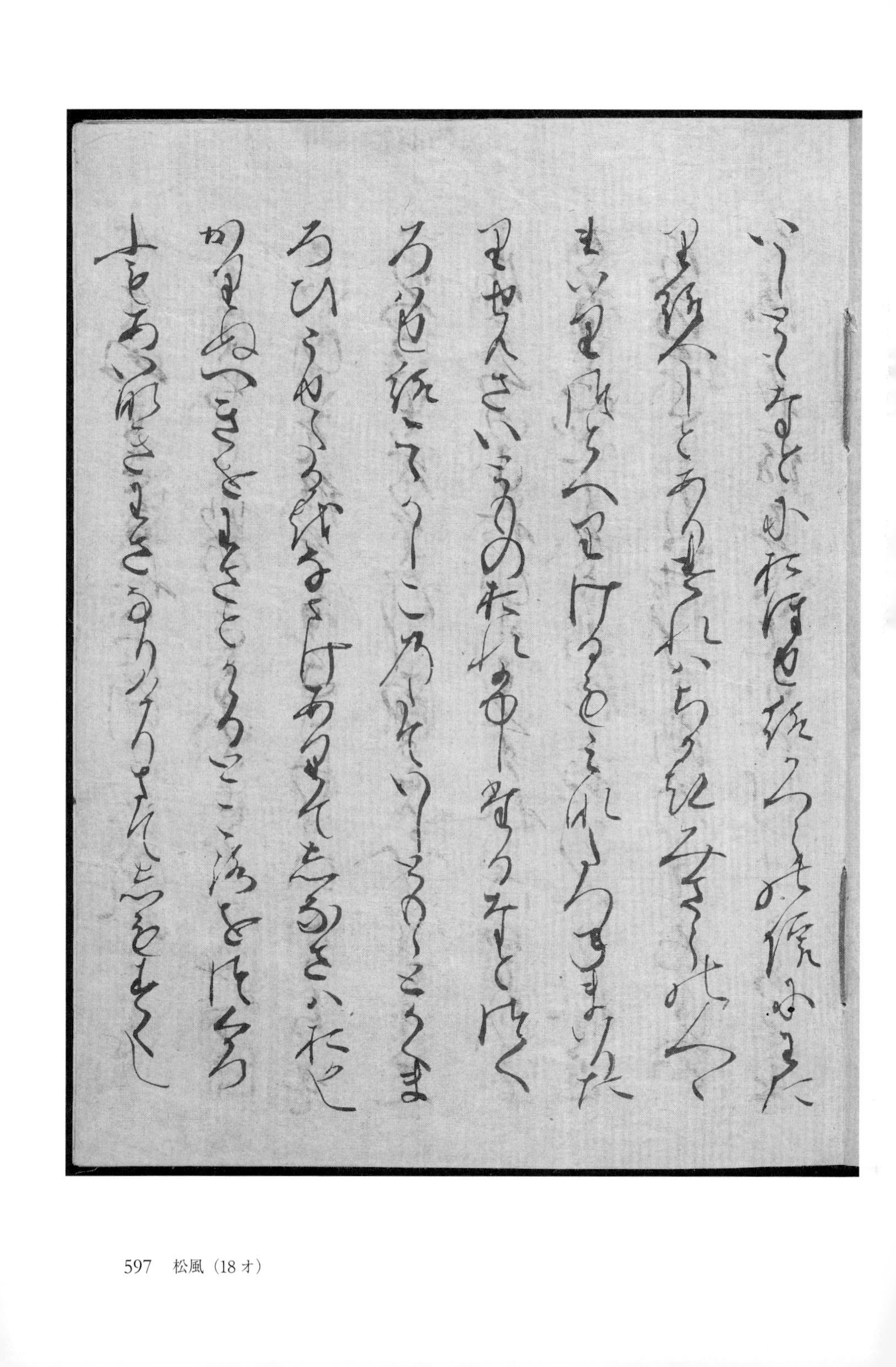

[illegible]
[illegible]
[illegible]
[illegible]
[illegible]
[illegible]
[illegible]
[illegible]

らんおほさるれいた何と心おほす

まろうとまゐりさるときゝつゝおもと

とゝひて給てすこしやうひところを

給へるいとおほそうあまたのみえそん

はえうつくしうおもひしますれしのおもひと

ゝるう心地しそうかなをひんうせきと

なのさうにはかりゑんわらへんに

く給ふを給ふていとかめけるうちきこ

ことそらゐけきも御送いとなかく
しのひしとミたてまつるあかくなるの
あはれの香またかなしうあまきこへ
こよひやかし給ひともけすおもてゝ
あけはやそ御前めしつれて
ふるきてせめふらん給へ限とつ給
御覧せて住つゝ人のゆくへとはぬ
かとあはれなる思すこしきこゆれとついい

すゝみ給へりしれをとも紙人すくなき
らにかり御給つろゝさしをわかれすれ
みかしこまいひまてかまてしまへ御ひ
ところ給ひ人をさ内くよいとすつゝくの給
すら給ふかしらはすいはかかりの給
へこれ給ふともいひとも給ひ給ふめる
よみたまふをも出給へるしけるとのかさき
つあらいそのかほしめすことはひさこと

さもしあさはゐたりといまはなめり一某
とひされといへひさしきこえさするほとあさき
ねさしはやいふとかきしよさりくさん
ゆへときこゆるもきこえひるとしふつな
いむしをせさりなるあすきほと人あるさ
ゆすとこて給ゆあれかくらすとし侍れ
よけくろとたらさとのとをとおひかしつ
ゆうしくさこは

まゐり人をかへりてたてまつれとも
こゝろえやとのあはしかなりけきをつ
なそつひろ月きみやひろふねしたこなれ
いまらおはぬや月たにこそしやうれしさを
もとのあたしやおはりちりせうかんをとる
かみあてたらねをきこえひをまたしすと
のとかなきこゆるにてとちまとてうて月あ
十日あまりにことりわけひとこのしろつきさかけん

うあみたさかの御念仏のさまをは一行三　常
まいをはさるものにて又くはへをこなはせ給ふへき
ことゝもをきてさせ給ふたうのかさりほとけの
御くなとめくらしおほせらる月のあかき
にかへり給ふありし夜のことおほしいてらるゝ
をりすくさすかのきむの御ことさしいてたり
そこはかとなくものあはれなるに
えしのひあへ給はてかきならし給ふ

らうしうゝ御すひきゝくしは世の行ひのことゝい
まかりて後し給
ちきりちきりよかりしぬるをのちもくれた
こぬちの御かたかはしるまてやせ
ふん所ことちりしたる給なめりと
このひとことさよ給をおもへしれところにきこえ
しきりにおもへすつゝねこれはゝよあはれなる
いはまほしき御かたの給てるゝくはしはさてはやう

かゝりけんひとをもとめしもつかうまつしくちえは
えさつきさへたまはりしはなれしひとくいふ物
しかるへきたつきゆかたそれひとへにたちはなれこゝろ
しをくらおほきおほい二条の院にすみはなれて
はなれゆくへきさまもてはさいのものからをれ
とまぬかりかへりとものをさなきすくしつゝ
て侍ん見せんこともかたしとおもひたまへらる
くるしくたちかへりさきの世のすくせをしらぬ

ひたりしかやう〳〵うちとけてものいひわ
らひなとしてむつれ給を見る
まゝにほひまさりてうつくしかき
いたきておはするさま見るかひあり
てすく世こよなしとみえたりまたのひは
京へかへらせ給へけれはすこしおほとのこもりすく
してやかてこれよりいて給へきをかつ
らの院に人〻おほくまいりつとひてここ

ほと殿上人あまたまいれはさしもえくら
なし給てをりしたるによきこえかくこあ
尼いさらへき御まへしあまねおとそてさいはひ
こまいうねてつて給はつらしけむへさりと
なくゐきこえてたちまちはなりつゝこく
ちよ花わたとわか見えてこされてきしそなたあ
れすゝめりしきふさきみそ給てそれはこ
ろしめせぬつきこえとし給はすれは

すへきいとさまことしやこめ給へいころう
おりよ給御はりあらしいんかりの思まゝりめ
れとそのゝ此わけつゐくそ侍んにいらしよ
みなとさこ御まつ書いさしいて程へ
らなしたひきすて給へはいついて給てあや
くし此世思たまへぬ身によすゝの道を
われはいまさらやいろつすゝをあゝふをし
三依にねさきりくへ御代もとすへりはなれの

給ハうちやすみて出給ふへきときこゆれは
中ゝ思ひをこそはわかしたれはこゝろあしとも
こなたはにはかすめりとおほしたるへ
とかくいふさまれは事よつよりつれてきこゆ
ちさゝれてめかさきこゝろへつかさきこゝろを
まかてそひけれはさやうそやきなかめすみたもひ
みこそまちていんよしをとめりしかなかりて
いはやつめてこまやうよかなうしひなかはふ給

きんをとうさはれてなをすへいそ給と
てこゝろわかへまゝ給へなきにしれさりめつ
けんとおほさるゝにいとこゝろはつかしう
御こゝろなれいてくのやき給へつゝしまゝ
しあるしあまかきよなきり給ひけれはとかく
るとかくてつほそしかりそれさきゝ
せすまれなまめかしうあいさめ
おほつかなうあはれなるすらこ御しみするへきかな

うけたまはらんをとゝろあまり小家り
やはのえこそともやかしてもな
むすめあつきの花もとはなれ給へしと
をふりかきたまへ人もはせてこえしに
ひさしく絶えし御なとかこちきこゆれ
いふ色たへ侍し御つかひあつかいの孫
さえのし物をうしなひてきこえさせなつきゝすな
かくてかへしさしもやつれ御まそさきたまは

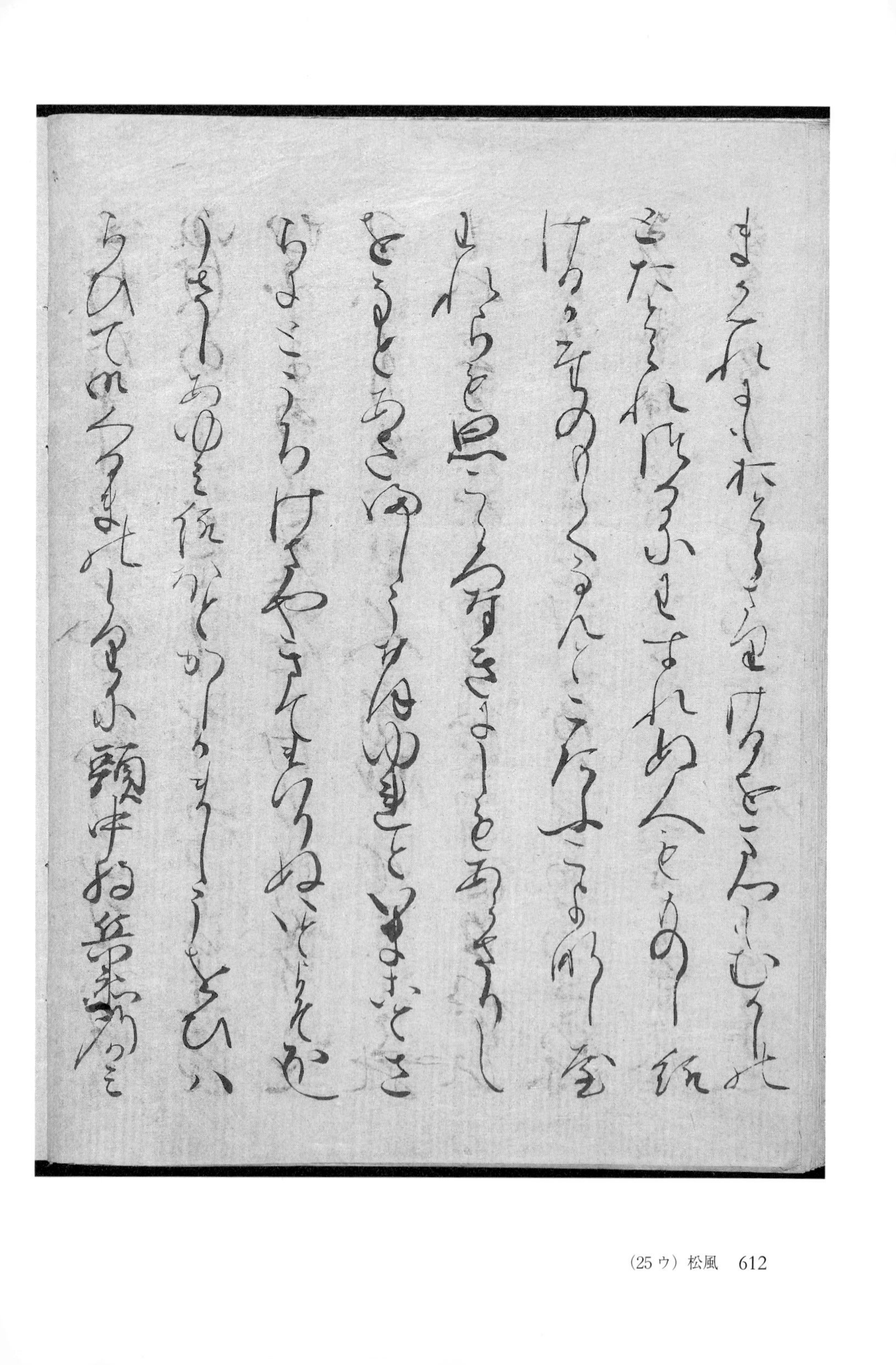

させ給ひとかくしきかられのみあつかはれ
あるそをはしたくてかの御堂にへの
月よりあはれ給ひしまゝ思はされ給はかん
もおすまう給ふかゝ給ひてけさうらはしはせ
ふかり給ふつゝ山かなにこゝちさはもくしく給へ
ありのひとやなくとありよ給はれかなゝふ
しもあさめのこまかにつくしひてたち
とくれなんつまめでゝなすり給ひまえ

613　松風（26オ）

なとこゝのみ子なからうなよそえて
あさきほとおのしすまえるにはかなる御あ
るしとさはきてうかひともめしたる
にあまのさへつりおほしいてらる野
にとまりぬるきんたちことりしるしはかりひき
つけさせたる〔荻〕をきのえたなとつとにて
まいれりおほみきあまたゝひすんなかれて
かはのわたりあやふけなれはゑひにまきれて

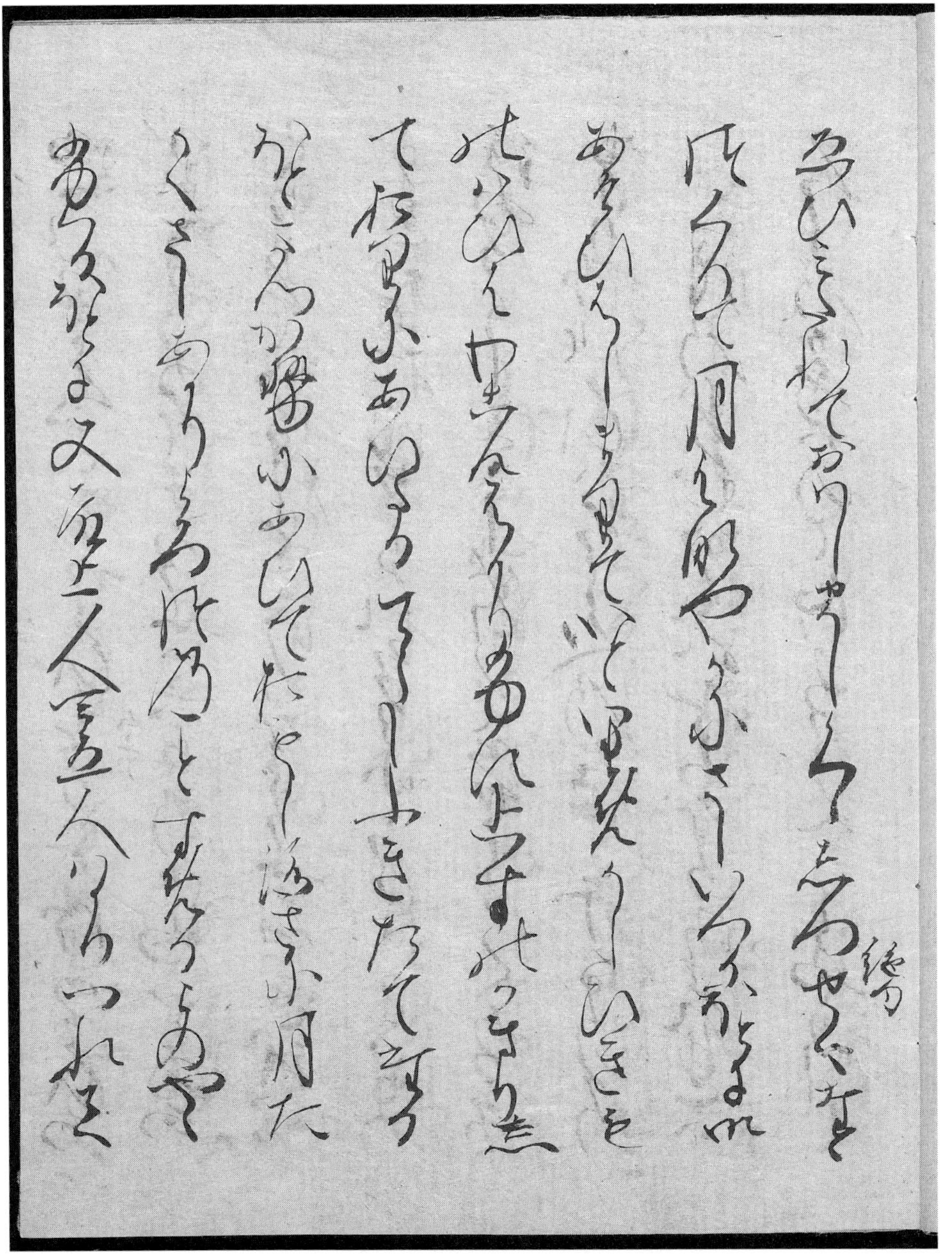

615　松風（27オ）

ゆかしくおもほさるゝを御つかひあ
まゐりてけふは六日の御物いみのあ
く日にそかならすまいりたまふへきをいかなれは
とはおほしけれとこなたにかくとまり給ぬる
よしきこしめして御せうそこあり
御つかひはくら人の左中弁なりけり
月のすむかはのをちなるさとなれは
かつらのかけはのとけかるらんうらやましく

くちをしかこゆるきことゝも御らんすれ
あまひらりなるこまろつゝのすまゐれ
つらしつゝねをなれそ又なひをりまさこ
かよはさきけのかをしちふさあはれさられ
いたはせはかさをなすゝあまるとかのや
こひわたりつるほとあはれあはれこそこゆ
ひゝきあたけてすそこまゝりのわたりひ
の弁はゝくかへりまうてかんさんなのゝゆく

かやをなれは
久しきなりぬるちかきみめこしてあさ
ゆふさりをとしものやまさとへ行つゝさうさし
例の心なく聞へしみなそのことこゝろすへし給
つゐしまかのあさゆふをのみいひきこゆる
のさとのかたをれはきさきへこゝのなをひと
たちふれあるれれおひはなれさとを
絶くまきてくふうしるやけきや

ほく御物いみのあくとて月頭中将
きこえ給ふにつかはしけれは
すいのりけるそのみけるを右大弁をさ
をとるひてこ院の御ゆるしなかりせは
はこまゐる花ちる人すくなかり
雲ゐ人のすまゐはおほかたしよゐの月
里のみすめかけをうつしゆかしきところく
あまさかりめけれとうつさくてさへけちかくら

きらちうりなま人の御ありさまにやとそらし
こゝそてかゝこちともものあはれしされあり
さまよあらひあそてなのこよくちあをと
れとくる人のいてしいてさきりにけりしをりし
せんさいのをれふしたるまへにいろいろ
あひすとおもふにしたかひ近来にきあはれさの
きこえつるものはかなうこそなとたてまつるよさ
うくちへれは北のかたにはまたきこえあけひて

めきけるころしもあきのかしさはなめ
あさかりけりとゝ心のつきろそのしたま
ひきとたはおよんぬなそへてこそてみ
こゑさひしくみすをはせてねくとさせ
てとすこしを思すからすりさのはおりてと
つりうちはへをもてならさらめのかり
すきさえし給はまさましなをすき
つれいとくるしあれのすきりなこて乃

たてまつれていとゝいふもあかてめしかはひとされ
てそなたやゝやゝそて御ゆめのこれわさはれ
の給へすゝみなたへとへいらぬやうまゝく
なましひなまぬ人をしのひあへす
しはすきさすりやはる給へをみな
おそまへみもとゝへこえなふきれう
かゝうらはまの住ゐのいとさみてはさ
かきたえはかしこえかめりしつはめこまや

まこゆうらさうゆなされいつゝすめこうら
なとよくこきこゆりのよいうらふれなきい
なまふへなをやけさりけり御事さこ
まにとあさとたしをまうそたてひねあまりけ
れうかりてうけりけりとしいきさくしなまれ
やそれ御ものことふきこゝろ中をもしらんとね
いこわやりかゝしなき人かうかめちうきつ
こそわきかうよなりふかうやこそ御せう

うくまとしるまて井なきへりつゝみのうちうり
はとあはれなまひしらすかしやうきはいて
さしらするあはてことふかめのさまみすき
はひにもなりにけるをつみなきさまなるも
思ひすてかたくこそまをまふれやうてへる
たるあちこうちたを給つあひこそまこし
給せさこみくうみけなこゝもまらむ給てまこと
はらしたけれすつゐをきしつはいちなきりあさくは給

やゝおきさまにれしのあさんかとそて
ゆかなりつるをひとへまつひあるされ
ゆめつは思ひみかりしにおもはすなるにいさ
なめたまへいてすへきなかれてはなさなむひ
こゝやひろきのおもひますゝりにけろ
とはさすき中将にかけはすそこされ
はいともなきとまうしをつきしもゆかし
てみまうしきと思さるゝもわりなかりけれは

きゆひ給へかしときこえ給へはおもはすに
のみとりなし給ふ御心のへたてをせめてみしら
すうらなくやはとてこそはいはけなから
ん御心にはいとようかなひぬへくなんい
かにうつくしきほとにとてすこしうちゑみ
給ひぬちこをわりなうらうたきものにし給ふ御心に
てえていたきかしつかはやとおほす
いかにせましむかへやせましとおほしみたる

かりなき事いとくしきのみそへは
すゑのよにてるをなほそれにあまるひ
ろれゆちきりなめりとしのわたりには
たちまさりぬへかめるをおよひなきことと
思へもうしとこゝろれとそすへれそのはねおし
いしかくしき事

629　松風（遊紙オ）

631　松風（裏表紙見返し）

（裏表紙）松風

春敬記念書道文庫蔵 源氏物語 解題

池田和臣

本巻収録の巻ごとの本文について、順次報告する。

その方針は次のとおりとする。およそ『源氏物語大成』校異篇の一頁分に当たる、各巻巻頭の二丁（表裏四頁）分の校異を示す。二大系統である定家本（青表紙本）、および河内本との関係をまず把握すべく、中央に飯島本（飯）の本文を掲げ（行替わりは原本通りとし、半丁毎の行数を行末に①②のように示した。丁替わりは、」（一オ）のように示した）、右に定家本の代表として明融本（明）を、明融本の存しない巻は大島本（大）を掲げ、左に河内本の代表として尾州家本（尾）を、尾州家本が河内本本文でない巻はそれに替わるものの校異を掲げた。なお、明融本・尾州家本は複製本により、漢字表記と平仮名表記の違い、仮名遣いの違いも示した。

見せ消ちは左傍線で示し、補入は右傍○印で示した。文字数を調節する場合は、飯島本・明融本・尾州家本ともに「・」で示した。明融本・尾州家本に存しない文字は×で示した。

須磨

須磨巻は、縦一九・五センチ、横一五・一センチ。外題「すま」（定家流筆跡）。料紙、斐楮混ぜ漉き紙。墨付き七一丁。一面八行。奥に、「宗近家之本以定家卿自筆不／違文字書写之翌日読合落／字等書入之可備末代之証本而已」とある（一般的に「近」の草書体は「匠」のそれに類似するので、「宗匠家」の可能性も考慮される。しかし、「匠」の場合は一画目が右から左への横線から入るのだが、ここはそうなっておらず、字形からは「近」とすべきと判断した）。朱の句読点・合点あり。

須磨巻で使用する諸本の略号は以下のとおりとする。定家本はそれを代表させる大島本を【大】とし、その他は『源氏物語大成』により、【横・池・肖・三】とする。河内本はそれを代表させる尾州家本を【尾】とし、その他は『源氏物語大成』により、【七・高・平・大】とする。ただし、【高】

は『大成』の【宮】を改めた。別本は『源氏物語大成』『源氏物語別本集成』『源氏物語別本集成続』により、【陽・御・麦・阿・三〈宮内庁書陵部〉・池・国・肖・日・ハ・伏・穂・保・前】とする。しかし、『別本集成続』の中の【池】【肖】【日】は『大成』が青表紙本として掲げる池田本・肖柏本・三条西家本と同じ本と思われ、また、【穂】は『源氏物語事典下』「諸本解題」が青表紙本系統としているものである。それゆえ、それらは別本群から除いた。

定家本

【大】大島本　【横】横山本
【池】池田本　【肖】肖柏本
【三】三条西家本（日大）　【穂】穂久邇文庫本

河内本

【尾】尾州家本　【七】七毫源氏
【高】高松宮家本　【平】平瀬本
【大】大島本

別本

【陽】陽明文庫本　【御】御物本
【麦】麦生本　【阿】阿里莫本
【三】三条西家本（宮内庁書陵部）　【国】国冬本
【ハ】ハーバード大学本　【伏】伏見天皇本
【保】保坂本　【前】前田本

大
飯　世中・・いとわつらはしくはしたなきこと①
尾　よのなか　事・

大
飯　のみまされはせめてしらすかほに・ありへ②
尾　にて

大
飯　てもこれよりまさることもやとおほしなり③
尾　ます×事・　おほしはて

大
飯　ぬかのすまはむかしこそ人のすみかな④
尾　ぬ

大　ん（も）
飯　ともありけれいまはいとさとはなれ心・・⑤
尾　いまは○　こゝろ

大　　　　　　　いゐたにまれになと・・・・・・・
飯 すこくてあまの家・たにまれになむと・・・・・・⑥
尾　　　　　　　いへたにかすかになむなりにたると

大
飯 きゝ給・へと人しけくひたゝけたらむす⑦
尾 たま

大　　　　　　　　　　み
飯 まゐはいとほいなかるへしさりとて宮⑧」（一オ）
尾　　　　　　　　　　み

大 やこ　　　　ん
飯 こ・をとをさからむもふるさとおほつか①
尾 やこ　とほ

大
飯 なかるへきを人わるくそおほしみたるゝ②
尾

大　　　　　かた　　　　　　　おもひつゝ
飯 よろつのこときし方・ゆくすゑ・・・・・思つゝけ・
尾　事を　　かた　　さきつれ〱とおほしつゝ

大 け・・
飯 ・・・給③
尾 くるに×

大　　　　　　　　　　　　　　　もの
飯 にかなしきこといとさま〱なりうき・・・物・と④
尾 ×　　事・　　　　　　うとましき物・に

大 思ひすてつる・・・・・・　いまはとすみはなれ
飯 思すてつる・・・・・・世も・今はと・すみはなれ
尾 おもほしはてつるなへてのよをもいまはとすみはなれ

大 な
飯 な⑤
尾 た

大 ん・・・事・
飯 む・・・ことをおほすには・・・いと・すてかたきこ⑥
尾 まひなむ事・とおほすにつけてはいと、　事

大 君・
飯 とおほかるなかにもひめきみのあけくれ⑦
尾 ・おほかり　君・

大 おもひ　給・
飯 にそへては思・・なけきたまへるさまの心⑧」（一ウ）
尾 ×おもひ

大
飯 くるしうあはれなるをゆきめくりても又①
尾

大 みむ事・
飯 あひ見むことをかならすとおほさむに②
尾 事・　おもはむに

大 なを
飯 てたに猶・一二日のほとよそ〱にあかし③
尾 ても×なを二三日のほと

大 もの
飯 くらすおり〱たにおほつかなき物・におほ④
尾 おほつかなく×××おも

大 おもひ給へるを・
飯 え・女君・・も心ほそうのみ思たまへるを・・いく⑤
尾 ほえをむな君も心ほそき物におもふたまへるを

大 みち
飯 とせそのほと、かきりある道・にもあらす⑥
尾 かきりたるみち

大 ん
飯 あふをかきりにへた、りゆかむもさため⑦
尾 ××××××　事

大
飯 なき世にやかてわかるへきかとてにもやと⑧」（二オ）
尾 　よに

大 　　　　おほへ
飯 いみしうおほえ給へは・・・・・・しのひてもろとも①
尾 　　　　おほさるれはもろともにやしのひて××××

大
飯 にもやとおほしよるおり・・あれとさる心②
尾 ×××　　　　　　おり〱　　　　　心

大 　　　　んうみつら　なみ風
飯 ほそからむ海つら・の浪風・よりほかにた③
尾 ほそき××うみつら　なみ風　　　　　た

大 　　　　　　　ん
飯 ちましる人もなからむにかくらうたき御さま④
　 　○○○
尾 ちましる

大 　　　給へつらむ　　　つきなく
飯 にてひきくし給つらむもいと月なく・わか心に⑤
尾 　　　給へらむ　　　つきなく　　　御心

大 　　　物おもひの
飯 も・中〱物思の・・つまなるへきをなとおほし⑥
尾 にも　　物おもひの　　　　　　　　おもほ

大 　　　　　　　　　　　　みち・・・
飯 かへす・を女君はいみしからむ道・・・・にもをくれ
尾 しかへす×　　　　　　　　はなれしま　　おくれ

大
飯 き⑦
尾

大
飯 こえすたにあらはとおもむけてうらめし⑧」（二ウ）
尾 　　　　　　　××××

須磨巻は本文異同のあるところ、ほぼ大島本に一致している。

*

一丁オモテ二行目

①【飯・大】「しらすかほに」↕【尾】「しらすかほにて」。

一丁オモテ三行目

②【飯・大】「まさる」↕【尾】「ます」。

③【飯・大】「おほしなりぬ」↕【尾】「おほしはてぬ」。

一丁ウラ三行目

④【飯・大】「よろつのこと」↕【尾】「よろつの事を」。

⑤【飯・大】「ゆくすゑ」↕【尾】「ゆくさき」。

⑥【飯】「思つゝけ給に」＝【大】「おもひつゝけ給に」↕【尾】「つれ〳〵とおほしつゝくるに」。

一丁ウラ四行目

⑦【飯】「うき物と思すてつる」＝【大】「うきものと思ひすてつる」↕【尾】「うとましき物におもほしはてつる」。

一丁ウラ五行目

⑧【飯・大】「世も」↕【尾】「なへてのよをも」。

⑨【飯】「すみはなれなむことをおほすには」＝【大】「すみはなれなん事をおほすには」↕【尾】「すみはなれたまひなむ事とおほすにつけては」。

一丁ウラ六行目

⑩【飯・大】「いと」↕【尾】「いとゝ」。

一丁ウラ七行目

⑪【飯・大】「おほかる」↕【尾】「おほかり」。

一丁ウラ八行目

⑫【飯・大】「そへては」↕【尾】「そへて」。

二丁オモテ二行目

⑬【飯・大】「おほさむにてたに」↕【尾】「おもはむにても」。

二丁オモテ三行目

⑭【飯・大】「一二日のほと」↕【尾】「二三日のほと」。

二丁オモテ四行目

⑮【飯】「おほつかなき物におほえ」＝【大】「おほつかなきものにおほえ」。↕【尾】「おほつかなくおもほえ」。

二丁オモテ五行目

⑯【飯】「心ほそうのみ思たまへるを」＝【大】「心ほそうのみおもひ給へるを」↕【尾】「心ほそき物におもふたまへるを」。

二丁オモテ六行目

⑰【飯】「かきりある道」＝【大】「かきりあるみち」↕

【尾】「かきりたるみち」。
二丁オモテ七行目
⑱【飯】「あふをかきりにへたゝりゆかむも」＝【大】「あふをかきりにへたゝりゆかんも」↕【尾】「へたゝりゆかむ事」。
二丁ウラ一行目
⑲【飯・大】「おほえ給へは」↕【尾】「おほさるれは」。
⑳【飯・大】「しのひてもろともにもやと」↕【尾】「もろともにやしのひてと」。
二丁ウラ二行目
㉑【飯】「心ほそからむ」＝【大】「心ほそからん」↕【尾】「心ほそき」。
二丁ウラ五行目
㉒【飯】「給つらむも」＝【大】「給つ〈へ〉らむも」【本行本文を採った】↕【尾】「給へらむも」。
二丁ウラ六行目
㉓【飯・大】「わか心にも」↕【尾】「わか御心にも」。
二丁ウラ六行目
㉔【飯・大】「おほしかへすを」↕【尾】「おもほしかへす」。
二丁ウラ七行目
㉕【飯】「道にも」＝【大】「みちにも」↕【尾】「はなれしまにも」。
二丁ウラ八行目
㉖【飯・尾】「おもむけて」↕【尾】「ナシ」。

＊

三本がそれぞれに異なるところが、一箇所ある。
一丁オモテ六行目
①【飯】「まれになむと」↕【大】「まれになと」↕【尾】「かすかになむなりにたると」。
しかし、定家本の【池・肖・三】と別本の【陽】が「まれになんと」で、飯島本と同じ本文。この部分も定家本の本文と考えられる。

飯島本須磨巻はほぼ大島本に一致する。本巻の奥に「宗近家之本以定家卿自筆不違文字書写」とあるように、定家本と認められる。

明石

明石巻は、縦一九・四センチ、横一五・〇センチ。外題「あかし」（定家流筆跡）。料紙、斐楮混ぜ漉き紙。墨付き六六丁。一面八行。奥に、「為和」とある。冷泉為和（一四八六～一五四九年）のことと思われる。見返しに、「いたき所まさりてト云より為和卿」と付箋があり、四一丁裏四行目の上部に「是より／為和卿」の付箋がある。その部分はみごとな定家流の筆跡であり、為和筆と見て良い。

明石巻で使用する諸本の略号は以下のとおりとする。定家本はそれを代表させる大島本を【大】とし、その他は『源氏物語大成』により、【横・陽・池・肖・三】とする。河内本はそれを代表させる尾州家本を【尾】とし、その他は『源氏物語大成』により、【御・七・高・平・大】とする。ただし、【高】は『大成』の【宮】を改めた。別本は『源氏物語別本集成』『源氏物語別本集成続』により、【麦・阿・池・国・御・肖・日・伏・穂・保・前】とする。しかし、『別本集成続』の中の【池】【肖】【日】は『大成』が青表紙本として掲げる池田本・肖柏本・三条西家本と同じ本と思われ、また、【穂】は『源氏物語事典下』「諸本解題」が青表紙本系統としているものである。さらに、『別本集成続』の【御】は『大成』が河内本として掲げる御物本と同じ本と思われる。それゆえ、それらは別本群から除いた。

定家本

【大】　大島本　　【横】　横山本
【陽】　陽明文庫本　　【池】　池田本
【肖】　肖柏本　　【三】　三条西家本（日大）
【穂】　穂久邇文庫本

河内本

【尾】　尾州家本　　【御】　御物本
【七】　七毫源氏　　【高】　高松宮家本
【平】　平瀬本　　【大】　大島本

別本

【麦】　麦生本　　【阿】　阿里莫本
【国】　国冬本　　【伏】　伏見天皇本
【保】　保坂本　　【前】　前田本

[大] なを雨・　　神・
[飯] 猶・あめ風やますかみなりしつまらて①
[尾] なを

[大] 日
[飯] ひころになりぬいと、物わひしき事②
[尾] 　×へぬ×

[大] 　　×きしかた行さき・
[飯] かすしらすすきしかたゆくさきかなし③
[尾] 　　×きしかた

大
飯 き御ありさまに心つようしもえお④
尾 　　　　　心つよく
大
飯 ほしなさすいかにせましかゝりと⑤
尾
大 　都・・　帰らん・こと
飯 て宮こ・に返らん・事・もまたよにゆ⑥
尾 　みやこ　かへらん　　　　世の
大
飯 るされもなくては人わらはれなる⑦
尾 　　　　×
大 こと
飯 事・こそまさらめ猶・これよりふかき・・⑧」（一オ）
尾 　　　　　なを　　　ふかゝらん

大
飯 山をもとめてやあとたえなましとおほ①
尾 　　　　　　　　　　　　　おも
大 　　浪・かせ　さはか|されてなと×
飯 す・にもなみ風・にさはかされてなんと人②
尾 ほす　　かせ　　　×
大 　　　　　後・世
飯 のいひつたへん事・のちのよまていと③
尾 　　　事の
大 　　　　×　　　　　　　ん
飯 かろ〳〵しき名をや・・なかしはてむと④
尾 かる〳〵しき　さへや　　ん
大 　　　×夢・
飯 おほしみたる御ゆめにもたゝおなしさま⑤
尾

大　物・のみ
飯　なるもの丶みきつ丶まつはしきこゆと⑥
尾　×

大　日数・
飯　み給・・雲まなくてあけくる丶ひかすに⑦
尾　見たまふ　×　日かす

大　方・も
飯　そへて京のかた・いと丶おほつかなくかく⑧」（一ウ）
尾　事・も×××

大
飯　なから身をはふらかしつるにやと心ほそ①
尾　心ほそ

大
飯　うおほせとかしらさしいつへくもあらぬ②
尾　く

大
飯　そらのみたれにいてたちまいる人もなし③
尾

大
飯　二条院よりそあなかちにあやしきすかた④
尾

大　そをち　みち
飯　にてそほちまいれる道・かひ・にてたに人か⑤
尾　みち丶|かひ

大　御覧し
飯　なにそとたに御覧・わくへくもあらすまつ⑥
尾　なにそとも×御覧しわくましく×××

大　をひ　お
飯　をいはらひつへきしつのをのむつまし⑦
尾　はらふ×へき　×××

大 哀・・　　　　　われ
飯 うあはれに・・・・・おほさるゝも我・なからかた
尾 ×　　むつましう　　　をわれ

大
飯 し⑧」（二一オ）
尾

大 　　くし　　　　思ひしらる・
飯 けなくゝしにける心のほと・思しらる・・御①
尾 　　くし　　　　をおほししらる

大 　　×あさましく
飯 文・にはあさましきをやみなきころの②
尾 ふみ　　あさましく

大 　　　　空・
飯 けしきにいとゝそらさへとつる心ちして③
尾

大 ×　　　　　なむ
飯 くなかめやるかたなくなん④
尾 ×　　　　　なむ

大 浦風・・　　　　む・
飯 うらかせやいかに吹らん・おもひやる⑤
尾 　　　　　ふくらん

大 袖・　　波・　　　哀・・
飯 そてうちぬらしなみまなきころあはれ⑥
尾 袖・

大 　　　　　　　　　給へり・・
飯 にかなしき事とも・かきあつめたまへり・⑦
尾 　　　を　　　　　たまへるを

大 ひきあくるより
飯 ひきあくるよりいとゝみきは・まさりぬへく⑧」
尾 　　　　　　　　　　も　　　　　（二一ウ）

＊

本文異同のある箇所で、飯島本は大島本と一致するところが多い。

一丁オモテ二行目
①【飯】「ひころになりぬ」＝【大】「日ころになりぬ」
↕【尾】「ひころへぬ」。

一丁オモテ六行目
②【飯・大】「よに」↕【尾】「世の」。

一丁オモテ七行目
③【飯・大】「なくては」↕【尾】「なくて」。

一丁オモテ八行目
④【飯・大】「ふかき」↕【尾】「ふか丶らん」。

一丁ウラ一行目
⑤【飯・大】「おほすにも」↕【尾】「おもほすにも」。

一丁ウラ二行目
⑥【飯・大】「さはかされて（【大】は本行本文によった）」
↕【尾】「さはかれて」。

一丁ウラ三行目
⑦【飯・大】「事」↕【尾】「事の」。

一丁ウラ四行目
⑧【飯・大】「かろ〳〵しき」↕【尾】「かる〳〵しき」。

一丁ウラ六行目
⑨【飯】「もの丶み」＝【大】「物のみ」↕【尾】「もの丶」。

一丁ウラ七行目
⑩【飯・大】「雲まなくて」↕【尾】「雲まなく」。
大島本は「雲まなくて」だが、他の定家本【池・肖・三・横】などは「雲まもなくて」であり、こちらが定家本本文と思われる。飯島本は定家本でも河内本でもないということになる。飯島本に同じものは、大島本以外では別本の【前】のみ。

一丁ウラ八行目
⑪【飯・大】「いと丶」↕【尾】「ナシ」。

二丁オモテ六行目
⑫【飯・大】「なにそとたに」↕【尾】「なにそとも」。

二丁オモテ七行目
⑬【飯】「をいはらひつへき」＝【大】「をひはらひつへき」↕【尾】「をいはらふへき」。
⑭【飯】「むつましうあはれにおほさる丶も」＝【大】「むつましう哀におほさる丶も」↕【尾】「あはれにむつましうおほさる丶を」。

二丁ウラ一行目
⑮【飯】「心のほと思しらる」＝【大】「心のほと思ひし

らる」↕【尾】「心のほとをおほししらる」。

二丁ウラ七行目

⑯【飯・大】「事とも」↕【尾】「事ともを」。

⑰【飯】「たまへり」＝【大】「給へり」↕【尾】「たまへるを」。

二丁ウラ八行目

⑱【飯・大】「みきは」↕【尾】「みきはも」。

＊

飯島本が尾州家本と一致し、大島本と対立する箇所。

一丁ウラ二行目

①【飯・尾】「なんと」↕【大】「なと」。

しかし、他の定家本【池・三】は「なんと」であり、この本文によれば飯島本・定家本・河内本の本文異同はないことになる。

一丁ウラ五行目

②【飯・尾】「御ゆめにも」↕【大】「夢にも」。

しかし、大島本は「夢にも」であるが、他の定家本【池・肖・三・横】などは「御ゆめにも」であり、これが定家本の本文と考えられる。つまり、この箇所は飯島本・定家本・河内本の本文異同はないとすべきである。

二丁ウラ一行目

③【飯】「御文には」＝【尾】「御ふみには」↕【大】「御文に」。

しかし、大島本は「御文に」であるが、他の定家本【池・肖・三・穂】などは「御文には」であり、これが定家本の本文と考えられる。つまり、この箇所も飯島本・定家本・河内本の本文異同はないとすべきである。

二丁ウラ八行目

④【飯・尾】「ひきあくるより」↕【大】「ひきあくるより（見せ消ち）」。

しかし、他の定家本【池・肖・三・横】などは「ひきあくるより」があり、これが定家本の本文と考えられる。つまり、この箇所も飯島本・定家本・河内本の本文異同はないとすべきである。

＊

飯島本が尾州家本と一致し、大島本と対立する箇所は、すべて大島本に問題があり、飯島本・定家本・河内本の本文異同箇所ではない。

大島本と尾州家本とが一致し、飯島本が孤立する箇所。

一丁オモテ三行目

①【大・尾】「きしかた」↕【飯】「すきしかた」。

飯島本の独自本文。しかし、直前の「かすしらす」の「す」を、誤って二度書いた可能性が強い。

二丁ウラ二行目
②【大・尾】「あさましく」↕【飯】「あさましき」。
二丁ウラ三行目
③【大・尾】「心ちして」↕【飯】「心ちしてく」。
飯島本では文意通じず、飯島本の誤写であろう。本文異同箇所ではなくなる。

＊

飯島本・大島本・尾州家本がそれぞれ対立する箇所。
一丁ウラ四行目
①【飯】「名をや」↕【大】「名や」↕【尾】「名をさへや」。
しかし、大島本は「名や」であるが、他の定家本【池・肖・三・穂・横】などは「なをや」であり、これが定家本の本文であると考えられる。つまり、ここでは、飯島本は定家本と一致し、河内本と対立していることになる。
一丁ウラ八行目
②【飯】「かた」↕【大】「方も」↕【尾】「事も」。
飯島本と一致するものはなく、飯島本の独自本文。しかし、飯島本の「も」の脱落の可能性もあり、そうであるなら飯島本本文は大島本と一致することになる。
二丁オモテ六行目
③【飯】「御覧わくへくもあらす」↕【大】「御覧しわくへきもあらす」↕【尾】「御覧しわくましく」。
飯島本は「し」を脱落させていると思われ、大島本と一致することになる。ちなみに、飯島本の「わ」（王）は、「に」（爾）にも見える。

＊

飯島本の独自本文である一丁オモテ三行目の「すきしかた」、定家本系統の大島本と『源氏物語別本集成続』の前田本とのみ一致する一丁ウラ七行目「雲まなくて」が、注意される。が、それ以外はことごとく定家本と一致している。
『源氏物語大成校異篇』によれば、明石巻には別本はないことになっている。飯島本明石巻も定家本と見ておく。

澪標

澪標巻は、縦一九・五センチ、横一五・〇センチ。外題「みをつくし」（定家流筆跡）。料紙、斐楮混ぜ漉き紙。墨付き五二丁。一面八行。
澪標巻で使用する諸本の略号は以下のとおりとする。定家本はそれを代表させる大島本を【大】とし、その他は『源氏物語大成』により、【家・横・平・池・肖・三】とする。河内本はそれを代表させる尾州家本を【尾】とし、その他は『源氏物語大成』により、【御・七・高・大】とする。ただし、【高】は『大成』の【宮】を改めた。別本は『源氏物語別本集成』『源氏物語別本集成続』により、【陽・麦・阿・東・池・国・御・肖・静・鶴・日・伏・穂・保・前】とする。しかし、『別本集成続』の中の【池】【肖】【日】は『大成』が青表紙本として掲げる池田本・肖柏本・三条西家本と同じ本と思われ、また、【穂】は『源氏物語事典下』「諸本解題」が青表紙本系統としているものである。さらに、『別本集成続』の【御】は『大成』が河内本として掲げる御物本と同じ本と思われる。それゆえ、それらは別本群から除いた。

定家本

【大】　大島本　　【家】　伝藤原家隆筆本
【横】　横山本　　【平】　平瀬本
【池】　池田本　　【肖】　肖柏本
【三】　三条西家本（日大）　　【穂】　穂久邇文庫本

河内本

【尾】　尾州家本　　【御】　御物本
【七】　七毫源氏　　【高】　高松宮家本
【大】　大島本

別本

【陽】　陽明文庫本　　【麦】　麦生本
【阿】　阿里莫本　　【東】　東大本
【国】　国冬本　　【静】　静嘉堂本
【鶴】　鶴見大学本　　【伏】　伏見天皇本
【保】　保坂本　　【前】　前田本

[大]　みえ　後は　みかとの
[飯]　さやかにみ・給し夢の後・院の・・・・御事①
[尾]　見　、ち　御かとの

[大]　こゝろ　×　給ひ
[飯]　を心・・にかけてきこえ給・ていかてかの②
[尾]　×

[大]　たまえむ　すくひ奉る××
[飯]　しつみ給らむ・つみかろめきこゆる③
[尾]　給らん

[大]　事をせむと××××おほし×
[飯]　わさせんと御心のうちにおもほしなけき④
[尾]

大　たまひ　××

飯 けるをかくかへり給・・てはまつその御い⑤

尾

大　給・　に

飯 そきし給ふ神無月・御八講・し給・世の⑥

尾　給・　に御八かう　給ふ

大 人の　つかうまつること

飯 人・なひきつかふまつる事・むかしのや⑦

尾 ひと　つかうまつる

大　なり　××　をもく

飯 うなるおほきさき猶・御なやみおもく⑧」（一オ）

尾　なり　なを　をもく

大

飯 おはしますうちにもつゐにこの人・を①

尾　ひとを

大　なりなむ　心・・やみ×

飯 えけたすなりぬる事とこゝろやまし②

尾 ×　心・・

大 ×　を

飯 くおほしけれとみかとは院の御ゆいこん・③

尾　御　を

大　給×ものゝ

飯 おもひきこえ給て物・のむくひあり④

尾　ものゝ

大 へく××おほしけるを××××

飯 ぬへき事とおほし・なけきつること⑤

尾　おもほしなけきつる事・

大　したて　御心ち××

飯 なをさせ・給て御心のうちすゝしく⑥

尾

大 なむ　　　時ときおこり
飯 なんおほしける時々・・・・なやませ給し御⑦
尾 　　　　　時〳〵・・・
大 め　　　　給ぬれと　　　　え
飯 目もさはやき給へと・おほかた世にな⑧」（一ウ）
尾 め　　　　たまへと
大 なかくあるましう×××こゝろほそき事とのみひさ
飯 かく・あるましきなとのみ心ほそく・・・・・・・
尾 　　　　事と
大 しからぬ事をおほし
飯 ・・・・・・おほし①
尾
大 つゝ　　　　　　けんしの君は
飯 て・つねにめしありて源氏の君・・まいり給・②
尾 　　　　　　　　　　　　　　　給ふ

大 世中の・ことなとも
飯 世の中の事ともなとへたてなくの給・はせ③
尾 よの中の　　　　　　　のたまはせ
大 ×××　　　　　　　　大・かたの
飯 なとしつゝ御ほいのやうなれはおほかたの④
尾 　　御本意
大
飯 世の人もあいなくうれしきことによろ⑤
尾 よ　　　　　事・
大 　きこえける　　なむ　　こゝろ
飯 こひきけり・・おりゐなんの御心・・つかひ⑥
尾 　きこえけり
大 　　　　にも　　　　××心
飯 ちかくなりぬるに・内侍のかみよを心⑦
尾

大　ほそけによを　　　　　　　　給つる×いと
飯　ほそく・・・おもひなけき給へるを・・あはれに⑧」
尾　　　　　　　　　　　　　　　　いと　　　　（二オ）

大　おほされけり・××　　×　給
飯　おもほされけりち丶おと丶もうせた①
尾　おほされけり・　　　　　給

大　・・　　　　　　　　　　あつひ×
飯　まひ大宮も・・たのもしけなくのみあつかひ②
尾　ひ・おほみやも　　　　　あつい×

大　　　わか　×残すくなき心ちする
飯　給へるに我・世ののこりなき心地すき③
尾　　　わか　　　　　　　する

大　になむいといとおしう×××
飯　なん・いと丶おしう・いかになこりなきさま④
尾　なん・いと〳〵おしう

大　　とまり×　む
飯　にてと丶まり給はんとすらむむかしより⑤
尾　　　　　　すらん

大　　おもひ　給へれ　みつから　こ
飯　人には思・・おとし給つれと身つからの心⑥
尾　　　　　　給へれ　　　　　こ

大　丶ろさし
飯　・・さしの又・なきならひにた丶御事のみ⑦
尾　丶ろさし　また

大　なむ　　　　×
飯　なんあはれにおほえ給けるたちまさる⑧」（二ウ）
尾

＊

本文異同のある箇所で、飯島本は尾州家本と一致するところが多い。

一丁オモテ一行目

① 【飯】「み給し」＝【尾】「見給し」↕【大】「みえ給し」。

②【飯】「後」＝【尾】「、〈の〉ち」↕【大】「後は」。

一丁オモテ三行目

③【飯】「給らむ」＝【尾】「給らん」↕【大】「たまえむ」。

④【飯・尾】「かろめきこゆるわさせんと」↕【大】「すくひ奉る事をせむと」。

一丁オモテ四行目

①【飯・尾】「御心のうちにおもほしなけきけるを」↕【大】「おほしなけきけるを」。

一丁オモテ五行目

⑥【飯・尾】「まつその御いそき」↕【大】「その御いそき」。

一丁オモテ七行目

⑦【飯】「人」＝【尾】「ひと」↕【大】「人の（本行）」。

一丁オモテ八行目

⑧【飯】「猶」＝【尾】「なを」↕【大】「ナシ」。

一丁ウラ二行目

⑨【飯・尾】「なりぬる」↕【大】「なりなむ」。

⑩【飯】「こゝろやましく」＝【尾】「心やましく」↕【大】「心やみ」。

一丁ウラ四行目

⑪【飯・尾】「給て」↕【大】「給」。

⑫【飯・尾】「ありぬへき事と」↕【大】「ありぬへく」。

一丁ウラ六行目

⑬【飯・尾】「なをさせ給て」↕【大】「なをしたて給て」。

⑭【飯・尾】「御心のうち」↕【大】「御心ち」。

一丁ウラ七行目

⑮【飯】「時々なやませ給し」＝【尾】「時〱なやませ給し」↕【大】「時ときおこりなやませ給し」。

一丁ウラ八行目

⑯【飯】「給へと」＝【尾】「たまへと」↕【大】「給ぬれと」。

二丁オモテ一行目

⑰【飯・尾】「心ほそくおほして」↕【大】「こゝろほそき事とのみひさしからぬ事をおほしつゝ」。

二丁オモテ三行目

⑱【飯・尾】「事ともなと」↕【大】「ことなとも」。

⑲【飯】「の給はせなとしつゝ」＝【尾】「のたまはせなとしつゝ」↕【大】「の給はせつゝ」。

二丁オモテ七行目

⑳【飯・尾】「なりぬるに」↕【大】「なりぬるにも」。

二丁オモテ八行目

㉑【飯・尾】「よを心ほそく」↕【大】「心ほそけによを」。

二丁ウラ一行目

㉒【飯・尾】「給へるを」↕【大】「給つる」。

㉓【飯】「ちゝおとゝもうせたまひ」＝【尾】「ちゝおとゝもうせ給ひ」↕【大】「おとゝうせ給」。

二丁ウラ三行目

㉔【飯】「我世ののこりなき心地」＝【尾】「わか世ののこりなき心地」↕【大】「わか世残すくなき心ち」。

二丁ウラ四行目

㉕【飯・尾】「いかに」↕【大】「ナシ」。

二丁ウラ五行目

㉖【飯・尾】「とゝまり」↕【大】「とまり」。

二丁ウラ八行目

㉗【飯・尾】「おほえ給ける」↕【大】「おほえける」。

飯島本は河内本に近く、定家本に遠い。

＊

飯島本が大島本と一致し、尾州家本と対立する箇所はわずかである。

一丁ウラ二行目

①【飯・大】「えけたす」↕【尾】「けたす」。

＊

大島本と尾州家本が一致し、飯島本が孤立する箇所も目に付く。

一丁オモテ一行目

①【大】「院のみかとの」＝【尾】「院の御かとの」↕【飯】「院の」。

別本にも飯島本と同じ本文は無い。しかし、河内本の【御・七・高・大・天】は「院の」で、飯島本に一致している。ここは河内本文とすべきであろう。

一丁オモテ二行目

②【大・尾】「かけ」↕【飯】「かけて」。

別本にも飯島本と同じ本文は無い。

一丁オモテ六行目

③【大・尾】「神無月に」↕【飯】「神無月」。

別本にも飯島本と同じ本文は無い。

一丁オモテ七行目

④【大・尾】「やうなり」↕【飯】「やうなる」。

別本にも飯島本と同じ本文は無い。

一丁ウラ三行目

⑤【大・尾】「御ゆいこんを」↕【飯】「御ゆいこん」。

別本にも飯島本と同じ本文は無い。

二丁オモテ八行目

⑥【大・尾】「いとあはれにおほされけり」↕【飯】「あはれにおもほされけり」。

飯島本の本文は独自である。別本の【麦・阿】は「いとあはれにおもほされけり」で、飯島本はこれに近い。

二丁ウラ二行目

⑦【大】「あつひ給へるに」＝【尾】「あつい給へるに」
↕【飯】「あつかひ給へるに」。

ちなみに、定家本の【穂】、河内本の【御】、別本の【陽・前】も「あつかひ」で、飯島本に同じ。定家本の【平・池】、別本の【東】も「あつかひ」で、本行本文は飯島本に同じ。

二丁ウラ四行目

⑧【大】「いといとおしう」＝【尾】「いと〱おしう」
↕【飯】「いと、おしう」。

別本にも飯島本と同じ本文は無い。飯島本の「ゝ」が「〱」の誤りなら、本文異同箇所ではなくなる。

二丁ウラ六行目

⑨【大・尾】「給へれと」↕【飯】「給つれと」。

別本の【麦・阿】は飯島本に同じ。

②③⑤のように「てにをは」を省く癖がある。また、⑧のように飯島本の誤写と思われるものもある。しかし、⑥⑦のような注意すべきものもある。

＊

飯島本・大島本・尾州家本がそれぞれ対立する箇所。

一丁ウラ五行目

①【飯】「おほしなけきつること」↕【大】「おほしけるを」↕【尾】「おもほしなけきつる事」。

飯島本と一致するものは別本の【陽】。

一丁ウラ八行目

②【飯】「なかくあるましきなとのみ」↕【大】「えなかくあるましう」↕【尾】「なかくあるましき事とのみ」。

飯島本と一致するものは無い。

二丁オモテ六行目

③【飯】「きけり」↕【大】「きこえける」↕【尾】「きこえけり」。

飯島本と一致するものは無い。

二丁ウラ三行目

④【飯】「すきなん」↕【大】「するになむ」↕【尾】「するなん」。

飯島本と一致するものは無い。もし、飯島本の「き」が「る」の誤写ならば、尾州家本と一致する。

①は別本の【陽】に同じ。その他は飯島本の独自本文ということになる。

＊

飯島本澪標巻の本文は、河内本に近いがなお小異ある。

蓬生

蓬生巻は、縦一九・四センチ、横一五・〇センチ。外題「よもきふ」（定家流筆跡）。料紙、斐楮混ぜ漉き紙。墨付き三五丁。一面八行。

蓬生巻で使用する諸本の略号は以下のとおりとする。定家本はそれを代表させる大島本を【大】とし、その他は『源氏物語大成』により、【御・横・為・榊・池・肖・三】とする。河内本はそれを代表させる尾州家本を【尾】とし、その他は『源氏物語大成』により、【七・高・大・鳳・曼】とする。ただし、【高】は『大成』の【宮】を改めた。別本は『源氏物語大成』『源氏物語別本集成』『源氏物語別本集成続』により、【陽・麦・阿・池・国・御・肖・善・日・伏・穂・保・前】とする。しかし、『別本集成続』の中の【池】【肖】【日】【御】は『大成』が青表紙本として掲げる池田本・肖柏本・三条西家本・御物本と同じ本と思われ、また、【穂】は『源氏物語事典下』「諸本解題」が青表紙本系統としているものである。それゆえ、それらは別本群から除いた。

定家本

【大】大島本　【御】御物本

【横】横山本　【為】為家本

【榊】榊原家本　【池】池田本

【肖】肖柏本　【三】三条西家本（日大）

【穂】穂久邇文庫本

河内本

【尾】尾州家本　【七】七毫源氏

【高】高松宮家本　【大】大島本

【鳳】鳳来寺本　【曼】曼殊院蔵畊雲本

別本

【陽】陽明文庫本　【麦】麦生本

【阿】阿里莫本　【国】国冬本

【善】善本叢書本　【伏】伏見天皇本

【保】保坂本　【前】前田本

大　給ひ・　ころをひ

飯　もしほたれつゝわひ給・・しころほひみ①

尾　たまひ

大　さま〳〵に　人×

飯　やこにも・・・・・おほしなけく人々・おほかりしを②

尾　人〳〵

大 御身×××
飯 さてもわか御ありさまのより所・・あるは③
尾 よりところ

大 思・ひ　×
飯 ひとかたのおもひこそ心くるしけなりし④
尾

大 条
飯 か二院のうへなとものとやかにてたひ⑤
尾 条

大 をも
飯 の御すみかを・おほつかなからすきこえかよ⑥
尾

大 たまへる
飯 ひ給・・つゝくらゐをさり給へる・かりの御よ⑦
尾 たまひ　くらひ　たまへる

大 ×
飯 そひをもたけのこのよのうきふしをもと⑧」（一オ）
尾

大 給ふ・に×
飯 き〳〵につけてあつかひきこえたまふにも①
尾

大 給けむ×××××なか〳〵
飯 なくさめたまふ事もありけむ中〳〵・そ②
尾

大 人にも　給ひし・
飯 のかすと人に・しられすたちわかれ給し・・③
尾 たまひし

大 御　事・　思ひや
飯 ほとの・ありさまをもよそのことにおもひ④
尾

大　り・×××　　　　　　　したの心・・
飯　やりきこえ給ふ・人〳〵のしたにこゝろ⑤
尾　　　たまふ
大　×　　　たくひ×おほかり××
飯　をくたき給・・こそおほかりけれひたちの⑥
尾　　　たまふ
大　宮・　君・　　　　　　給ひ・
飯　みやのきみはちゝみこのうせ給・・にしなこ⑦
尾　宮・　　　　　　　　　たまひ
大　　に　思ひ・　　　　も
飯　り・又思・・あつかふ人・なき御身にていみしう⑧」
尾　　　おもひ　　　　　　　　　　　　　　　（一ウ）
大　　　　　　　　思・・
飯　心ほそけ・・なりしをおもひかけぬ御事・の①
尾　こゝろほそけ　　　　　　　　　こと

大　　　　　　　　　　　　　こと
飯　いてきてとふらひきこえ給・・事・たえさり②
尾　　　　　　　　　たまふこと
大　　　　　　　いきをい
飯　しをいかめしき御いきおひにこそことにも③
尾　　　　　　　いきをひに○
大
飯　あらすはかなきほとの御なさけはかりとおほ④
尾
大　　　と　　　　給ふ・
飯　したりしか・まちうけ給・・たものせはきに⑤
尾　　　　　　　たまふ
大　　空の・　　　　　たらい　水・
飯　おほそらのほしのひかりをたらひのみつに⑥
尾

大　心ち
飯　うつしたる心地してすくし給・・しほとに⑦
尾　たまひ

大　よ　よ
飯　かゝる世のさはきいてきてなへての世う⑧」（二一オ）
尾　よ　よ

大　をほし
飯　くおほしみたれしまきれにわさとふかゝら①
尾

大　かたの×
飯　ぬ・・・御心さしはうちわすれたるやうにてと②
尾

大
飯　をくおはしましにしのちふりはへてしも③
尾

大　しは〳〵
飯　えたつねきこえ給・はすそのなこりにしはし④
尾　たま

大　・　ふる
飯　はなく〳〵もすくし給・・しをとし月ふり⑤
尾　たまひ

大　××
飯　ゆくまゝにあはれにさひしき御ありさま⑥
尾

大　女・・
飯　なりふるきをんなはらなとはいてやい⑦
尾　おむな

大　×くちをしき
飯　とも心うき・・御すくせなりけりおほえす⑧」（二一ウ）
尾

＊

飯島本蓬生巻はまったく尾州家本に一致し、大島本と対立している。河内本本文と認められる。

一丁オモテ二行目
①【飯・尾】「ナシ」↕【大】「さま〳〵に」。

一丁オモテ三行目
②【飯】「人々」＝【尾】「人〳〵」↕【大】「人」。

一丁オモテ四行目
③【飯・尾】「御ありさまの」↕【大】「御身の」。

④【飯・尾】「心くるしけなりしか」↕【大】「くるしけなりしか」。

一丁オモテ六行目
⑤【飯・尾】「御すみかを」↕【大】「御すみかをも」。

一丁オモテ八行目
⑥【飯・尾】「うきふしをも」↕【大】「うきふしを」。

一丁ウラ一行目
⑦【飯・尾】「たまふにも」↕【大】「給ふに」。

一丁ウラ二行目
⑧【飯・尾】「たまふ事もありけむ」↕【大】「給けむ」。

一丁ウラ三行目
⑨【飯・尾】「人に」↕【大】「人にも」。

一丁ウラ四行目
⑩【飯・尾】「ありさまをも」↕【大】「御ありさまをも」。

⑪【飯】「おもひやりきこえ給ふ」＝【尾】「おもひやりきこえたまふ」↕【大】「思ひやり給ふ」。

一丁ウラ五行目
⑫【飯】「したにこゝろをくたき給こそおほかりけれ」＝【尾】「したにこゝろをくたきたまふこそおほかりけれ」↕【大】「したの心くたき給たくひおほかり」。

一丁ウラ七行目
⑬【飯・尾】「なこり」↕【大】「なこりに」。

一丁ウラ八行目
⑭【飯・尾】「人なき」↕【大】「人もなき」。

二丁オモテ四行目
⑮【飯・尾】「おほしたりしか」↕【大】「おほしたりしかと」。

二丁ウラ一行目
⑯【飯・尾】「かゝらぬ御心さしは」↕【大】「かゝらぬかたの心さしは」。

二丁ウラ五行目
⑰【飯・尾】「ふりゆくまゝに」↕【大】「ふるまゝに」。

二丁ウラ七行目

⑱【飯・尾】「いとも心うき」↕【大】「いとくちをしき」。

＊

飯島本の独自本文。

一丁オモテ五行目

①【飯】「二院のうへ」↕【大・尾】「二条のうへ」。

飯島本の誤写であろう。

飯島本蓬生巻は河内本である。

関屋

関屋巻は、縦一九・五センチ、横一五・〇センチ。外題「せきや」（定家流筆跡）。料紙、斐楮混ぜ漉き紙。墨付き八丁。一面八行。

関屋巻で使用する諸本の略号は以下のとおりとする。定家本はそれを代表させる大島本を【大】とし、その他は『源氏物語大成』により、【横・榊・池・肖・三】とする。河内本はそれを代表させる尾州家本を【尾】とし、その他は『源氏物語大成』により、【御・七・高・大・鳳・曼】とする。ただし、【高】は『大成』の【宮】を改めた。別本は『源氏物語大成』『源氏物語別本集成』『源氏物語別本集成続』により、【陽・平・麦・阿・池・国・御・肖・善・日・伏・穂・保・前】とする。しかし、『別本集成続』の中の【池】【肖】【日】は『大成』が青表紙本として掲げる池田本・肖柏本・三条西家本と同じ本と思われ、また、【穂】は『源氏物語事典下』「諸本解題」が青表紙本系統としているものである。さらに、『別本集成続』の【御】は『大成』が河内本として掲げる御物本と同じ本と思われる。それゆえ、それらは別本群から除いた。

定家本

【大】大島本　【横】横山本

【榊】榊原家本　【池】池田本

【肖】肖柏本　【三】三条西家本（日大）

【穂】穂久邇文庫本

河内本

【尾】尾州家本　【御】御物本

【七】七毫源氏　【高】高松宮家本

【大】大島本　【鳳】鳳来寺本

【曼】曼殊院蔵畊雲本

別本

【陽】陽明文庫本　【平】平瀬本

【麦】麦生本　【阿】阿里莫本

【国】国冬本　【善】善本叢書本

【伏】伏見天皇本　【保】保坂本
【前】前田本

大　故院××××
飯　いよのすけといひしはこ院のみかとのかくれ①
尾

大　給・・　なり
飯　させたまうて又のとしひたちに成・てくた②
尾　なり

大　×　は丶き木
飯　りにしかはかのは丶き丶もいさなはれにけり③
尾　は丶木丶

大　御・・　ききて人
飯　すまのおほんたひゐもはるかにき丶てひ④
尾　おほむ　人

大　・
飯　としれすおもひやりきこえぬにしもあら⑤
尾　・

大
飯　さりしかとつたへきこゆへきよすかた⑥
尾

大　山・ふき
飯　になくてつくはねのやまを吹・こす風⑦
尾　山・ふき　か

大　心ち・　かのつたへ×
飯　・もうきたる心地・していさ丶かの・ことつて⑧」
尾　せ　こ丶ち　（一オ）

大　とし
飯　たになくて年・月かさなりにけりかき①
尾　とし

大　御たひゐなれと××
飯　れる事もなかりし御たひ・なりしかと京②
尾

大　　　給て・　　　　　　秋・
飯　にかへりすみ給うて又のとしのあきそひ③
尾　　　たまて

大　　　　　　　　　入×日　　殿・×
飯　たちはのほりけるせきいるひしもこの殿・はい④
尾　　　　　　　　　日　　　とのはい

大　　御くわむ　　　まうて
飯　し山・に御かん（願）・はたしにまいり給ひ・けり京⑤
尾　しやまに　　　　　　　　たまひ

大
飯　よりかのきのかみなといひしこともむかへに⑥
尾

大　　人〳〵×　殿・　　給ふ・
飯　きたる人・・にこのとのかくまうて給・・へしとつけ⑦
尾　　人〳〵×　　　　　たまふ

大　けれは　　　　さはかしかりなむ
飯　たれはみちのほとさはかしか覧・・ものそとて⑧」
尾　ゝれは　　　　さはかしからん・物・　　　（一ウ）

大　　　　　　　　　　けるを女車・・・・
飯　またあか月・よりいそきけれとをんなくるまお①
尾　　つき

大　　ところせう　　　にひ
飯　ほくところせくゆるきくるも日たけぬうちいて②
尾　　　　　　　　　に

大　　　　　　　はあわた山・　給ひ
飯　のはまくるほとにとのはあはたやまこえ給・ぬ③
尾

大　　御せむ　人〳〵
飯　とて御さきの人々・みちもさりあへすきこみぬ④
尾　　　　　人〳〵

大　の
飯　れはせき山にみなおりゐてこゝかしこのすき・⑤
尾　の

大
飯　したに車・・ともかきおろしこかくれにゐかし⑥
尾　くるま

大　車・・
飯　こまりてすくしたてまつるくるまなとかたへ⑦
尾

大
飯　はをくらかしさきにたてなとしたれとなを⑧」（二オ）
尾　おくらかし

大　ひろく　くるま　そ袖・
飯　るいひろうみゆ車・・とをはかり・そてくちものゝ①
尾　見ゆくるま　物・の

大　み　ゐ中
飯　いろあひなとももりいてゝ見えたるゐな②
尾

大　・　さい宮　×
飯　かひすよしありて斎宮・の御くたりかなにそ③
尾

大　車・・
飯　やうのおりのものみくるまおほしいてらる殿・④
尾　物見・　との

大　世に×××　いて給ふ・めつらしさに
飯　もかくよもかへりさかへ・・たまふめつらしひに⑤
尾　に

大　こせむ
飯　かすもなき御せんともみなめとゝめた⑥
尾

[大]
[飯] り九月つこもりなれはもみちの色〳〵・こ⑦
[尾]　　　　　　　　　　　　いろ〳〵

[大]　　　　　　草・　　むらおかしう
[飯] きませしもかれのくさむら〳〵おかしく⑧」（二ウ）
[尾]

＊

飯島本関屋巻は尾州家本と一致し、大島本と対立する箇所が多い。

一丁オモテ一行目
①【飯・尾】「こ院のみかとの」↕【大】「故院」。
一丁オモテ二行目
②【飯・尾】「くたりにしかは」↕【大】「くたりしかは」。
一丁オモテ八行目
③【飯・尾】「いさゝかのことつて」↕【大】「いさゝかかのつたへ」。
一丁ウラ二行目
④【飯・尾】「御たひなりしかと」↕【大】「御たひゐなれと」。
一丁ウラ四行目
⑤【飯】「この殿は」＝【尾】「このとのは」↕【大】「この殿」。
一丁ウラ五行目
⑥【飯】「まいり給ひけり」＝【尾】「まいりたまひけり」↕【大】「まうて給ひけり」。
一丁ウラ八行目
⑦【飯】「さはかしか覧」＝【尾】「さはかしからん」↕【大】「さはかしかりなむ」。
二丁オモテ一行目
⑧【飯・尾】「いそきけれと」↕【大】「いそきけるを」。
二丁オモテ四行目
⑨【飯・尾】「御さきの」↕【大】「御せむの」。
二丁ウラ一行目
⑩【飯・尾】「とをはかり」↕【大】「とをはかりそ」。
二丁ウラ三行目
⑪【飯・尾】「御くたりか」↕【大】「御くたり」。
二丁ウラ五行目
⑫【飯・尾】「めつらしひに」↕【大】「めつらしさに」。

＊

大島本と尾州家本が一致し、飯島本が孤立する箇所もある。

一丁ウラ七行目
①【大・尾】「人〳〵」↕【飯】「人に」。
飯島本と同じものは無い。
②【大】「つけけれは」＝【尾】「つけゝれは」↕【飯】「つけたれは」。
飯島本と同じものは無い。
二丁オモテ二行目
③【大・尾】「ゆるきくるに」↕【飯】「ゆるきくるも」。
飯島本と同じものは、河内本系統の大島本のみ。
二丁オモテ五行目
④【大・尾】「すきのしたに」↕【飯】「すきしたに」。
飯島本と同じものは無い。

＊

飯島本・大島本・尾州家本がそれぞれ対立する箇所。
二丁ウラ五行目
①【飯】「よもかへりさかへたまふ」↕【大】「世にさかへいて給ふ」↕【尾】「よにかへりさかへたまふ」。
飯島本の「よも」という本文は、他には無い。が、「かへりさかへたまふ」は、河内本の多くがこの本文である。

＊

飯島本関屋巻は河内本に極めて近いが、なお特異な小異がある。

絵合

絵合巻は、縦一九・五センチ、横一五・〇センチ。外題「ゑあはせ」（定家流筆跡）。料紙、斐楮混ぜ漉き紙。墨付き三〇丁。一面八行。

絵合巻で使用する諸本の略号は以下のとおりとする。定家本はそれを代表させる大島本を【大】とし、その他は『源氏物語大成』により、【御・横・榊・陽・池・肖・三】とする。河内本はそれを代表させる尾州家本を【尾】とし、その他は『源氏物語大成』により、【七・高・大・兼】とする。ただし、【高】は『大成』の【宮】を改めた。別本は『源氏物語別本集成』『源氏物語別本集成続』により、【麦・阿・池・国・御・肖・中・日・伏・穂・保・前】とする。しかし、『別本集成続』の中の【池】【肖】【日】【御】は『大成』が青表紙本として掲げる池田本・肖柏本・三条西家本・御物本と同じ本と思われ、また、【穂】は『源氏物語事典下』「諸本解題」が青表紙本系統としているものである。それゆえ、それらは別本群から除いた。

定家本
【大】　大島本　【御】　御物本
【横】　横山本　【榊】　榊原家本

【陽】 陽明文庫本　【池】 池田本
【肖】 肖柏本　【三】 三条西家本（日大）
【穂】 穂久邇文庫本

河内本
【尾】 尾州家本　【七】 七毫源氏
【高】 高松宮家本　【大】 大島本
【兼】 兼良本

別本
【麦】 麦生本　【阿】 阿里莫本
【国】 国冬本　【中】 中山本
【伏】 伏見天皇本　【保】 保坂本
【前】 前田本

大　　　　　の御心・・
飯　前斎宮の御まいりの事・中宮・御こゝろにいれ①
尾　　　　　　　こと中宮

大　もよをし　給・
飯　てもよほしきこえたまふこまかなる御とふ②
尾　もよをし

大　　　　　たる×
飯　らひまてとりたてまつる御うしろみも③
尾　　　　　たる×

大　おほしやれと大とのは・
飯　なしとおほしやれりおほい殿は院にき④
尾　　　　　大臣殿は・

大　　　　　　　　　の
飯　こしめさむ事をはゝかり給て二条・院に⑤
尾　ん

大　　　　　むことをも
飯　わたしたてまつらん事を・・このたひはおほし⑥
尾

大　　　　　　　　　給・
飯　とまりてたゝしらすかほにもてなしたまへれ⑦
尾　　　　　　　　　給・

大
飯　とおほかたの事・ともはとりもちておやめ⑧」（一オ）
尾　　　　こと、も

大　　　　　　　　　おほしめせと
飯　き、こえ給ふ院はいとくちおしくおほせと・・人①
尾　給・

大　　　御せうそこ　×
飯　わろけれは御せうそくなともたえにたるを②
尾

大　　　　え
飯　その日になりてゑならぬ御よそひとも御③
尾　ひ　え

大　　うちみたれのはこかうこ×××
飯　くしのはこうちみたり・・・かうこなとやうの④
尾

大　　　　　　　　　　　　　御　もの
飯　はこともよのつねならすくさ〱の・たき物・⑤
尾

大　くぬえかう
飯　ともくんえかう又なきさまに百ふのほかを⑥
尾

大
飯　おほくすきにほふまて心・・ことにと、のへさ⑦
尾　　　　　こ、ろ

大　給・　　み給・・
飯　せたまへりおと、見たまひもせんにとかねて⑧」
尾　給・　　給・・　　　　　　　　　（一ウ）

大　　　　けむ
飯　よりやおほしまうけ、むいとわさとかま①
尾

大　かむめり
飯　しか・めりとのもわたり給へるほとにてかく②
尾
大　なむ　女へたう
飯　なんと女人たう御覧せさすたゝ御くし③
尾　女別当・
大　　　　　　　み給・・
飯　のはこのかたつかたを見たまふにつきせす④
尾　　　　　　　給・・
大
飯　こまかになまめきてめつらしきさまな⑤
尾
大　　　　　心・・
飯　りさしくしのはこのこゝろはに⑥
尾

大　わかれ路
飯　わかれちにそへしをくしをかことにて⑦
尾
大　中・と神・　　　　おとゝ
飯　はるけきなかをかみやいさめし・・・これを御⑧」
尾　と神・　　　　　　　　　（二一オ）
大　らん
飯　覧・しつけておほしめくらすにいとかたしけな①
尾
大　　　　　　　ならひ　　　身
飯　くいとをしくてわか御心の・・・あやにくなる・をつ②
尾
大　　　　　　　　　　おもほしけん
飯　みてかのくたり給・・しほと御心におほし・けむ③
尾　たまひ　　　　　　　　　けん

大　かう

飯　ことかくとしへてかへりたまひてその御④

尾　事・　給・・

大　給・・　程・

飯　心さしをもとけたまふへきほとにかゝるたか⑤

尾　給・・

大　らむ

飯　ひめのあるをいかにおほすらん御くらゐをさ⑥

尾　如何に　覧×

大　世

飯　りものしつかにてよをうらめしとやおほ⑦

尾　や○

大　らむ　我・

飯　すらんなとわれになりて心うこくへきふ⑧」（二ウ）

尾

＊

飯島本は尾州家本と一致し、大島本と対立する箇所が多い。

一丁オモテ一行目

①【飯・尾】「中宮」↕【大】「中宮の」。

しかし、注意すべきは、飯島本の本文は河内本諸本のみならず、別本の【中・穂】とも一致していることである。【穂】は『源氏物語事典』が青表紙本としているので、本稿では定家本として扱ってきたが、この絵合巻においては、飯島本・河内本諸本・別本の中山本と同じ本文異同をとることが多いので、参考のために中山本とともに掲げた。

一丁オモテ四行目

②【飯・尾】「おほしやれり」↕【大】「おほしやれと」。

河内本の他で飯島本と同じ別本は、【国・中・穂】。

一丁オモテ六行目

③【飯・尾】「事を」↕【大】「ことをも」。

河内本の他で飯島本と同じ別本は、【中・穂】。

一丁ウラ一行目

④【飯・尾】「おほせと」↕【大】「おほしめせと」。

河内本の他で飯島本と同じ別本は、【中】「をほせと」。

一丁ウラ二行目
⑤【飯・尾】「御せうそくなとも」↕【大】「御せうそこなと」。
河内本の他で飯島本と同じ別本は、【中・穂・国】。
一丁ウラ四行目
⑥【飯・尾】「うちみたりかうこなとやうのはことも」↕【大】「うちみたれのはこかうこのはことも」。
河内本の他で飯島本と同じ別本は、【中・穂】。
一丁ウラ五行目
⑦【飯・尾】「たき物とも」↕【大】「御たきものとも」。
河内本の他で飯島本と同じ別本は、【中・穂】。
二丁オモテ八行目
⑧【飯・尾】「ナシ」↕【大】「おとゝ」。
河内本の他で飯島本と同じ別本は、【中・穂・国】。
二丁ウラ二行目
⑨【飯・尾】「ナシ」↕【大】「ならひ」。
河内本の他で飯島本と同じ別本は、【中・穂・国】。
⑩【飯・尾】「あやにくなるをつみて」↕【大】「あやにくなる身をつみて」。
河内本の他で飯島本と同じ別本は、【中・穂・国】。
二丁ウラ三行目
⑪【飯】「おほしけむ」＝【尾】「おほしけん」↕【大】「おもほしけん」。
河内本の他で飯島本と同じ別本は、【国】「おほしけむ」、【穂】「おほしけん」、【中】「をほしけん」。

＊

大島本と尾州家本が一致し、飯島本が孤立する箇所もある。

一丁オモテ三行目
①【大・尾】「とりたてたる」↕【飯】「とりたてまつる」。
飯島本と同じ本文は無い。特異な本文である。
二丁オモテ三行目
②【大】「女へたう」＝【尾】「女別当」↕【飯】「女人たう」。
ここは、飯島本が「へ」を「人」に誤写したと思われる。
二丁オモテ八行目
③【大】「中と」＝【尾】「なかと」↕【飯】「なかを」。
飯島本と同じ本文は無い。特異な本文である。

飯島本絵合巻は河内本と一致することが多い。が、それらの箇所はことごとく別本の中山本・穂久邇文庫本とも一致している。そして、①③のような飯島本の独自本文も散見するので、飯島本絵合巻は河内本に近い別本と思われる。

松風

松風巻は、縦一九・五センチ、横一五・〇センチ。外題「松かせ」（定家流筆跡）。料紙、斐楮混ぜ漉き紙。墨付き三三丁。一面八行。

墨付き二九丁裏四行目「いそきかへり給」と「しりたるも」の間に、一行分（『源氏物語大成』五九六頁一〇行目から一一行目の「ふものともしなしなにかつけてきりのたえまにたちま」）の脱落がある。

松風巻で使用する諸本の略号は以下のとおりとする。定家本はそれを代表させた大島本を【大】とし、その他は『源氏物語大成』により、【横・為・氏・陽・池・肖・三】とする。河内本はそれを代表させた天理河内本を【天】とし、その他は『源氏物語大成』により、【御・七・保・冷・大・国】とする。尾州家本も高松宮家本も『源氏物語大成』が河内本としていない故にである（松風巻は【尾】も【高】も青表紙本）。別本は『源氏物語別本集成』『源氏物語別本集成続』により、【麦・国・阿・蓬・保・池・氏・御・肖・日・橋・伏・穂・前・冷】とする。しかし、『別本集成続』の中の【池】【氏】【肖】【日】は『大成』が青表紙本として掲げる池田本・伝二条為氏筆本・肖柏本・三条西家本と同じ本と思われ、また、【穂】は『源氏物語事典下』「諸本解題」が青表紙本系統としているものである。さらに、『別本集成』の【国】は『源氏物語大成』が河内本として掲げる【国】と同じ本と思われ、『別本集成続』の【保】【御】【冷】は『大成』が河内本として掲げる保坂本・御物本・伝冷泉為相筆本と同じ本と思われる。それゆえ、それらは別本群から除いた。

定家本

【大】大島本　【横】横山本
【為】為家本　【氏】伝二条為氏筆
【陽】陽明文庫本　【池】池田本
【肖】肖柏本　【三】三条西家本（日大）
【穂】穂久邇文庫本

河内本

【天】天理河内本　【御】御物本
【七】七毫源氏　【保】保坂本
【冷】伝冷泉為相筆本　【大】大島本
【国】国冬本

別本

【麦】麦生本　【阿】阿里莫本
【蓬】蓬左文庫本　【橋】橋本本
【伏】伏見天皇本　【前】前田本

大 ひむかし　　　　たて丶　　里・
飯 ひんかしの院つくりはて丶花ちるさと①
天 　　　　　　　　　　　花散里・・

大 　　　うつろはし××××
飯 ときこえしうつろはせたてまつり給ふ②
天 　　　　　　　　　　給・

大 　たゐ×わた殿・　　　まとこ
飯 にしのたひにわたとのなとかけてまと丶③
天 　たい　わた殿・　　　まとこ

大 ろ・　　　　　　さまに××しをか
飯 ころけいしなとあるへきかきりみなしおか④
天 ろ・　　　　　　　　しほか

大 せ給・　ひむかし　×　　御かた
飯 せたまふひんかしのたいにはあかしの御方・⑤
天 せ給・・　　　　明石・

大
飯 とおほしをきてたりきたのたいはことに⑥
天

大
飯 ひろくつくらせ給・・てかりにてもあはれと⑦
天 　　　　たまひ　　　　あわれ

大 　　　　　契・・　　給
飯 おほしてゆくすゑかけてちきりたのめた⑧」（一オ）
天 　　　　　　　　　　給

大 ・・し人人×
飯 まひし人々のつとひすむへきさまにへたて①
天 ・・

大 　　　給・　　なつかしうみと
飯 〳〵しつらはせたまへるしもなつかしく見と②
天 　　　給・　　　　み所

大　ころ　　こまかなる××××××××
飯　ころありてこまやかなりさるやうありて③
天　・・

大　しむてん　　時〳〵・
飯　しんてんはふたけたまはすとき〳〵わたり④
天　　給・　時々・・

大　　御すみ所に×××　かたなる御しつ
飯　給ふ御しつらひはかりしてさるかたの・御すみ⑤
天　給・

大　らひともしをかせ給へり　×××
飯　ところなり・・・・・・あかしにはつねに御せうそこ
天　所・・

大
飯　たえ⑥
天

大　　猶　給ぬへき　は　女・
飯　すいまは・のほりぬへき・ことを・のたまへとをん⑦
天　　給・　女・

大　・　思・
飯　なは猶・わか身のほとをおもひしるによなく⑧」
天　・なを　思・・　（一ウ）

大　　人〳〵　中〳〵・
飯　やむことなききはの人々・たになか〳〵さてか①
天　　中々・・

大　　み
飯　けはなれぬ御ありさまのつれなきを見②
天　　み

大　　ものおもひ　きく××
飯　つゝもの思・・まさりぬへくきこゆるをまして③
天　　物・おもひ

大　　　　　　　　おほえなり
飯　なにはかりのおほえたれとてかさしいてまし④
天

大　　　××××　　　　　　君・
飯　らはむなか〳〵このわかきみの御おもてふせ⑤
天　ん

大
飯　にかすならぬ身のほとこそあらはれめたま⑥
天　　　　　　　　程・

大　　　　　　　　給・ふ　　　　事・
飯　さかにはひわたりたまふついてをまつこと⑦
天　　わひ　　　　給・・

大　人わらへ　　　　　　　　　　　　あら
飯　にて人わらえにはしたなきことといかにおほ⑧」（二オ）
天　人わらへ　　　　　事・

大　むと××思・　　　　　　　また
飯　からんとおもひみたれても又・さりとてか丶①
天　　　思・・

大　所・・　　　　　　　　　　給・
飯　るところにおひいてかすまへられたまはさ②
天　所・・おいいて　　　　　　給・

大　　　　あはれなれは××ひたすら
飯　らむもいとあはれなへけれはひたふるにも③
天　ん　　あわれ

大　　うらみそむか×す　　　　　　ことはりと
飯　え思・・そむかれすおやたちもけにことはりに④
天　おもひ

大　×××思・　　　　　　　　心・・
飯　あけくれおもひなけくに中〳〵こゝろ⑤
天　　　思・・　　　　　　　中々・心・・

大　　　　　　　　　　　をほち
飯 もつきはてぬむかしは、きみの御おほち⑥
天　　　　　　　君・

大　　　　きこえける　らうし・
飯 なかつかさの宮ときこえし・かりやうし給⑦
天

大　　　　　　　　　　××××
飯 けるところおほゐかはのわたりにおもしろ⑧」（二ウ）
天　所・・　井

＊

飯島本松風巻の本文異同の箇所は、ことごとく飯島本と天理河内本が一致し、大島本と対立している。すなわち、飯島本松風巻は河内本である。

一丁オモテ一行目
①【飯】「つくりはて、」に一致するものは、定家本【肖】、河内本【天・七・保・冷・大・国】、別本【蓬】。

一丁オモテ二行目
②【飯】「うつろはせたてまつり給ふ」に一致するものは、河内本【天・七・保・冷・大・国】、別本【蓬】。

一丁オモテ三行目
③【飯】「にしのたひに」に一致するものは、河内本【天・御・七・保・冷・大・国】、別本【麦・阿・蓬】。

一丁オモテ四行目
④【飯】「あるへきかきりみな」に一致するものは、河内本【天・御・七・保・冷・大・国】、別本【蓬】。

一丁オモテ五行目
⑤【飯】「たいには」に一致するものは、河内本【天・御・七・保・冷・大・国】。

一丁ウラ一行目
⑥【飯】「人々の」に一致するものは、河内本【天・七・冷・大】。

一丁ウラ三行目
⑦【飯】「こまやかなりさるやうありて」に一致するものは、河内本【天・御・七・保・大・国】、別本【蓬】。

一丁ウラ五行目
⑧【飯】「御しつらひはかりしてさるかたの御すみところなり」に一致するものは、河内本【天・七・保・冷・大】、別本【蓬】。

一丁ウラ六行目
⑨【飯】「つねに」に一致するものは、河内本【天・御・

七・保・冷・大・国】、別本【蓬】。
一丁ウラ七行目
⑩【飯】「いまは」（【大】は「いまは猶」）に一致するものは、河内本【天・御・七・冷・大】。
⑪【飯】「のほりぬへきことを」に一致するものは、河内本【天・御・保・冷・大・国】、別本【阿・蓬】。
二丁オモテ三行目
⑫【飯】「きこゆるを」に一致するものは、河内本【天・御・七・保・冷・大・国】、別本【蓬】。
二丁オモテ四行目
⑬【飯】「おほえたれとてか」に一致するものは、河内本【天・御・保・大・国】、別本【蓬】。
二丁オモテ五行目
⑭【飯】「なか〳〵」に一致するものは、河内本【天・御・七・冷・大】、別本【蓬】。
二丁オモテ八行目
⑮【飯】「おほからんと」に一致するものは、河内本【天・御・七・保・冷・大・国】、別本【蓬】。
二丁ウラ三行目
⑯【飯】「あはれなへけれはひたふるにもえ思そむかれす」に一致するものは、河内本【天・七・冷・大】。
二丁ウラ五行目
⑰【飯】「ことはりにあけくれ」に一致するものは、河内本【天・御・七・保・冷・大・国】、別本【蓬】。
二丁ウラ七行目
⑱【飯】「きこえしか」に一致するものは、河内本【天・御・七・冷・大】。
二丁ウラ八行目
⑲【飯】「おもしろき」に一致するものは、河内本【天・御・七・保・冷・大・国】、別本【蓬】。

飯島本は河内本に一致しているが、注意すべきは別本【蓬】ともほとんどの箇所で一致していることである。松風巻の河内本本文は別本のある種の本に近いということになろうか。ちなみに、『源氏物語大成』では、松風巻に別本は存しない。

＊

飯島本の独自本文。
一丁オモテ三行目
①飯島本「まとゝころ」は、定家本も河内本も「まところ」で、飯島本と同じものは無い。飯島本の誤写であろう。

＊

飯島本松風巻は河内本である。

「春敬記念書道文庫」について

「春敬記念書道文庫」を設立した飯島春敬（明治39（1906）年～平成8（1996）年）は、長くかな書道の作家として、新しいかな書道の推進に尽力した。特に、戦後の混沌としていた昭和21年に日本書道美術院を創設、〝現代に生きる書は、現代に生き、親しまれている詩や歌を素材とすべきである〟とし、「新書芸（かな書の新しい書表現）」を主唱した。やがて、この考えは書道界にも広く受け入れられ、毎年数万点の出品を誇る一大潮流となっている。

一方で、書道の学術振興にも力を入れ、昭和9年より日本書道史の研究―特に、平安時代の名筆を中心とした古筆の研究―に入り、当時の未開拓であった日本書道史研究という学問分野に新しい見解を示し、数多くの研究論文を発表した。また、昭和24年以来、東京国立博物館で「平安書道研究会」を毎月1回定期的に開催し、現在に至っている。この研究会では、古筆を中心とする古名蹟の展示を行い、研究者や書家に広く公開されている。

このような古名蹟はすべて「春敬記念書道文庫」収蔵のものによっている。春敬の〝集めた資料は、私個人のものでなく、書道界全体の人のために集めた〟という理念のもとに設立された文庫には、日本の書道史を俯瞰できる収蔵品の数々が揃っている。今や、書道史研究者には欠かせない史資料となっている。その収集範囲は、古筆にとどまらず、中国書道や文房四宝にまで及び、我が国の書道博物館・美術館の中でも屈指のものである。個人の収集によったものとしては唯一のものである。

現在、「春敬記念書道文庫」は、昭和25年創立の社団法人書芸文化院（理事長　飯島春美）において管理・運営されている。

池田 和臣（いけだ・かずおみ）

昭和25年東京都生まれ。
東京大学大学院人文科学研究科博士課程退学。茨城大学専任講師、同助教授を経て、現在中央大学文学部教授。博士（文学）。書芸文化院平安書道研究会客員講師。
源氏物語の表現の形成・構造・思想の研究、古筆切による古代中世文学の文献学的研究、古筆切の炭素14年代測定、仮名書道史の研究を展開。
主著に『源氏物語　表現構造と水脈』（武蔵野書院）、『逢瀬で読む源氏物語』（アスキー新書）など。

春敬記念書道文庫（しゅんけいきねんしょどうぶんこ）

設立年月日：昭和58年3月31日
管理・運営：社団法人 書芸文化院（理事長　飯島春美）
所　在　地：東京都杉並区和泉1丁目41番9号（一般公開しておりません）
収　蔵　数：（古筆）232（写経）198（拓本）273（法帖）75（真蹟）51（文房四宝）188
主な収蔵品：空海「金剛般若経開題」 小野道風「絹地切（紅線毯）」 藤原佐理「国申文帖」 伝藤原行成「関戸本古今集」 伝藤原行成「かな消息」 伝紀貫之「高野切第一種」 伝紀貫之「高野切第二種」 伝紀貫之「高野切第三種」 伝藤原行成「大字和漢朗詠集」 西本願寺三十六人集 伊勢集」「源氏物語 五十四帖」等
過去の展覧：「平安朝古筆名品展」（昭和33年5月18・19日、平安書道研究会100回記念）
「平安時代古筆名品展」（昭和37年6月2・3日、平安書道研究会150回記念）
「平安朝古筆百種展」（昭和42年2月24・25日、平安書道研究会200回記念）
「日本の書の美展」（昭和50年3月29・30日、平安書道研究会300回記念）
「春敬コレクション展」（平成4年9月5日～7日、平安書道研究会500回記念）
「平安の書の美展」（平成12年2月26日～3月26日、平安書道研究会600回記念）
「春敬の眼展」（平成20年7月9日～8月3日毎日書道展60回記念）

飯島本 源氏物語　第三巻

2009年2月25日　第1刷発行

編　者　池　田　和　臣
所　蔵　社団法人書芸文化院
春敬記念書道文庫
発行者　池　田　つや子
発行所　有限会社笠間書院
東京都千代田区猿楽町 2-2-3
電　話　東京03（3295）1331
FAX　東京03（3294）0996

NDC分類：913.36

落丁・乱丁本はお取替えいたします
ISBN 978-4-305-60063-9
http://kasamashoin.jp
印刷・製本：三美印刷

飯島本 源氏物語

書芸文化院春敬記念書道文庫［蔵］
池田和臣［編・解説］

全10巻

A5判・上製・各巻 18,900円（税込）

＊2008年12月刊行開始―2009年9月完結（月刊） 分売可

❶ 桐壺 帚木 空蝉 夕顔 若紫
❷ 末摘花 紅葉賀 花宴 葵 賢木 花散里
❸ 須磨 明石 澪標 蓬生 関屋 絵合 松風
❹ 薄雲 朝顔 乙女 玉鬘 初音 胡蝶 蛍
❺ 常夏 篝火 野分 行幸 藤袴 真木柱 梅枝 藤裏葉
❻ 若菜上 若菜下
❼ 柏木 横笛 鈴虫 夕霧 御法 幻
❽ 匂宮 紅梅 竹河 橋姫 椎本 総角
❾ 早蕨 宿木 東屋
❿ 浮舟 蜻蛉 手習 夢浮橋